El suave susurro de los sueños

Christina Courtenay

El suave susurro de los sueños

Libros de seda

El suave susurro de los sueños. Libro 2 de la serie *Marcombe Hall*.

Título original: *The Soft Whisper of Dreams*.

Copyright © 2015, Christina Courtenay
Published in Great Britain by Choc Lit Limited as
The Soft Whisper of Dreams.

© de la traducción: Eva Pérez López

© de esta edición: Libros de Seda, S.L.
Paseo de Gracia 118, principal
08008 Barcelona
www.librosdeseda.com
www.facebook.com/librosdeseda
@librosdeseda
info@librosdeseda.com

Diseño de cubierta: Mario Arturo
Maquetación: Books & Chips
Imágenes de la cubierta: Dave Wright / Andrew Roland

Primera edición: febrero 2016

Depósito legal: B. 29.735-2015
ISBN: 978-84-15854-48-7

Impreso en España – Printed in Spain

Queda rigurosamente prohibida, sin la autorización escrita de los titulares del copyright, bajo las sanciones establecidas por las leyes, la reproducción total o parcial de esta obra por cualquier medio o procedimiento, comprendidos la reprografía y el tratamiento informático, y la distribución de ejemplares mediante alquiler o préstamo públicos. Si necesita fotocopiar o reproducir algún fragmento de esta obra, diríjase al editor o a CEDRO (www.cedro.org).

Capítulo 1

—Y ahora, jovencitas, como os podéis imaginar, la última voluntad de vuestros padres no contiene ninguna sorpresa, excepto por... A lo que me refiero es que a todas os corresponde una cuota igual en la herencia, por supuesto. Sobre eso no existe ninguna duda.

El señor Parker, el abogado de la familia, estaba sentado en el borde del sofá; en la mesa de café se extendían varios documentos dispuestos en montones ordenados. Madeline Browne y su hermana pequeña, Olivia, ocupaban los dos sillones de enfrente y esperaron en silencio a que continuara.

—Sí, ¿y...? —Olivia, tan impaciente como siempre, le instó a que prosiguiera en cuanto no lo hizo de inmediato.

—Bueno, hay un pequeño detalle que todavía tengo que revelaros —dijo al fin—, aunque no afecta en absoluto al asunto de la herencia. —Se le veía claramente incómodo y tuvo que aclararse la garganta un par de veces.

Una mosca zumbó en la ventana intentando escapar hacia la libertad que proporcionaba el exterior. Maddie deseó poder hacer lo mismo, pero tuvo que conformarse con tragarse las lágrimas que amenazaban con volver a desbordarse. Toda aquella horrible situación la estaba sobrepasando.

—Vuestros padres añadieron un codicilo en el testamento según el cual... Bueno... Tengo que deciros que... En resumidas cuentas, ellos creían que debíais saber que no sois hermanas de sangre —dijo de sopetón. Inmediatamente después añadió—: Maddie, eres adoptada.

Maddie soltó un jadeo y miró al abogado.

—¿Adoptada?

—Sí, así es. —El señor Parker hizo un gesto de asentimiento para dar mayor énfasis a su revelación y se dispuso a ordenar una pila de papeles que estaba perfectamente alineada.

—¿Pero qué...? Quiero decir, ¿por qué...? —Maddie no podía creerse lo que estaba oyendo y a su cerebro le costó horrores procesar la información. Tenía una extraña sensación en el estómago, como si se hubiera tragado una bolsa llena de cubitos de hielo y se le hubiera entumecido la parte superior del torso. Sabía que la lectura del testamento sería dolorosa, pero aquello era algo del todo inesperado. ¿Cómo podían sus padres haber mantenido un secreto así durante tanto tiempo? ¿Por qué demonios no se lo dijeron? Tenía veintisiete años, ya no era ninguna niña.

Como si le estuviera leyendo el pensamiento, el señor Parker dijo:

—Me temo que no sé por qué no te lo quisieron decir antes. Tal vez pensaron que era lo mejor para ti. —Se encogió de hombros—. Nunca me contaron nada sobre este asunto.

Otro silencio, esta vez mucho más incómodo. El señor Parker se movió nervioso en el sofá y se inclinó hacia delante para volver a ordenar los papeles. Maddie se había quedado paralizada, incapaz de mover ni un solo músculo, aunque las siguientes palabras de su hermana la sacaron de aquel trance.

—Si Maddie no es mi hermana de verdad, ¿por qué tiene derecho a la mitad del dinero de mis padres?

—¡Olivia! —El abogado abrió los ojos claramente escandalizado por tal pregunta, pero Maddie ni siquiera pestañeó. Es más, aquello casi le arrancó la primera sonrisa desde que le comunicaron la noticia del accidente de tráfico de sus padres. La pregunta era un claro ejemplo de la forma retorcida y egoísta en que funcionaba la mente de su hermana. Nadie la conocía mejor que ella.

—Como hija adoptiva de tus padres, Maddie tiene los mismos derechos que tú, Olivia. Todos los documentos están en orden. —El abogado tenía los labios apretados en una tensa línea y el ceño fruncido en un gesto que mostraba su profunda desaprobación, pero aun así Olivia ni se inmutó y se limitó a enarcar las finísimas y depiladas cejas sobre sus maquillados ojos intentando fingir una expresión de cándida inocencia.

—Pero si no tenemos ninguna relación de consanguinidad, ¿no debería por lo menos llevarme la parte más cuantiosa? —Bajo la espesa capa de maquillaje Olivia mostraba una expresión fría, de total indiferencia. No había ningún atisbo de dolor por el fallecimiento de sus padres. Ni rastro de culpa por querer despojar a su hermana de la herencia. Nada que indicara que entendía la crueldad de lo que estaba diciendo. El señor Parker abrió la boca incrédulo.

—¡Olivia, en serio, esto está completamente fuera de lugar! —Se volvió hacia Maddie con una mirada de disculpa. Se notaba que aquel giro de los acontecimientos le había pillado desprevenido. Empezó a juguetear con una elegante pluma estilográfica, quitándole y poniéndole el capuchón. —Me he quedado sin palabras —añadió de forma innecesaria.

Maddie decidió que ya era hora de acudir en su ayuda. Mientras escuchaba las preguntas de Olivia, se vio invadida por una furia contenida. Se dio cuenta de que no se trataba de algo que hubiera surgido de repente. No, la ira había ido creciendo con los años, pero siempre se había controlado por respeto a sus padres. Ahora, sin embargo, ya no había ninguna razón que le impidiera dejarla salir y esa rabia le dio la fuerza suficiente para lidiar con aquello de una vez por todas.

—No se preocupe, señor Parker. —Se inclinó hacia delante para colocar una mano sobre su manga, intentando tranquilizarle—. Como bien puede imaginarse, esta noticia me ha causado un gran impacto, pero también me ha hecho ver una cosa muy clara. Olivia no es y nunca ha sido una hermana para mí. A pesar de lo mucho que he luchado por que tuviéramos una relación más cercana, no lo he conseguido. Siempre me he preguntado por qué, pero hoy me acaba de dar la respuesta. Gracias.

—Ya estás haciéndote la santa, como siempre —susurró Olivia en tono despectivo.

Maddie no mordió el anzuelo. Años de práctica le habían enseñado a ignorar las pullas de su hermana para evitar dar un disgusto a sus padres, que detestaban las confrontaciones de cualquier tipo. Además, no iba a ganar nada contraatacando. Olivia tenía la piel más dura que un armadillo y al final, no sabía muy bien cómo, siempre se salía con la suya.

—Tus padres te adoptaron porque creyeron que no podrían tener hijos propios —intervino el abogado—. Los he conocido durante años y siempre te quisieron como si fueras hija de su propia sangre. Y eso no cambió cuando fueron bendecidos… —vaciló ligeramente y lanzó una mirada dudosa en dirección a Olivia— …con una hija biológica.

—Lo sé, señor Parker. —Maddie alzó una mano para detenerle. Todo era muy reciente, todavía seguía con las emociones a flor de piel y prefería no seguir hablando. Lo único que ansiaba era salir de esa estancia, de esa casa y alejarse de Olivia—. Estoy de acuerdo con usted, no he podido tener mejores padres. Me dieron lo que más necesitaba cuando estaban vivos: su amor. Ahora no quiero nada más de ellos. Deje que Olivia se quede con todo. No me importa.

—Pero Maddie, claro que importa. Estamos hablando de una cantidad considerable de dinero. —El rostro del abogado volvía a tener la misma expresión de incredulidad de antes.

—No. Lo digo en serio. La conozco mejor que nadie. —Ahora fue el turno de Maddie de mirar a Olivia—. Y sé que no parará hasta que no se salga con la suya.

Olivia apartó la vista y se dedicó a estudiar sus perfectamente pintadas garras como si la discusión no fuera con ella o no hubiera sido la culpable de meter al zorro en el gallinero. Maddie apretó los dientes.

—No hay nada que Olivia pueda hacer al respecto —protestó el señor Parker—. Todo está en regla.

—No me importa. Ni siquiera quiero volver a verla o hablar con ella. Así que, si es tan amable de ayudarme a recoger algunos objetos personales y recuerdos, puede quedarse con lo demás. Se encargará usted del papeleo necesario, ¿verdad? —Maddie estaba que echaba humo, incluso podía sentir sus emociones al rojo vivo burbujeando en su interior y dispuestas a salir como llamas incandescentes en cualquier momento, pero estaba decidida a controlarse. Ya lloraría más tarde, cuando estuviera sola. Ahora, sin embargo, saldría de aquel lugar de la manera más digna posible y no se molestaría en mirar atrás. Nunca regresaría. Era la única forma de hacerlo.

Olivia, que había estado escuchando sus últimas palabras con una sonrisa de satisfacción en los labios, frunció el ceño de repente y la miró de forma sospechosa.

—¿Qué es lo que vas a recoger? No se te ocurra llevarte el mejor...

—¡Olivia! —ladró el señor Parker con una voz que le recordó a la de un director recriminando su comportamiento a un alumno difícil. Si los padres de Olivia hubieran intentado ir por ese camino en alguna ocasión, lo más seguro es que no hubieran tenido que mantener esa conversación ahora—. Te sugiero que des las gracias por la suerte que has tenido —continuó el abogado, fulminando con la mirada a su hermana— y dejes que Maddie se lleve lo que quiera. Si no, haré todo lo posible para conseguir que acepte su parte de la herencia. No vayas a creerte ni por un momento que no soy capaz de hacerlo. O incluso, si es necesario, puedo retener un fideicomiso en favor de sus futuros hijos. —Se le veía tan determinado por lograr su objetivo que Olivia asintió en silencio.

—No te preocupes, Olivia —Maddie esbozó una tensa sonrisa—. Nunca hemos tenido los mismos gustos, así que lo más probable es que no me lleve nada a lo que le tengas mucho aprecio. —Se puso de pie y se dirigió hacia la puerta.

—Ya veremos —masculló Olivia mientras seguía a la que hasta ahora había sido su hermana fuera de la estancia con los brazos cruzados sobre el pecho de forma beligerante.

El señor Parker cerraba la comitiva con la ira e incredulidad reflejadas en su rostro. Cuando alcanzó a las dos hermanas, Maddie vio su expresión confundida y le susurró:

—En serio, señor Parker, es mejor así. Ahora seré libre para siempre. Confíe en mí, merecerá la pena.

Al señor Parker no le quedaba más remedio que creerla.

Capítulo 2

—¡Kayla! Qué alegría verte. Muchas gracias de nuevo por dejar que me quede habiéndote avisado con tan poco tiempo.

Maddie abrazó a su amiga Kayla Marcombe e intentó contener las lágrimas que amenazaban con desbordarse. Allí, por lo menos, se sentía bienvenida y eso bastaba para abrir el dique de sus ojos, aunque se las arregló para volver a cerrarlo.

—Oh, Maddie, sabes que estamos encantados de tenerte con nosotros siempre que te apetezca. Es normal que quieras alejarte de Londres después de lo que ha pasado estas últimas semanas. —Kayla le rodeó los hombros con el brazo, a pesar de que Maddie era casi una cabeza más alta, y tiró de ella hacia la gran escalera de caracol—. ¿Tan malo fue?

—Ni te lo imaginas. —Se estremeció ante los recuerdos y siguió a su menuda amiga por las escaleras sin apenas darse cuenta del esplendor que la rodeaba. Kayla se había casado con un *baronet* y vivía en Devon, en Marcombe Hall, una mansión del

s. XVII. Sin embargo, como visitaba con frecuencia a la pareja, la magnificencia de la vivienda había dejado de impresionarla. Para ella, ahora solo era la casa de Kayla.

—Anda, ven y cuéntamelo todo —instó Kayla mientras la llevaba hacia una de las habitaciones de invitados. Esta en particular estaba decorada con tonos amarillos y lilas, aunque le hubiera dado igual que fuera naranja fosforito. En lo que a ella concernía, hasta un dormitorio espartano en un convento de monjas hubiera sido preferible a su apartamento de Londres; simplemente necesitaba escapar desesperadamente de la capital.

Annie, el ama de llaves de Marcombe, entró en la habitación cargada con una bandeja.

—Bienvenida de nuevo a Devon, Maddie —sonrió. Se sentía como si hubiera regresado a casa. La amabilidad de la mujer mayor en comparación con la de su hermana hizo que estuviera a punto de derrumbarse y que las lágrimas se agolparan en sus pestañas.

—Gracias, Annie. Estoy encantada de haber vuelto.

Con mucha discreción, Annie dejó a las dos amigas juntas. Maddie se sentó en una silla, se hizo un ovillo con sus largas y delgadas piernas y soltó un suspiro. Kayla sirvió el té, añadió un montón de azúcar al de Maddie y le pasó la taza junto con un plato con unas galletitas.

—Está delicioso, justo lo que necesitaba. ¿Por qué sabe mucho mejor aquí, en el campo?

Kayla rio.

—¿Por el agua tal vez? Aquí debe de ser un poco más pura. —Se sentó frente a ella—. Muy bien, soy toda oídos. No me pareciste muy coherente cuando hablamos por teléfono. Lo único que saqué en claro es que tu vida es un desastre.

Maddie esbozó una sonrisa de arrepentimiento.

—Ese es el eufemismo del año. Lo siento, Kayla, pero estoy pasando una época horrorosa. Primero el trauma por el accidente de mis padres. Que te despierten a medianoche y salgas corriendo al hospital solo para descubrir que has llegado demasiado tarde... Bueno, imagínate cómo me sentí. —Cerró los ojos, reviviendo los terribles recuerdos de aquella noche. Los tenía grabados en su memoria, como una auténtica pesadilla.

Kayla hizo un gesto de asentimiento animándola, pero no la interrumpió.

—Después vinieron los preparativos para el funeral —continuó, tras tomar un sorbo de té caliente—. Olivia, como siempre, no fue de gran ayuda. Perdí la cuenta de las veces que cambió de parecer o que fingió que nunca había dicho algo cuando sí lo hizo. Luego el funeral... —Sintió un intenso escalofrío. Ver cómo entierran a un padre es duro, pero ¿los dos al mismo tiempo? Fue tan inesperado, tan impactante, y desde luego le hizo comprender la realidad de la muerte de sus progenitores como ninguna otra cosa lo hubiera conseguido—. Fue tan tajante, Kayla. El final de una parte de mi vida.

—Me lo imagino —murmuró su amiga con suavidad.

—Y como colofón Olivia y yo tuvimos que reunirnos con el abogado esa misma tarde. El hombre insistió y como es amigo de la familia no pudimos negarnos. Ahí fue cuando soltó la bomba; nos dijo que era adoptada. Ese fue el tiro de gracia, el último clavo en el ataúd. —Esbozó una triste sonrisa ante la broma de mal gusto que acababa de hacer, pero también sintió cómo sus ojos se llenaban de lágrimas y cómo estas caían por sus mejillas. Intentó limpiárselas sin mucho éxito—. Por el amor de Dios, Kayla, ¿por qué no me lo dijeron?

Desde que salió de la casa de sus padres no había dejado de hacerse esa misma y angustiosa pregunta.

—No les habría querido menos y el saberlo sí que me hubiera ayudado a entender muchas cosas. —Negó con la cabeza—. Siempre supe que era diferente. Para empezar, no me parecía a ninguno de ellos. Olivia también debió de darse cuenta, o seguro que se hacía ilusiones al respecto. Yo siempre creí que era por mi culpa, que había algo mal en mí. Y al final resulta que era porque era adoptaba.

—¿Nunca te lo insinuaron siquiera?

—No, jamás. Me trataron exactamente igual que a Olivia. Con sinceridad, no creo que quisieran que lo supiera.

—Puede que tuvieran miedo de que les dejaras, de que quisieras encontrar a tus padres bilógicos.

—¿Por qué haría algo así? Está claro que mis auténticos padres no me querían, así que ¿por qué iba yo a quererles?

—¿Por curiosidad, quizá? La mayoría de los hijos adoptados quieren encontrar a sus padres biológicos.

—Pues yo no. Ya he tenido mi buena cuota de rechazo. Ahora lo único que me apetece es hacer un balance de mi vida y pensar seriamente en qué es lo que quiero. Necesito cambiar de aires. Empezar de nuevo.

—Tómate tu tiempo. Acabas de llegar. No queremos perderte tan pronto, así que quédate todo lo que te plazca. Es una suerte que tuvieras un trabajo temporal y no indefinido.

—Sí. Además, tengo algún dinero ahorrado por si tenía que hacer frente a una mala época. Y creo que ese momento ha llegado. De hecho creo que estoy en mi peor momento.

—No, no. No seas tan derrotista. Seguro que también te han sucedido cosas buenas en las últimas semanas. ¿No me dijiste que habías conocido a un hombre maravilloso? ¿Cómo se llamaba?

—David. Y no te he vuelto a hablar de él porque ya no está en mi vida. —Apretó los puños—. Es un desgraciado.

—¿Qué? Pero pensaba que... —Kayla se mostró desconcertada—. La última vez que hablé contigo, ¡te noté tan enamorada! Y eso fue hace un par de semanas, ¿no?

—Sí, antes de descubrir que había estado intentando ligarse a Jessie, mi compañera de piso. ¡Menos mal que Dios inventó a las buenas amigas! Si ella no me lo hubiera contado ahora me sentiría más tonta de lo que ya me siento.

—Oh, pobrecilla. Supongo que tienes razón. Estás pasando por una mala racha. No importa, vamos a encontrar a Wes y a los niños y dejemos de preocuparnos por el futuro. Seguro que muy pronto sabrás qué hacer. Mientras tanto, puedes tomarte unas vacaciones. ¿Te apetece que nos demos un baño en la cala?

Maddie se secó las lágrimas y esbozo una trémula sonrisa.

—Me parece una idea estupenda. Prefiero nadar en agua salada que producir litros y litros de ella, que es lo único que parezco hacer últimamente.

***

A la mañana siguicntc, Maddic se despertó temprano, empapada en sudor y con las sábanas revueltas alrededor de sus piernas. En medio de la penumbra propia del amanecer, respiró con dificultad mientras el corazón le latía con fuerza contra su caja torácica. Había vuelto a tener ese sueño. Soltó un gemido.

—Otra vez no, por favor —susurró, pero sabía que nadie escucharía su súplica.

Se trataba de un sueño que la había perseguido desde que era niña y durante la adolescencia y que se sucedía noche tras noche en el mismo escenario. Era increíblemente nítido y seguía el mismo patrón. Después, cuando se despertaba, siempre recordaba cada detalle, aunque no quisiera hacerlo.

Estaba en un jardín soleado, rodeada de rosales con flores de todos los colores. De la resistente rama de un viejo manzano colgaba un columpio que de alguna forma sabía suyo, ya que, cada vez que lo miraba, experimentaba una intensa sensación de orgullo. De posesión incluso. El sueño siempre empezaba con ella corriendo hacia él.

Era pequeña. Lo sabía porque nunca había sido capaz de subirse sin ayuda. A veces, unas fuertes manos la alzaban y la empujaban hasta alturas de vértigo, haciendo que chillara de felicidad. Otras, las más frecuentes, simplemente se quedaba colgando boca abajo y giraba y giraba hasta que se mareaba y tenía que hacer una pausa.

Cuando se detenía podía ver una casa. Blanca, con ventanas de arco apuntado —de arquitectura gótica, entendió— y cubierta casi en su totalidad por glicinias, madreselva y otras plantas trepadoras. Era un lugar alegre o al menos esa era la impresión que le daba. Pero en su sueño nunca entraba dentro. Siempre se quedaba en el jardín.

A veces, un enorme hombre pelirrojo con barba salía de la casa y se acercaba a ella con una sonrisa de oreja a oreja. Entonces ella corría hacia él con los brazos abiertos, y él la alzaba, la lanzaba al aire y bailaba con ella en volandas. Maddie se reía a carcajadas, rebosando felicidad.

Así era como el sueño terminaba la mayoría de las veces y se despertaba con la sensación de haber sido despojada de algo sumamente precioso. No sabía por qué, pero casi siempre lloraba incapaz de detener el torrente de lágrimas.

En otras ocasiones el sueño terminaba de forma distinta por completo. Ella lo llamaba la versión sombría; esa que la dejaba del todo aterrorizada. El hombre pelirrojo también salía de la casa y ella corría hacia él, pero él se daba la vuelta y desaparecía por la puerta de entrada. Entonces sentía cómo tiraban de ella un par de manos morenas y llenas de vello. Una de esas manos le tapaba la boca y ella entraba en pánico y se retorcía en un esfuerzo por respirar. Movía los brazos desesperadamente, pataleaba y se volvía para intentar ver a su atacante, sin embargo solo percibía un atisbo de pelo oscuro, ojos negros, barba e ira, mucha ira. Incluso odio.

Ese era el momento en el que solía despertarse con un grito ahogado, en busca de ayuda. Sabía que eso era lo que le había sucedido esa mañana. Había soñado la versión sombría y las imágenes habían sido tan vívidas que todavía tenía un regusto amargo de amenaza en la boca, hasta tal punto que le costó siglos calmar el frenético latido de su corazón.

No había vuelto a tener ese sueño desde que se mudó a Londres, hacía unos cuantos años. Estaba claro que se había equivocado al pensar que lo había superado. Seguro que se debía a toda la presión a la que se había visto sometida en las últimas semanas.

Soltó un suspiro. ¿Significaría algo?

—Deja de comportarte como una idiota —se dijo a sí misma antes de dirigirse al baño para tomar una ducha. La mente humana podía ser maravillosa, aunque también podía hacer que te comportaras de forma irracional. Los sueños eran solo eso, sueños. De modo que haría todo lo posible por tratar de olvidarlo y rezaría para que no volviera a repetirse.

Capítulo 3

Alexander Marcombe miró a través de los barrotes de la ventana y pensó con nostalgia en el mar. Era un día bochornoso, de mucho calor, y podía sentir pequeños regueros de sudor cayendo por su espalda. En ese momento, un refrescante chapuzón en el Atlántico hubiera sido lo ideal, pero se hubiera conformado con un poco de brisa fresca. Suspiró. La estrecha celda estaba muy mal ventilada.

Estar en la cárcel no era ningún lecho de rosas, aunque tampoco se suponía que tenía que serlo, pensó con tristeza. A pesar de todo, por alguna extraña razón, estaba agradecido por su larga estancia como invitado de Su Majestad. Aquello había conseguido que por fin madurara y reflexionara —había tenido un montón de tiempo durante los últimos tres años—; así que, sí, definitivamente estar en prisión era lo mejor que le podía haber pasado. Conseguir que su compañero de celda lo entendiera, sin embargo, era algo bien distinto.

—Marcombe, eres un hijo de perra muy raro. —Foster, un hombre musculoso de veintitantos, negó con la cabeza con expresión de no haber entendido ni una sola palabra—. ¿Cómo coño puedes decir que has disfrutado estando encerrado? Estás como una cabra. —Se rascó la cabeza. Hacía un mes que se había rapado su mata de pelo negro y ahora parecía un erizo.

—Seguramente lo esté, pero no he usado la palabra «disfrutar». He dicho que estar aquí me ha hecho madurar, ver la vida desde otra perspectiva. Aquí he aprendido lecciones muy valiosas y no tengo la intención de olvidarlas en mucho tiempo. Por supuesto que no quiero volver. Jamás. —Apretó la boca. Había pasado momentos bastante duros durante los que lo único que le apetecía era dormir y no volver a despertarse nunca, pero algo le ayudó a seguir adelante. ¿Orgullo quizá? O pura y simple terquedad.

—Sí, sí, eso es lo que dicen todos. Sin embargo, cuando sales y nadie quiere contratarte por miedo a que le robes, terminas haciendo lo de siempre. ¿Qué otra opción te queda? Y antes de que te des cuenta, estás de vuelta en la cárcel.

—Supongo que tienes razón, pero eso no me va a pasar. —Sabía que Foster se había pasado la mitad de su vida en distintas instituciones y conocía la visión cínica que su compañero tenía de todo el sistema. Era difícil convencerle de lo contrario ya que parecía estar atrapado en uno de esos círculos viciosos.

—Es cierto, me olvidaba de que vosotros, los ricachones, sois como una piña. Seguro que encuentras un trabajo con solo hacer esto... —Foster chasqueó ambos dedos para dar mayor énfasis a la frase.

—Eso no es del todo cierto, aunque sí que funciona para algunas personas. En cualquier caso, no creo que ninguno de mis antiguos amigos quiera contratarme, pero sí que tengo la suerte de tener un hermano mayor mucho más tolerante de lo que me merezco, que ha tenido una paciencia infinita conmigo a lo largo de los años y ha prometido ofrecerme un techo bajo el que vivir hasta que pueda volver a valerme por mí mismo.

—¿No es ningún delincuente? —preguntó Foster con recelo.

Alex se echó a reír.

—No podría serlo ni aunque lo intentara. No, es abogado y no me lo imagino haciendo nada que no sea lo correcto o que pueda infringir la ley en lo más mínimo.

—Eso suena muy aburrido —gruñó su compañero.

—Te equivocas. Puede que tuvieras razón si solo se tratara de una persona seria y trabajadora, pero tiene un gran sentido del humor y tardarías en encontrar a un marinero o deportista mejor que él. Y también tiene su punto canalla.

—Ajá. —Su compañero se tumbó en su colchón y se quedó mirando a la pared. Después añadió con un tono de nostalgia en la voz—: Lo único que mi hermano mayor ha hecho por mí fue convencerme para que me uniera a él en un atraco a un banco que terminó mal y que me trajo de vuelta a la cárcel antes de que me diera tiempo a parpadear. Rob es un malnacido.

—Sí, ya me lo contaste. —Alex no sabía que más decir así que volvió a mirar por la ventana—. Estoy deseando que llegue mañana y salir de aquí —comentó por último.

—Bien, buena suerte. No te ofendas, pero espero no volver a verte por aquí. —Foster se volvió para quedar de cara a él y Alex se alegró de ver que volvía a tener esa expresión relajada y sonriente tan habitual en él.

—Imposible. Al menos no aquí. —Esbozó una sonrisa llena de confianza—. ¿Por qué no vienes a verme cuando salgas en vez de ir a buscar a tu hermano? Tal vez pueda ayudarte a encontrar el buen camino. —Se dio cuenta de que Foster alzaba ambas cejas con escepticismo—. Solo si eso es lo que quieres, por supuesto.

—¿Y cómo se supone que vas a lograrlo?

—Bueno, te encontraré un trabajo.

—¡Ja! Buena suerte con eso, compañero.

—No, hablo en serio. ¿O acaso quieres pasarte el resto de tu vida entrando y saliendo de instituciones como esta?

—Puedo imaginarme en mejores lugares que este.

—Ahí lo tienes. Saldrás en un par de semanas, ¿verdad? Para entonces ya debería haber empezado a tomar las riendas de mi vida y quizá pueda echarte una mano.

—No creo que funcione. —Foster negó con la cabeza—. Además, ¿por qué quieres ayudarme? Somos diferentes.

—¿Y qué? Al menos piénsatelo. No hay mucho más que hacer en este agujero infernal.

—Mira, ahí te doy la razón. De acuerdo, me lo pensaré.

—Bien. Sabes dónde encontrarme, ¿no? En Marcombe Hall, cerca de Kingsbrigde. —Foster asintió y ahora fue Alex el que se acostó en su litera con las manos detrás de la cabeza. Estaba contento. Si al menos pudiera salvar a una sola persona de ese tipo de vida, entonces quizá conseguiría expiar los pecados del pasado. «Y Dios sabe lo mucho que quiero hacerlo.»

***

A la mañana siguiente, con el sol calentando su rostro y la brisa alborotando su largo cabello, Alex salió por las puertas de la prisión e inhaló una profunda bocanada de aire que le supo a libertad. Miró a su alrededor recreándose en cada detalle. Por fin estaba en el mundo exterior. Abrió los brazos y soltó una enorme carcajada.

—¡Eh, Alex, aquí! —Tal y como prometió, Wes había ido a recogerlo. En cuanto su hermano mayor le dio un abrazo de oso tuvo la impresión de haber vuelto a casa. A pesar de ser el más alto de los dos, se sentía tan seguro y protegido como un niño pequeño y no como el hombre de veintiocho años que era—. ¡Felicidades! —Wes le dio una palmada en la espalda y se dirigió hacia el conocido Range Rover verde musgo—. Nunca pensé que superarías este asunto tan bien, pero lo has conseguido. Estoy muy orgulloso de ti, Alex.

Alex entendía lo que quería decir su hermano, pero la emoción le produjo un nudo en la garganta que le impidió expresar sus sentimientos, así que decidió bromear.

—Eso es lo más raro que le puedes soltar a un hermano que acaba de pasar tres años en prisión por tráfico de drogas.

—Tan solo eras joven y estúpido. —A pesar de su profesión, Wes descartó los graves cargos con un gesto de la mano.

—Gracias, hermano. —Alex sonrió para demostrar que no se sentía ofendido por sus palabras.

—No, en serio, dejaste que te llevaran por el mal camino. Ni siquiera creo que te lo pensaras dos veces antes de actuar. No tienes madera de delincuente, Alex. Además, eres un mentiroso pésimo.

Alex se echó a reír.

—Te sorprendería la de cosas que se pueden aprender en la cárcel. He perfeccionado mi destreza para mentir hasta puntos insospechados, además de otras cuantas cosas.

Wes echó un vistazo a la complexión musculosa de su hermano y enarcó ambas cejas.

—¿Haciendo pesas o luchando?

—Un poco de todo. —Alex sonrió de oreja a oreja.

—Mmm... Siempre se te dio bien el combate cuerpo a cuerpo. Si mal no recuerdo, me has dejado la nariz sangrando y los ojos morados en más de una ocasión.

—Te lo merecías. Ya sabes, eras el dichoso hermano mayor y todo ese rollo.

—¡Ja! Eso te creías tú. Me merecía una medalla por tener que lidiar contigo. Los hermanos pequeños sois como un grano en el trasero.

Dio un ligero puñetazo a Wes en el brazo.

—Venga ya, casi siempre nos divertíamos un montón.

—Sí, hasta que te hiciste mayor antes de tiempo. —Ambos se quedaron pensando unos segundos en la época en la que su madre se fugó con otro hombre, abandonando a su padre con el corazón roto e incapaz de seguir adelante. Wes negó con la cabeza y cambió de asunto—. Bueno, sea lo que sea lo que hayas aprendido te ha venido bien. Por extraño que parezca, por primera vez en mucho tiempo tengo la sensación de que puedo hablar contigo de igual a igual; como si ya no tuviera que seguir desempeñando el papel de «padre severo».

—¡Gracias a Dios!

—Por lo menos no en lo que a ti respecta. —Wes sonrió.

—Estoy convencido de que te ha supuesto un alivio enorme. Seguro que tus tres hijos te mantienen bastante ocupado. —Además de una hija de once años de su anterior matrimonio, Wes tenía dos hijos varones, de dos años y seis meses respectivamente, con su segunda esposa, Kayla. Aunque no conocía a los dos más pequeños, sabía que no dejaban que su hermano bajara la guardia lo más mínimo ya que Wes le había ido contando todas sus andanzas durante las visitas semanales que le hizo mientras estuvo en prisión—. ¿De verdad que no te importa que pase una temporada en tu casa con tantos como sois?

—¡Qué va! Si hasta puedes echarme una mano. Kayla siempre les permite que se salgan con la suya y encima ahora ha venido a pasar unos días con nosotros su amiga Maddie, así que las dos han hecho piña en contra mía. Tenerte allí equilibrará la balanza.

—Haré todo lo que pueda, aunque no esperes mucho. Si mal no recuerdo, una sola sonrisa de Nell bastaba para tenerme comiendo de la palma de su mano.

—¡Qué bien! —Wes hizo una mueca y suspiró—. Y yo que pensaba que por fin iba a tener un aliado... Da igual, antes de que te des cuenta te estarán volviendo loco. Entonces me entenderás mejor.

***

La zona de juegos de Marcombe Hall se había creado a partir de tres habitaciones contiguas del segundo piso y era lo bastante grande para albergar toda una tienda de juguetes. Para Alex, que nunca había visto algo así, eso era precisamente lo que parecía, pero Wes le aseguró que no estaban malcriando a los niños.

—Por supuesto que no —murmuró Alex en tono irónico mientras miraba la tienda de campaña de tamaño infantil y las toneladas de vehículos de policía, camiones de bomberos y cajas de juguetes, por no hablar de los rompecabezas y libros de todo tipo y tamaño.

—Esto es solo una pequeña muestra de lo que en este momento está disponible en el mercado. Ni te imaginas la de cosas que se pueden comprar hoy en día.

—Si tú lo dices —replicó Alex con recelo—. A mí me parece que con todo lo que hay aquí podrías montar una guardería sin ningún problema.

En ese momento vio cómo su cuñada se acercaba a él con una sonrisa en los labios y con Edmund, el pequeño de seis meses, apoyado en la cadera. El niño enterró la cara en el hombro de su madre y se metió el pulgar en la boca en cuanto vio a ese inmenso hombre. Kayla, sin embargo, no pareció tener ningún reparo. Todo lo contrario, le dio el abrazo más grande que podía haberle dado con un solo brazo libre.

—Bienvenido a casa, Alex. Espero que Wes te haya preparado para el caos que últimamente reina por aquí.

—Te aseguro que va a ser un cambio de lo más bienvenido. —De pronto encontró difícil tragar por el nudo que se le había vuelto a formar en la garganta. Kayla estaba actuando como si los tres años pasados no hubieran existido, como si no hubiera hecho todas las cosas terribles que hizo; algo que no se merecía en absoluto. Pero estaba agradecido por aquello. Y se encargaría de recompensárselo a todos ellos.

—Alex, ven a conocer a Maddie y a Jago. —La voz de Wes le sacó de ese momento tan emotivo. Recorrió con la vista la estancia hasta dar con una mujer alta y pelirroja que estaba a cuatro patas llevando en la espalda a su sobrino mayor. Alex sabía que habían llamado al pequeño como uno de sus antepasados, así que no hizo ningún comentario sobre lo atípico del nombre.

—Maddie es mi caballo —explicó Jago entusiasmado mientras se agarraba con los puños al pelo rizado de la mujer. La pobre hizo una mueca de dolor, pero no se quejó. Se limitó a ladear la cabeza todo lo que las circunstancias le permitieron y sonrió.

—Encantada de conocerte Alex —consiguió decir antes de que su jinete la azuzara sobre la alfombra—. Lo siento, ya hablaré contigo más tarde.

Alex se rio.

—Wes, deberías enseñar a tus hijos a tratar mejor a las mujeres —señaló antes de ponerse él mismo a cuatro patas—. ¿Quieres subirte a un caballo más grande, Jago? —preguntó al pequeño.

—¡Oh, sí! —El niño se bajó a toda prisa de la espalda de Maddie y se tropezó en la alfombra, aunque aquello no le hizo desistir en su propósito lo más mínimo. Simplemente se puso de pie, se sacudió las rodillas y corrió hacia Alex.

—Gracias. —Maddie le lanzó una mirada cargada de gratitud y se dejó caer de espaldas sobre el suelo en un intento de enderezar su columna vertebral—. Los niños de dos años pesan más de lo que te imaginas.

Alex no contestó. Estaba demasiado ocupado observando la sensualidad con la que ella se estaba moviendo de forma inconsciente. Cuando estiró los brazos sobre la cabeza, la camiseta se le subió unos centímetros, mostrando un trozo de la bronceada piel de su estómago. Se le secó la boca. Continuó mirándola un poco más arriba y no pudo evitar fijarse en cómo se le marcaba el pecho bajo la tela; si bien no podía decirse que fuera una mujer voluptuosa, para él tenía unos senos del tamaño perfecto. En cuanto se dio cuenta de que no llevaba sujetador apartó la vista. Tres años sin estar con una mujer eran demasiado, pero no creía que esa fuera la razón por la que su cuerpo respondía de esa forma ante la visión de la amiga de Kayla. Sin ninguna duda, ella tenía algo especial.

Cuando volvió a fijar la vista en ella, se dio cuenta de que la joven le estaba mirando. Tenía los ojos verdes, ligeramente rasgados, como los de un gato. Se abrieron como si en ese momento le estuviera leyendo el pensamiento. De pronto se ruborizó por completo y se puso de pie de inmediato, dirigiéndose a su amiga:

—¿A qué hora comemos? Me muero de hambre.

Alex la miró fijamente hasta que Jago reclamó su atención. Más tarde, pensó que su vuelta a casa había sido más fácil y a la vez más difícil de lo que se imaginó. Lo que si tenía claro era que nunca volvería a dar por sentada su libertad.

Capítulo 4

—Tía Maddie, es hora de levantarse. Deja de fingir que sigues dormida, porque sé que no es verdad.

A la mañana siguiente, Nell despertó bruscamente a Maddie entrando en su habitación sin molestarse en llamar. Gracias a Dios no había tenido ningún sueño. Nada más oír a la pequeña escondió la cabeza entre las sábanas.

—Sal de aquí, niña horrible, no es posible que ya sea de día —gimoteó.

Nell se rio. Como el resto de habitantes de la casa, sabía que no le gustaba nada madrugar.

—Mamá me ha dicho que vamos a ir a una feria y me ha pedido que venga a despertarte ya mismo o, si no, nos iremos sin ti. —Nell tiró de las sábanas y Maddie se aferró a ellas como si le fuera la vida en ello.

—No os preocupéis por mí. Estoy muy a gusto aquí y hace mucho que las ferias dejaron de parecerme divertidas.

—Oh, no seas tan gruñona, tía Maddie, ya verás qué bien nos lo pasamos —insistió Nell mientras conseguía destaparla un poco más—. Además no es una feria en plan parque de atracciones, sino una feria rural. Vamos a ir todos. También el tío Alex.

Si había dicho aquello para incentivarla, había fallado de manera estrepitosa. De hecho, le había producido el efecto contrario. Le había preocupado mucho el brillo de deseo que vio en los ojos azules del hermano de Wes el día anterior, pero lo que más miedo le dio fue su propia reacción. Cuando él la miró así, se estremeció de la cabeza a los pies al tiempo que sintió un calor ascendiendo por todo su cuerpo. Podía entender el comportamiento de él ante una mujer que no conocía —al fin y al cabo había pasado los tres últimos años de su vida en la cárcel— pero ella no tenía excusa. Ninguna en absoluto. Sobre todo después de su reciente fiasco con David.

—Mmm —fue lo único que se le ocurrió decir, pero Nell era muy tenaz. Cuando vio que todas sus tácticas fallaban, saltó sobre ella y empezó a hacerle cosquillas hasta que no le quedó más remedio que rendirse—. Está bien, está bien… Voy a ducharme. Bajaré en unos minutos.

—De acuerdo. —Nell se bajó de la cama, con cara de satisfacción por el trabajo bien hecho—. Será mejor que te des prisa. Annie está preparando el desayuno y huele fenomenal.

—¿Y cuándo no? —Uno de los mayores peligros de visitar a Kayla y Wes era la amenaza a su figura. No entendía cómo su amiga podía vivir con Annie y no ponerse inmensa.

Nell volvió a reír y abandonó la habitación, cerrando la puerta tras de sí. Maddie por su parte fue directa al baño.

—Bueno, ya que estoy despierta, no pierdo nada si voy —murmuró para sí misma. Sin embargo, una vocecita interior insistió en que tal vez lo hacía para pasar más tiempo con Alex y así conocerle mejor. Aquello le molestó bastante y abrió el agua de la ducha con más fuerza de la necesaria.

«Lo último que necesito en este momento es empezar una relación, sobre todo con un ex convicto, ¡aunque sea más guapo que el pecado!»

***

La feria estaba muy concurrida, a pesar de la ola de calor que asolaba la zona, y el grupo avanzó entre la multitud despacio. Wes llevaba a Edmund en la espalda en una especie de mochila para bebés, dejando a Kayla libre para lidiar con los demás niños. Jago, por su parte, se había pegado como una sanguijuela a su recién descubierto tío, al que parecía idolatrar. Alex le había levantado sobre sus hombros y el pequeño chillaba y reía con todo lo que veía.

—Mira, mami. ¡Un globo! Y perritos. ¡Una vaca! ¡Corderitos! Y… —Siguió con una retahíla de cosas fascinantes y todos rieron con sus ocurrencias.

—Cómo me gustaría compartir su entusiasmo —masculló Wes—. Nos lo habríamos pasado mejor si hubiéramos hecho un picnic a la orilla del mar. —Se secó la frente con la parte inferior de la camiseta.

—Podemos hacerlo más tarde —señaló Kayla, dándole la mano—. Ahora deja de enseñar tus abdominales y ayúdame a comprar todas esas deliciosas mermeladas y pasteles. ¡Venga, sabes que te encantarán!

Wes esbozó una amplia sonrisa.

—Sí, señora. Lo que me encanta es que te pongas mandona.

El comentario hizo que se ganara un ligero puñetazo en el brazo, seguido de un beso, así que Maddie supo que su amiga no estaba enfadada. Envidiaba la complicidad que ambos mostraban y anhelaba encontrar a su propia alma gemela. Aunque era poco probable que lo lograra. Llevaba intentándolo años, pero siempre terminaba con imbéciles como David. Estaba claro que tenía un gusto pésimo en lo que a hombres se refería.

Los puestos eran muchos y variados y Maddie disfrutó a pesar de su anterior renuencia a ir. Caminar entre el ruido y el bullicio de la multitud sin nada mejor que hacer que observar las mercancías a la venta le producía cierto sosiego.

—¡Oh, por el amor de Dios! —exclamó Wes en un determinado momento—. ¿Quién compraría un comedero personalizado para el perro? Cómo si los animales supieran leer. —El puesto lleno de parafernalia para canes estaba repleto de todos los artículos inimaginables y maravillosos que podría necesitar el mejor amigo del hombre.

Todos rieron.

—¿Y tú qué sabes? —bromeó Alex—. Tal vez son más listos de lo que creemos.

—Seguro que sí, doctor Dolittle.

—Oh, mira, Maddie, una pitonisa. —Kayla se había dedicado a echar un vistazo a los puestos más cercanos por si alguno le interesaba. Estaba claro que la pequeña carpa de seda púrpura con borlas doradas había llamado su atención.

—Conocerás a un hombre alto, moreno y apuesto, te casarás con él y viviréis felices para siempre... —entonó Maddie con voz grave. Entonces se dio cuenta de que esa descripción encajaba perfectamente con Alex y se ruborizó. Sí, el hermano de Wes era eso y mucho más. Gracias a Dios en ese momento estaba enfrascado en una conversación con Nell y no parecía haberla oído.

Kayla la agarró del brazo.

—No seas tonta. Estoy segura de que será mucho más ingeniosa de lo que piensas. Anda, ve y dale una oportunidad.

—Sinceramente, no creo que me apetezca conocer qué otros desastres me tiene preparado el destino. Ya he tenido mi buena cuota por una temporada —replicó ella—. ¿No fuiste tú a una? Si mal no recuerdo te predijo un montón de cosas y todas se hicieron realidad.

—Eso no cuenta. Esa mujer sí que era clarividente y no lo hacía a cambio de dinero. Seguro que esta es una impostora y solo te dirá cosas buenas. No querrá perder clientes. Vamos, yo me voy a animar. ¡Será divertido!

Wes se limitó a negar con la cabeza y miró perplejo a Kayla mientras esta la arrastraba hasta la carpa púrpura.

—Los hombres no entienden nuestra fascinación por estos asuntos —comentó Kayla con una risita—. Ellos se toman la vida tan en serio. Cualquiera pensaría que Wes sería más comprensivo teniendo un ancestro gitano.

—Oh, sí, el famoso... ¿o debería decir infame?... Jago Kerswell. El tocayo de tu hijo mayor.

—Sí. Se parecía un montón a Alex. O bueno, teniendo en cuenta que Jago era alto, moreno y muy guapo, deberíamos decirlo al revés... —Ambas rieron y se unieron a la fila que esperaba para ver a *madame* Romar.

Kayla entró primero y salió con una sonrisa en los labios.

—Te lo dije. Solo cosas buenas.

—¿Qué te ha dicho?

—Que voy a tener otro hijo. Esta vez una niña. También que voy a hacer un viaje pronto, aunque no tengo ni idea de a dónde. Da igual. Ya te contaré el resto más tarde. Te toca. —La empujó hacia la entrada.

Maddie entró en la carpa un poco reacia, no muy segura de si quería conocer algo de su futuro. Aunque sabía que muchas de las cosas que decían las pitonisas eran tonterías, una pequeña parte de ella era lo suficiente supersticiosa para pensar que podía haber alguna verdad en ello. Su visión se ajustó a la tenue luz del interior —nada comparable con el exterior— y se sentó frente a la anciana morena que estaba al otro lado de la mesa.

—Hola, querida, dame algunas monedas y te leeré la buenaventura. —La mujer era menuda y tenía unos penetrantes ojos oscuros. El pelo, aunque con algunas hebras grises, era bastante negro y estaba lustroso. Vestía de colores, acorde con su profesión, y lucía diversos pañuelos y multitud de pulseras. Maddie intentó relajarse. Todo era pura pantomima. Sacó dinero suficiente y se lo entregó. Las monedas desaparecieron rápidamente en una pequeña caja metálica.

—Muy bien, jovencita, ahora extiende el brazo, por favor. —*Madame* Romar tomó su mano y estudió la palma con detenimiento mientras trazaba varias líneas con un dedo arrugado y la cambiaba de posición varias veces—. Mmm...

Maddie esperó en tenso silencio.

Sin soltar su mano, la mujer miró una pequeña bola de cristal que tenía en la mesa, delante de ella. Maddie creyó ver un pequeño remolino de niebla en su interior, lo que hizo que parpadeara un par de veces. Mientras *madame* Romar estudiaba la bola durante lo que le pareció una eternidad, intentó no removerse inquieta en su asiento. Al final, estaba casi a punto de ponerse a gritar cuando la pitonisa empezó a hablar.

—Estás preocupada, mi niña, lo que es comprensible. Has atravesado una etapa difícil y todavía pasará algún tiempo antes de que tus problemas se resuelvan.

Maddie frunció el ceño. Eso no era lo que quería oír.

—Veo a un hombre alto, moreno, guapo —continuó la mujer. Maddie casi soltó un bufido. Era demasiado predecible, pero sus siguientes palabras lograron que se volviera a sentar y continuara escuchando—. Él comparte mi sangre e intentará ayudarte.

—¿Ayudarme? ¿Con qué?

—Shhh, no me distraigas, estoy concentrada. Veo peligro. Hay otro hombre moreno. Es malvado. Y también uno pelirrojo que es bueno. Tendrás que enfrentarte a ambos antes de encontrar la felicidad. Pero ten cuidado, el peligro es muy grande.

Maddie se quedó mirando a la mujer. Un hombre moreno y otro pelirrojo... igual que en su sueño. ¿Cómo podía esa gitana saberlo?

—Pero ¿cómo los encontraré?

La pitonisa le dio una palmadita en la mano y le lanzó una mirada llena de comprensión.

—Tal vez sean ellos quienes te encuentren. De todos modos, no te preocupes, al final del camino te espera la felicidad, siempre que creas en ella. Recuérdalo, debes tener fe.

La gitana no dijo nada más y Maddie salió a trompicones de la carpa para encontrarse con el deslumbrante sol.

—¡Ya era hora! ¡Has estado ahí dentro un siglo! ¿Qué demonios te ha dicho? Parece como si hubieras visto a un fantasma. —Kayla la arrastró hasta el puesto de helados, donde la estaban esperando los demás.

—Bueno... en realidad... Oh, Kayla, ha sido muy raro. Me ha dicho cosas muy extrañas, algunas relacionadas con el sueño que suelo tener, o por lo menos eso me ha parecido. ¿Cómo es posible que lo supiera?

—No tengo ni idea. Quizá sí que es una clarividente, como la que predijo mi futuro. Eso significa que voy a tener una hija... —Kayla sonrió.

Maddie se estremeció a pesar del calor.

—Espero que no. Dijo que estaba en peligro, pero que al final encontraré la felicidad.

Ahora fue Kayla la que frunció el ceño.

—Bueno, eso no ha sido muy sensato por su parte. Esa mujer debería saber que no va a conseguir muchos clientes si va diciendo cosas como esa a la gente. Olvídalo, seguro que solo son un montón de tonterías.

Maddie deseó con todo su corazón que su amiga tuviera razón, aunque no estaba del todo convencida.

***

Alex escuchó con atención la conversación entre las dos mujeres, aunque fingió estar pendiente de otra cosa. Conocía a *madame* Romar, igual que Wes, pero ninguno de los dos dijo nada. La pitonisa pertenecía al grupo de gitanos que solía acampar en Marcombe una vez al año y a la que llevaba viendo desde que eran niños. Nunca le había leído el futuro, o por lo menos no a él. No estaba muy seguro sobre Wes, aunque sospechaba que su hermano también lo habría evitado. No obstante, quizá fuera hora de probar los poderes de la anciana. No le había gustado nada el miedo que vio en los ojos de Maddie.

—Kayla, ¿te importaría encargarte de Jago un momento? —Bajó al pequeño de sus hombros—. Necesito... ya sabes. —Hizo un gesto hacia el baño público para caballeros que había cerca—. Vuelvo en un minuto —explicó a Jago, que parecía estar a punto de empezar una rabieta—. Entonces volveré a subirte.

—Sí, claro. Vamos, Jago, veamos si hay algún juguete que te guste por aquí. —Kayla y el resto del grupo se alejaron y él hizo ademán de dirigirse al servicio. Sin embargo, en cuanto los perdió de vista, se dio la vuelta y fue hacia la carpa de *madame* Romar. Por suerte en ese momento no había nadie esperando, así que se metió dentro.

—¿*Toc, toc*? —saludó en broma.

En cuanto *madame* Romar alzó la vista esbozó una enorme sonrisa que se extendió hasta sus arrugados y hundidos ojos.

—¡Alexander! ¡Qué alegría verte! ¿A qué debo el honor?

Se sentó en el pequeño taburete que había frente a ella y apoyó los codos sobre la mesa. Después sonrió.

—Pensaba que tú sabrías la respuesta. ¿O es que eres una impostora como sospecha mi cuñada?

La anciana soltó un resoplido de desdén.

—Solo para aquellos que no quieren oír la verdad.

—Entonces cuando la amiga de Kayla entró hace un momento, ¿no la engañaste?

—¿La muchacha alta y pelirroja? No. Necesitaba que alguien la advirtiera y ya que tú vas a ser el que la proteja también puedo hacerlo contigo.

—Ella no tiene nada que ver conmigo —protestó él—. Solo está pasando unos días con Wes y Kayla.

La boca de la anciana se curvó en una enigmática sonrisa y le miró negando con la cabeza.

—Pequeño tonto. ¿Piensas que no me he dado cuenta de que te gusta? Además, mi bola de cristal nunca miente. Te vi en ella.

—¿Cuándo le predijiste el futuro?

—¿Cuándo «vi» su futuro? —le corrigió—. De cualquier forma, estás ahí, así que ten cuidado. Ayúdala. Vi peligro. El mal la está acechando.

—Por supuesto que la ayudaré si me necesita, pero...

Ella volvió a negar con la cabeza.

—Solo confía en mí, espera y verás. Estate preparado para cualquier cosa. Eso sí, necesitas dejar de lado tus prejuicios. Como ese Darcy de la tele.

—¿Qué? —Alex se preguntó si la anciana no estaría perdiendo la cabeza—. ¿Qué tiene que ver con esto?

—Ese hombre estaba cegado por sus estúpidas ideas. Lo que quiero decir es que no cometas los mismos errores que él. —Sus ojos brillaron llenos de picardía—. Y también era alto, moreno y muy guapo, como tú.

—Romar... —Alex intentó mostrarse molesto, pero sabía que la anciana le estaba tomando el pelo.

La mujer le apretó la mano.

—Solo cuídate mucho, muchacho. Has pasado por muchas cosas, igual que ella, pero ambos sois fuertes. Aseguraos de que el Bien triunfa sobre el Mal. Depende de vosotros.

No estaba muy seguro de saber a qué se refería y tampoco le gustaba tener el tipo de responsabilidad que parecía haberle endilgado, pero hizo un gesto de asentimiento.

—De acuerdo, gracias. ¿Te veré pronto por Marcombe?

—Sí, nos quedaremos por allí, como siempre. Es nuestro refugio veraniego. —Cuando Alex sacó unas monedas del bolsillo ella volvió a negar con la cabeza—. No, los Marcombe nunca pagan, ya lo sabes. Sois familia.

Cuando Alex salió al exterior, no pudo dejar de temblar a pesar de lo caluroso del día. Romar había tratado de advertirle y sabía que lo hacía por un buen motivo. Aunque no le molestaba si todo aquello servía para pasar más tiempo con Maddie, ¿de qué se suponía que tenía que protegerla? Por lo visto solo el tiempo lo diría.

Capítulo 5

—Entonces, ¿qué piensas de Alex?

A la mañana siguiente, Maddie y Kayla estaban sentadas en la galería de la primera planta de Marcombe Hall, mirando los cuadros de los antepasados de Wes. Justo enfrente de ellas estaban los dos retratos de Gainsborough de Jago y Eliza, los abuelos del tátara tatarabuelo de Wes y Alex. Kayla decía que el retrato de Jago era el culpable de que ella y su marido estuvieran juntos y que el hombre del cuadro le hablaba. Maddie creía a su amiga porque sabía que era incapaz de mentir, pero no era algo sobre lo que conversaran muy a menudo. Lo sierto era que resultaba demasiado raro.

Se fijó detenidamente en el retrato y apreció la semejanza entre Jago, el hijo ilegítimo de un *baronet* y una gitana, y sus descendientes. Estaba claro que por las venas de Wes y su hermano corría sangre cíngara. Pelo oscuro, piel que se bronceaba ante el menor contacto de los rayos del sol y penetrantes ojos azules con unas pestañas increíblemente largas y negras. Por no mencionar los hombros anchos, los músculos bien definidos y unas sonrisas capaces de derretir el corazón de una mujer sin ni siquiera intentarlo... Maddie intentó controlar el derrotero por el que empezaban a ir sus pensamientos.

—¿Que qué pienso de Alex? Bueno, ya que me lo preguntas, creo que se parece a su antepasado no solo físicamente, sino también en sus tendencias contrabandistas. Por no mencionar lo mujeriego que debe de ser —respondió con algo de aspereza—. Annie me contó esta misma mañana cómo solía traer a una mujer diferente cada fin de semana.

Kayla se rio.

—Oh, vamos, Maddie. No es tan malo y eso fue hace mucho tiempo. Puede que haya heredado los mejores rasgos de Jago, incluidos esos espectaculares ojos azules, pero te aseguro que ha superado sus días fuera de la ley. En cuanto a lo de ser un mujeriego, lo único que puedo decirte es que Alex ha cambiado mucho desde su estancia en prisión.

Maddie sabía que los «días fuera de la ley» que había mencionado Kayla hacían referencia al delito que Alex cometió. No sabía mucho sobre el asunto, salvo que era algo relacionado con el contrabando de drogas, lo que era algo muy serio. Tampoco tenía ni idea de por qué o si él mismo había consumido drogas, aunque esperaba que no fuera así.

—¿Cómo sabes que ha cambiado? Solo lleva fuera unos pocos días y por la forma en que me miraba ayer, estoy convencida de que se cree irresistible.

—¿Y no lo es? Es el hombre más impresionante que jamás haya visto, aparte de Wes. No es que alguna vez me haya sentido atraída por él, aunque desde luego no lo hice porque ya estaba enamorada de Wes.

Maddie negó con la cabeza.

—Creo que los hombres como él solo traen problemas. Saben que son guapos y que pueden tener a cualquier mujer que quieran, así que no se quedan mucho tiempo con la misma. ¿Alguna vez ha tenido una relación estable?

—No que yo sepa, pero...

—Ahí lo tienes. Seguro que es incapaz de tenerla. Y ahora, después de haber estado encerrado tres años, estará convencido de que de que va a volver locas a todas las féminas del lugar. Por una vez en mi vida, voy a mantenerme al margen. Ya he tenido bastantes problemas en los últimos días como para inmiscuirme en ese tipo de situación.

—Eres demasiado cínica, Maddie. Sigo pensando que Alex ha cambiado. Ha madurado un montón desde la última vez que lo vi y lo encuentro mucho más sosegado. Apenas dijo una palabra en la cena de anoche.

—No, pero miró demasiado.

—Seguramente porque te encuentra atractiva. ¿Qué hay de malo en ello? Deberías sentirte halagada.

—¿Halagada? Y un cuerno. ¿Por qué iba a fijarse en mí un hombre como él? ¿En una pelirroja larguirucha, flaca, con pecas y con apenas curvas? Solo por una razón y si está desesperado. Y me parece que llevar tres años encerrado es motivo suficiente para que uno esté desesperado, ¿no crees?

—Maddie, no te estás haciendo justicia. Esos increíbles ojos verdes te convierten en una mujer muy guapa. No eres ninguna larguirucha y tienes las curvas justas. Todo lo que te pones te sienta de maravilla. Además, ¿qué pasa por tener pecas?

—Personalmente, preferiría tener tu figura, pero oye, casi nadie está satisfecho con su apariencia, ¿verdad? —Soltó un suspiro—. De todos modos, el primero en describirme así fue David, no yo.

Kayla jadeó indignada.

—¡No! ¿Cómo pudo...? ¡Menudo desgraciado!

—Sí. Te aseguro que lo es. No contribuyó precisamente a que me sintiera bien conmigo misma.

—Bueno, lo único que puedo decirte es que no todos los hombres son como él.

—Puede que no. —Maddie sonrió—. Solo los más guapos.

—¡No, para! En cualquier caso, si te refieres a Alex, creo que estás muy equivocada.

—Mmm, ya veremos. —Decidió cambiar de tema. No quería seguir discutiendo con Kayla sobre su cuñado. Era mejor no pensar en él—. ¿Qué te parece si nos vamos a la piscina con los demás. Aquí hace demasiado calor.

—Buena idea. Voy a cambiarme.

***

En el sótano de Marcombe Hall había una gran estructura que quedaba en parte bajo la planta que daba al nivel de la calle y en otra salía al jardín con forma de porche acristalado. Dentro había una piscina larga y estrecha con pequeños escalones en un extremo y un mosaico azul con forma de delfín en la parte inferior. Alrededor de la misma había enormes plantas tropicales colocadas a intervalos en macetas blancas y azules de porcelana china, lo que daba un aspecto de invernadero a la estancia. Debido al calor sofocante del día, habían abierto las grandes puertas que daban al jardín para que entrara la brisa.

Cuando Kayla y Maddie llegaron encontraron a los dos hermanos Marcombe en el agua con los niños. Wes estaba jugando con Nell y Alex lanzaba al aire a Jago mientras que el pequeño Edmund chapoteaba, flotando feliz en medio de un inmenso cisne hinchable.

—Oh, ¡es adorable! —exclamó Maddie, señalando al menor—. ¿Todavía no ha aprendido a nadar?

—Sí, pero por ahora prefiere seguir metido en esa cosa.

—Es increíble que tus hijos sepan nadar, con lo pequeños que son.

—Lo sé. Pero todo es obra de Wes. Los lanzó a la piscina cuando eran bebés y, como seguramente habrás oído, a esa edad saben flotar. Me negué a que lo hiciera porque pensé que se ahogarían, pero lo intentó cuando no miraba y funcionó, igual que con Nell.

—Asombroso.

—¿Habéis venido a relevarnos de estos incansables monstruos? —gritó Wes con una sonrisa.

—No, estáis haciendo un gran trabajo —respondió Kayla riendo—. Son todo vuestros.

—Muchas gracias —replicó Wes con cara de arrepentimiento.

Sin embargo, ambas terminaron metiéndose en la piscina y antes de darse cuenta estaban jugando un partido bastante desorganizado de waterpolo que se desarrolló entre muchos gritos y risas. Maddie demostró ser muy hábil a la hora de controlar el balón. Jugó de pareja con Wes contra Kayla y Alex, con un poco de ayuda de vez en cuando de Nell y Jago. Para su desgracia, aquella disposición dio a Alex la oportunidad de perseguirla. En cuanto la alcanzó, sintió cómo le envolvía la cintura con su musculoso brazo para evitar que se escapara mientras trataba de quitarle la pelota, pero Maddie la sujetó como si le fuera la vida en ello. En ese momento fue consciente de lo cerca que estaban y un escalofrío recorrió todo su cuerpo.

Alex sonrió. El sonido de su voz le resultó excitante. Sentía la suave piel del pecho masculino contra su espalda y sus pechos se endurecieron cuando los rozó accidentalmente con el antebrazo. Intentó liberarse con una mano, pero en cuanto tocó su fuerte brazo con esa fina capa de vello volvió a estremecerse. Sabía que el rubor empezaba a extenderse por su rostro y cuello y por el bien de su cordura decidió renunciar a la pelota.

Cuando Alex se alejó nadando, sosteniendo su trofeo en alto en señal de triunfo, se zambulló dentro del agua para refrescar su ahora acalorado rostro. «¡Cálmate, por Dios!», se dijo a sí misma. Sabía por experiencia que sería una locura tener nada que ver con un hombre como Alex y no estaba dispuesta a volver a tomar ese camino. Ya había tenido suficiente con David, ese embustero, falso, hijo de... Detuvo aquel pensamiento al instante. Ese hombre no se merecía ni un segundo de su tiempo; no quería volver a pillarse los dedos.

Pero Alex era muy tentador. Demasiado. Kayla había dicho que resultaba «irresistible».

—Ya lo veremos —masculló ella.

***

—Kayla, necesito ir al pueblo mañana. ¿Podéis dejarme un automóvil, por favor? —Maddie estaba tumbada en la playa junto a su amiga, en la pequeña y solitaria cala que pertenecía a Marcombe Hall, tomando el sol. Como el mar traía una brisa suave y fresca, la experiencia le estaba resultando mucho más agradable que caminar entre puestos de feria derritiéndose por el calor.

—Si quieres puedo llevarte. Mañana tengo que ir a Dartmouth—, dijo Alex. Estaba sentado sobre una roca, unos pocos metros más allá, contemplando el mar. Hasta ahora no parecía estar pendiente de su conversación, por lo que aquel ofrecimiento la tomó por sorpresa.

—Oh. Bueno, eres muy amable, pero tenía pensado ir a Totnes. Además, no creo que quieras perder el tiempo esperándome.

—No hay problema. Y seguro que encuentras las mismas tiendas en Dartmouth. ¿O acaso ibas a algún lugar específico?

—Mmm... en realidad no. —Intentó pensar en alguna otra excusa convincente para no ir con él, pero no se le ocurrió nada y creyó que negarse sin más sería de muy mala educación.

—No tengo prisa. Incluso podemos comer algo cuando hayas terminado de comprar. —La miró fijamente a los ojos y ella hizo lo mismo, hipnotizada por él. Tenía los ojos más azules que había visto en su vida, más incluso que los de Wes, de los que Kayla le había hablado entusiasmada al conocerle. Además, su pelo oscuro ayudaba a intensificar el color y destacaba todavía más, porque su cabello era negro azulado mientras que el de su hermano era castaño oscuro.

Alex llevaba el pelo largo, casi a la altura de los hombros. Se fijó cómo retiraba con los dedos algunos mechones que le caían por la frente y deseó ser ella quien lo hiciera. Se reprendió mentalmente. ¿Qué demonios le pasaba? Estaba segura de que él solo estaba interesado en una cosa y había jurado no volver a acostarse con nadie que no estuviera preparado para comprometerse en una relación seria. Desde el primer momento Alex no le había parecido de ese tipo de hombres sino el clásico mujeriego y las palabras de Annie terminaron por confirmárselo.

—De acuerdo. Muchas gracias —capituló, incapaz de encontrar ningún pretexto—. ¿A qué hora quieres que salgamos?

—¿Te viene bien sobre las diez?

—Sí, perfecto.

***

A la mañana siguiente se pusieron en marcha a la hora acordada, por lo que se ganó un comentario por parte de Alex sobre su puntualidad.

—Creía que las mujeres siempre llegaban tarde —bromeó él.

A Maddie le encantó el brillo que desprendieron sus ojos cuando se rio.

—Y eso es lo que suele ocurrirme —replicó ella—, pero tenía miedo de que te fueras sin mí, así que me he levantado mucho más pronto de lo normal.

—No, no. Nunca haría algo así. Soy un caballero, o al menos así me criaron. —Su rostro adquirió una expresión sombría. Entonces Maddie se dio cuenta de que no debía de estar resultándole fácil adaptarse a la vida fuera de prisión. Muy a su pesar, sintió pena por él.

—Seguro que todavía sigues siéndolo —comentó. Alex enarcó una ceja—. Lo que quiero decir es que deberías olvidarte de tu estancia en la cárcel y dejarlo atrás. Serás lo que quieras ser. Lo que cuenta es el futuro.

Él le lanzó una mirada enigmática.

—Eso es lo que intento decirme todos los días, pero no dejo de tener la sensación de que todo el mundo me mira diferente. Quizá solo sea mi imaginación, pero siento como si llevara un enorme cartel de «ex convicto» en el pecho. Qué tontería, ¿verdad?

Maddie puso una mano en su brazo y se arrepintió al instante. En cuanto sintió su poderoso antebrazo moverse bajo sus dedos se estremeció y tuvo que luchar con todas sus fuerzas para no apartarse de inmediato.

—Todo está en tu cabeza, Alex. Te prometo que ninguno de nosotros piensa eso.

—Gracias. Estoy haciendo todo lo que puedo para olvidarlo. Menos mal que no tengo que buscar trabajo. Cualquiera que quisiera contratarme me preguntaría por los tres años vacíos en mi currículum.

—¿Entonces qué tienes pensado hacer? —Sabía que no tenía que haberle hecho esa pregunta, pero era curiosa por naturaleza y su lengua solía ser más rápida que su cerebro.

—¿No te lo ha contado Wes? He comprado algunas casas de campo que quiero arreglar y alquilar para los turistas que vengan de vacaciones. Lo haré yo mismo y, con el tiempo, espero crear un pequeño imperio.

—Eso suena fantástico, ¿pero de dónde has sacado el dinero? —Vio cómo se le endurecía el gesto y se dio cuenta de que no había elegido las palabras más oportunas—. Ya sé que no lo robaste, me refería a si pediste una hipoteca.

Un poco más tranquilo respondió:

—No, tenía algo de dinero en un fondo fiduciario que Wes siempre se negó a entregarme. —Esbozó una sonrisa triste—. Un tipo sensato mi hermano. Hace tres años me hubiera gastado hasta el último penique en barcos, automóviles ultra rápidos y... Bueno, en cosas como esas. Gracias a Dios cree que he cambiado y que soy digno de confianza, así que es lo que he usado junto con el dinero que Wes obtuvo por la venta de mi barco.

—¿Vendiste el barco? Pensaba que te encantaba el mar. —Kayla le había contado que adoraba navegar y no tuvo ningún problema en imaginárselo al timón de una embarcación, mirando fijamente al horizonte con ojos entrecerrados. Ahora que se había deshecho de la palidez de la prisión y su piel lucía un ligero bronceado se parecía tanto a su antepasado gitano que Maddie no puedo resistir la tentación de vestirlo mentalmente con ropas de pirata. Levita, sombrero de tres picos, camisa de lino con puños de encaje y abierta al cuello mostrando ese torso moreno... De pronto sus mejillas se pusieron tan rojas que tuvo que volver la cabeza hacia la ventanilla abierta para refrescarse con la brisa.

—Y me encanta, pero ese barco en particular me traía muy malos recuerdos.

—Bueno, si yo tuviera la suerte de poder tener uno, no lo vendería salvo que no me quedara más remedio —comentó ella con nostalgia.

—¿Te gusta navegar? No creo que Londres te ofrezca muchas oportunidades de hacerlo —bromeó él.

Le miró alzando las cejas pero no mordió el anzuelo.

—Pues sí que me gusta, me encanta navegar y me gustaría aprender a hacerlo, pero solo he ido de pasajera en un barco un par de veces. —Se encogió de hombros—. Suficiente para desear hacerlo más a menudo. Fue como estar en el cielo.

—Wes me ha prometido que me dejará su velero en cuanto me apetezca salir a navegar. No es tan grande como lo era el mío, pero no está mal. ¿Te gustaría venir conmigo alguna vez?

—Claro que sí. Me encantaría. —Las palabras salieron de su boca antes de que pudiera pensarlas y se arrepintió de pronunciarlas casi al instante, cuando ya era demasiado tarde para echarse atrás.

El resto del viaje lo pasaron discutiendo sobre los planes que él tenía para las casas de campo. Alex se mostró muy interesado en sus ideas sobre decoración, lo que le resultó muy gratificante ya que le alegró poder servir de ayuda.

—Al fin y al cabo —dijo él—, las mujeres sabéis más de eso que nosotros. Así que, si no te importa, puede que te pida algunos consejos cuando llegue a esa fase.

—Por supuesto. Siempre que no tenga que empapelar ninguna pared. Se me da fatal.

***

Dartmouth era una pequeña localidad muy pintoresca. Maddie ya había estado allí antes, de modo que las empinadas colinas que la rodeaban no la tomaron por sorpresa, pero sí volvió a sentirse fascinada por la placentera atmósfera que allí se respiraba. Alex la dejó cerca del centro, donde una zona verde similar a un oasis daba un poco de tregua al calor.

—¿Te viene bien aquí? —preguntó él.

—Sí. Sé dónde estoy. Te veo más tarde.

Las aceras y tiendas estaban llenas de gente, pero Maddie no tenía ninguna prisa. Después de comprar los artículos que necesitaba, se dedicó a pasear tranquila por las estrechas calles, parándose de vez en cuando frente a los escaparates. Como todavía le quedaba por lo menos media hora antes de comer con Alex en el *pub* Three Kings, donde habían quedado, caminó un rato por el puerto, contemplando el mar y los diversos barcos y botes allí amarrados.

Las personas que la rodeaban eran casi todas turistas. Los meses de verano eran temporada alta en aquella zona del país, sobre todo cuando el tiempo acompañaba de forma tan maravillosa como llevaba haciéndolo los últimos días. Empezó a jugar consigo misma intentando adivinar quiénes eran lugareños y quiénes no. El dialecto de Devon era una pista determinante, pero no todo el mundo que vivía en Dartmouth hablaba así. Sin embargo creía poder detectar a los lugareños por su determinación; no deambulaban mirándolo todo, sino que iban con un propósito en mente.

Y fue precisamente en ese momento, mientras observaba a un gran grupo de estadounidenses salir de un salón de té, cuando sucedió.

Alguien se tropezó con ella con la suficiente fuerza como para hacer que frunciera el ceño y él, o ella, no se molestó en pedir disculpas. Alzó la vista y se topó con el rostro irritado de un hombre moreno con una espesa barba. Se quedó congelada de inmediato, como si la hubieran clavado al suelo y fuera incapaz de moverse. Aquel rostro le resultaba familiar y aunque estaba segura de que no lo conocía, por alguna razón le tenía un miedo espantoso.

—Mira por dónde vas —refunfuñó el hombre antes de seguir rápidamente por su camino—. Malditos turistas. Te los encuentras por donde quiera que vayas. No te dejan en paz nunca.

Maddie se quedó mirándolo, con la boca abierta y la extraña sensación de que lo había visto antes, ¿pero dónde? ¿Quién era? De pronto se vio invadida por la urgente necesidad de saber más y fue detrás de él. Le siguió poniendo una prudente distancia entre ambos, como si fuera uno de esos detectives privados de las películas en blanco y negro. Se dio cuenta de que si no estuviera tan afectada, se hubiera echado a reír. Se estaba comportando de forma ridícula, pero le dio igual y continuó decidida.

El hombre andaba a grandes zancadas y muy rápido, así que tuvo que apresurarse para seguirle el ritmo. Gracias a Dios, no fue muy lejos. Al final de la calle, giró a la izquierda y se metió en otra calle más pequeña con una empinada cuesta. Empezaba con algunos escalones y continuaba con un camino en curva que terminaba en un callejón sin salida. Al final de este había una capilla de alguna confesión religiosa y a su izquierda un jardín por el que el hombre entró. Sin mirar atrás, se dirigió hacia una casa y cerró con un sonoro portazo. Maddie se detuvo en cuanto lo oyó, a unos veinte metros de allí.

No supo cuánto tiempo se quedó allí parada, pero después de un rato una anciana se acercó a ella y le preguntó si se había perdido.

—¿Perdone? Oh, no, solo... ¿podría decirme quién vive en la casa que hay al lado de la capilla? —señaló.

—Por supuesto. El reverendo Blake-Jones. ¿Quiere verle? ¿Forma parte de su secta?

—¿Secta?

—Sí, creo que se llaman a sí mismos los San Paulianos.

—Pues... no, no soy uno de ellos. No pasa nada. Ya volveré otro día. —Maddie miró su reloj—. Acabo de recordar que tengo que encontrarme con una persona en cinco minutos. Gracias por su ayuda.

Dicho esto bajó por la calle como alma que lleva el diablo.

Capítulo 6

Alex tamborileó con los dedos en la mesa y echó un vistazo al reloj una vez más. Maddie llegaba tarde y estaba impaciente por volver a verla. Sostuvo entre las manos el refresco frío que había pedido e intentó calmarse.

La conocía desde hacía menos de una semana, pero daba igual. Esa mujer le intrigaba, le fascinaba, y estaba ansioso por conocerla mejor, por familiarizarse con ella. ¿Familiarizarse? Estuvo a punto de soltar una carcajada. Qué estupidez. Quería más, mucho más de ella. Quería conocerla de todas las formas posibles, incluyendo el sentido bíblico, por supuesto. Y no tenía ni idea de cómo conseguirlo. Maddie le había dejado muy claro que no quería que se acercara a ella.

Le resultaba irónico pensar que tres años atrás hubiera podido tener a cualquier fémina que hubiera deseado. Con su apariencia y seguridad en sí mismo siempre le había resultado tan fácil que no se había detenido a pensarlo dos veces. Las mujeres estaban para satisfacer sus necesidades y si alguna decía que no, no le importaba lo más mínimo, sencillamente iba a por la siguiente. Ahora, sin embargo, toda esa confianza en su persona se había esfumado y no quería a cualquiera, sino a Maddie. Solo a ella. ¿Por qué? No lo sabía, pero cada día estaba más convencido de ello.

¡Qué locura! Sí, es cierto que era la primera mujer que había visto tras salir de la cárcel, pero eso le daba igual.

Para probar su teoría había observado a todas las mujeres que había en el *pub* e intentado determinar si alguna despertaba su interés. Al ser la hora del almuerzo, el local estaba lleno y tuvo oportunidad de contemplar al menos a tres jóvenes preciosidades desde donde estaba sentado. Las miró a las tres, estudiando sus rostros, su figura, la forma en que sonreían y coqueteaban, cómo iban vestidas... Ninguna consiguió atraerle lo más mínimo. Por desgracia, sucedió lo contrario. La más llamativa de las tres se le acercó de inmediato. En cuanto se dio cuenta, deseó darse una bofetada. No debería haber mostrado interés alguno.

—¿Alex? Alex Marcombe. ¿De verdad eres tú? ¡Cuánto tiempo sin verte! —La joven se inclinó hacia él para dar un beso en el aire a cada lado de su cara sin rozar sus mejillas, enseñando una gran porción de su generoso escote y envolviéndole en una nube de intenso perfume. Después esbozó una sensual sonrisa—. ¿Te acuerdas de mí? Soy Jenna. De la fiesta de Olivia en la playa hace un par de años.

Alex sonrió y asintió, aunque recordaba muy poco de aquella noche.

—Claro, Jenna. Me alegro de verte. Lo siento... es que... he estado fuera una temporada y soy muy malo para los nombres. —Una excusa pobre, pero la única que estaba dispuesto a ofrecer.

—No te preocupes, a mí me pasa igual. Hay tanta gente que no puedo acordarme de todos. —Le miró a los ojos con decisión y puso una mano sobre su brazo—. Entonces, ¿has vuelto?

Podríamos quedar algún día. Ya sabes, por los viejos tiempos. Siempre estoy lista para una copa.

—En realidad, yo... —Alex estaba desentrenado y no sabía cómo decirle que no sin ofenderla.

Justo en ese momento Maddie entró por la puerta con la cara roja, como si viniera de correr un maratón. A pesar de que venía toda despeinada, se le aceleró el pulso. Ella ni siquiera le había mirado y su cuerpo ya estaba respondiendo de esa forma. Alex maldijo en silencio.

«Pues sí que me ha dado fuerte», pensó.

Maddie lo vio y se acercó a él.

—Siento llegar tarde, me olvidé de la hora —se disculpó. Entonces miró a Jenna—. Espero no haber interrumpido nada. —Sacó una silla, se sentó y se hizo con el menú para leerlo detenidamente. Alex se preguntó qué había estado haciendo, pero evitó decirlo en voz alta.

—Por supuesto que no. Jenna ya se iba —dijo, esperando que fuera cierto. Pero la susodicha estaba ocupada lanzado a Maddie una mirada helada. No obstante, al final pareció entender sus palabras porque se volvió hacia él con una enorme sonrisa en los labios y le dio un beso en la mejilla, volviendo a enseñarle todo el escote.

—Ya te llamo yo, cariño —dijo—. Sé dónde vives. En Marcombe Hall, ¿verdad?

—Sí... por el momento, pero es...

Jenna no le dio la oportunidad de explicarle que era de forma temporal.

—No te preocupes, te encontraré —prometió ella. Estaba seguro de que lo haría. Esa mujer tenía tal brillo de determinación en los ojos que por primera vez se sintió la presa en vez del cazador que solía ser. Una sensación que no le gustó en absoluto—. Adiós —canturreó mientras se alejaba con un descarado contoneo de caderas.

Maldición. Se dio cuenta de lo tensa que volvía a estar Maddie en su presencia. Justo cuando había conseguido que se relajara un poco con él... ¡Cómo no!

Respiró hondo e intentó sonar de lo más normal cuando le preguntó:

—¿Terminaste de comprar?

—¿Qué? Oh, sí, gracias. —Ella hizo un gesto hacia las bolsas que había dejado en el suelo—. Encontré todo lo que necesitaba.

Se fijó en la bolsa más grande y vio que era de una conocida marca de materiales de dibujo así que decidió llevar la conversación por esos derroteros.

—¿Eres pintora? —preguntó, ansiando conocer un poco más de ella. Kayla le había dicho que Maddie trabajaba como secretaria legal, tal y como solía hacer su cuñada.

—No exactamente. Solo pinto por placer de vez en cuando. No suelo tener mucho tiempo, pero ahora que me he tomado unas vacaciones había pensado en dedicar algunas horas. Marcombe tiene unas vistas tan magníficas.

—Cierto. ¿Me dejarás ver el resultado final?

—No sé qué decirte. —De pronto adoptó una expresión tímida que le encantó—. No soy tan buena como para enseñar mi trabajo.

—Por favor. Prometo no reírme. Yo no podría dibujar ni aunque me fuera la vida en ello. Es más, creo que Jago pinta mucho mejor que yo. —Sonrió y se alegró de ver que ella también le respondía con una sonrisa. Bien, volvía a relajarse con él. Tenía una boca generosa; una de esas hechas para ser besadas. Estuvo a punto de soltar un gemido. Tenía que dejar de pensar en aquello o se volvería loco.

—Muy bien, pero si te ríes te golpearé con mi caja de pinturas en la cabeza.

Él se rio entre dientes.

—Suena como un castigo espantoso. Prometo comportarme.

—Justo lo contrario a lo que quería hacer con ella. Suspirando para sus adentros, tomó el menú y empezó a leerlo.

***

—¿Estás ahí, Maddie? ¿Puedo entrar?

Kayla llamó a la puerta pero entró en su dormitorio antes de que le diera tiempo a contestar. A Maddie no le importó. Su amiga solía acudir a su habitación para tener una charla nocturna después de acostar a sus hijos.

—Adelante. —Maddie estaba sentada junto a la ventana abierta, con la barbilla apoyada en los brazos, sumida en sus pensamientos.

Kayla fue hacia ella y se sentó a su lado.

—Eh, ¿estás bien?

—Sí, eso creo. —Suspiró y miró al horizonte una vez más. «¿Estoy bien?», pensó. No lo sabía.

—Durante la cena has estado un poco absorta y parecías... obsesionada. No he podido evitar preguntarme si ha pasado algo. ¿Te ha molestado hoy Alex? Sé que puede ser bastante encantador, pero creí que había dejado atrás sus viejas costumbres y ya no flirteaba con cualquier cosa que llevara falda.

—¿Alex? No, él no tiene nada que ver con esto. Siento no haber sido buena compañía.

—Tranquila. Entonces, ¿qué te ocurre?

—Bueno... —Vaciló unos segundos, aunque se decidió enseguida. Tenía que contárselo a alguien o se volvería loca—. Kayla, ¿te acuerdas de lo que te comenté sobre las cosas tan extrañas que me dijo aquella gitana y cómo encajaban con el sueño que suelo tener?

—Sí.

—Pues ha pasado algo que creo que, de alguna manera, está relacionado con esa predicción.

Maddie sabía que Kayla había experimentado sucesos fuera de lo normal en el pasado, así que no le sorprendió que no pusiera en duda su cordura. Para su amiga lo paranormal existía y creía en ello sin ningún tipo de reserva.

—Fue un poco raro. Un hombre tropezó conmigo en el puerto de Dartmouth y cuando alcé la vista para mirarle creí reconocerlo. Al principio no estaba segura de qué, pero tras mucho pensarlo, estoy convencida de que es el hombre de mis sueños. El que me atrapa por la espalda. —Se estremeció—. El que es malvado, como dijo la gitana.

—¿Dio él alguna señal de conocerte?

—No, solo se puso furioso, como si la culpa de nuestro encontronazo hubiera sido solo mía. Me llamó «maldita turista» o algo parecido. Sentí el impulso de seguirle y averigüé que es una especie de predicador llamado Blake-Jones. ¿Has oído hablar de él?

—Oh, sí, claro que sí. Es uno de esos pastores incendiarios que solo saben inculcar el temor de Dios entre sus feligreses. Por lo visto lidera una especie de secta. Una amiga me dijo que tiene esposa y una hija que parecen ratoncitos que se asustan hasta de su propia sombra. Ese hombre debe de ser un matón de primera.

—Sí, tiene sentido. Desde luego tiene toda la pinta. Es un auténtico gruñón. No se asemeja en nada a cómo me imagino que debe de ser un hombre de Dios. —Volvió a estremecerse, recordando aquel siniestro rostro.

—¿Y qué piensas hacer? ¿Vas a hablar con él?

—¡No, rotundamente no! Prefiero no volver a cruzarme con él, muchas gracias, pero sí que he tomado una decisión. Creo que necesito saber quién soy. Como tú dijiste, saber quiénes eran mis padres biológicos. Puede que todos esos sueños tan raros que tengo estén conectados con mi pasado. ¿Qué opinas?

—¿Estás segura de que no tienen nada que ver con un incidente de tu infancia? No creo que recuerdes nada de tu vida antes de la adopción, eras muy pequeña. ¿No se lo contaste nunca a tus padres?

—Sí, hablé con mi madre al respecto cuando era una niña, pero me dijo que eran producto de mi imaginación. Mis padres no tenían amigos o conocidos con barbas negras o pelirrojas. Con ninguna barba en realidad. De todos modos, si me hubiera pasado algo que diera lugar a estas pesadillas, estoy segura de que me lo habrían dicho.

—Mmm, puede que tengas razón. Necesitas saber más. Si yo fuera tú, también querría indagar. Tiene que haber una buena razón por la que tus padres biológicos no pudieron quedarse contigo. Ahora que tengo hijos, no concibo la vida sin ellos, pero me imagino que en determinadas circunstancias no te queda más remedio que renunciar.

—Sí, eso mismo pensé yo. —Tenía que admitir que sí que sentía curiosidad. Era una sensación que había ido creciendo desde que se enteró de que era adoptada, aunque su primera reacción fue de enfado e incredulidad. Sin embargo, junto con esa curiosidad también tenía cierto miedo al rechazo; un miedo que le había impedido indagar más, pero ahora sabía que no podía permitir que aquello la detuviera. No se hacía ilusiones de que todo terminara en una feliz reunión familiar, no obstante, aunque sus padres biológicos no quisieran saber de ella, necesitaba saber por qué la dieron en adopción. De momento sus orígenes eran un enorme agujero negro que necesitaba llenar con información, ya fuera buena o mala. Eso le ayudaría a entenderlo.

—Si no te importa —continuó—, regresaré a Londres unos días para ver qué puedo encontrar. Mañana llamaré a los servicios sociales por si tengo que pedir cita o cualquier otra cosa.

—Buena idea. Creo que tienes que quitarte este peso de encima antes de enfrentarte a tu futuro.

—Gracias, Kayla —dijo Maddie, asintiendo.

Se le contrajo el estómago al pensar en todo lo que se le venía por delante, pero no le quedaba otro remedio. Aquello era algo que tenía que hacer.

***

No perdió el tiempo y a la mañana siguiente hizo varias llamadas de teléfono. Cuando terminó fue en busca de Kayla y la encontró en la cocina.

—Lo conseguí. Ya sé lo que tengo que hacer.

—Estupendo, ¿y qué te han dicho?

—La mujer con la que hablé me comentó que no podía darme ningún tipo de información por teléfono, por lo que he pedido cita para ver a un orientador la próxima semana. No es un requisito indispensable porque nací después de 1975 y la ley cambió, haciendo las cosas un poco más accesibles, pero me dijo que le parecía una buena idea. Esta es una decisión muy importante en mi vida y estoy de acuerdo con ella en que no me vendría mal que alguien me aconsejara.

—Entonces, ¿no vas a tener ningún problema a la hora de saber quiénes fueron tus padres?

—No como tal. A los padres que dieron en adopción a sus hijos antes de 1975 se les aseguró que esos niños nunca podrían seguirles la pista, pero hoy en día ya no se les da ninguna garantía al respecto. Aunque eso tampoco significa que quieran que les encuentren.

—Me imagino que no. La verdad es que es un asunto muy delicado.

—Sí, aunque la ley les obliga a facilitarme la información creo que quieren que entienda la importancia de lo que voy a hacer. Tengo que llevarles una prueba de identidad y la mujer me dijo que el orientador me dará más detalles en cuanto nos veamos.

—¿Cuándo te vas?

—Quiero estar en Londres el martes, la reunión es el miércoles.

—Muy bien. Pero vuelve pronto, ¿de acuerdo? Acabas de llegar y todavía no queremos perderte de vista.

—No te preocupes. Ahora mismo no me quedaría en Londres ni por todo el oro del mundo.

***

Comparado con Marcombe, Londres era un lugar sucio y ruidoso. Maddie arrugó la nariz en cuanto salió del tren. Los olores a contaminación y concentración de gente se cernían sobre el ambiente formando un manto que se mezclaba con el húmedo calor del verano. Sintió como si todo el polvo a su alrededor se filtrara por cada poro de su piel. Le resultaba curioso no haberse percatado de algo así antes, se comprendía que lo había dado por hecho como tantos otros habitantes de la capital. Londres era una ciudad maravillosa en muchos sentidos y todos los que allí residían habían aprendido a vivir en ella con sus pros y sus contras. No obstante, suponía un gran alivio escapar de vez en cuando de todo ese ajetreo y bullicio. Aunque en ese momento sintió la necesidad de darse la vuelta y tomar el tren de regreso a Devon para no volver nunca más, las ganas que tenía de obtener más información sobre su pasado ganaron la batalla. Agarró su maleta y se dirigió hacia la salida.

Sin embargo, durante el trayecto en metro hasta el diminuto apartamento en Fullham que compartía con su amiga Jessie, le asaltaron las dudas. ¿Estaba haciendo lo correcto? ¿Era bueno remover el pasado? ¿No debería sentirse feliz por haber tenido la suerte de ser criada por dos personas estupendas que habían cuidado tan bien de ella? Habían sido su familia. La habían querido, a diferencia de sus padres biológicos. Suspiró y se limpió el sudor de la frente con el dorso de la mano. Las preguntas se arremolinaban en su agotada cabeza como un torbellino, pero todo conducía a un único camino: la necesidad de saber. Tan simple como eso.

El apartamento estaba a escasa distancia de la estación de metro de Fullham Broadway y antes de darse cuenta estaba metiendo la llave en la cerradura de la puerta de entrada.

—¡Maddie! ¿Qué haces aquí? Creía que estabas de vacaciones. —Jessie estaba sentada en el sofá, absorta en un libro, pero alzó la vista en cuanto la oyó entrar. Esbozó una enorme sonrisa y se lanzó hacia su amiga para darle un buen abrazo de bienvenida con su pelo caoba meciéndose en su espalda. Los ojos azul-violeta de Jessie se veían enormes y más aún con ese par de gafas de montura lila tan a la moda.

Las dos muchachas se habían conocido en uno de los trabajos temporales de Maddie y congeniaron de inmediato. Jessie era una persona tranquila, apasionada de la lectura y que tenía por principal afición la genealogía, que investigaba con fascinación inagotable; también tenía un característico sentido del humor que llamó su atención y ambas compartían un montón de intereses.

—Lo siento, Jessie, olvidé llamarte para decirte que venía. De todos modos solo he venido para un par de días. Pasó algo.

—¿Ah, sí? Pues debe de ser importante si ha conseguido que vuelvas a este infierno. Sinceramente, esta última semana pensé que moriría de uno de esos golpes de calor. En la oficina no hay aire acondicionado y apenas abrimos las ventanas. He intentando convencer a mi jefe para que lo instale, o por lo menos nos compre unos ventiladores, pero dice que no merece la pena para unas pocas semanas al año. Menudo tacaño. —Jessie dio unas palmaditas al sofá—. Ven y siéntate. Serviré un par de copas de vino y podrás contarme qué ha ocurrido.

Tras una charla en la que puso a su amiga al día, Jessie se acordó de algo:

—Lo siento, se me olvidó decirte que te llamó tu hermana. Quería discutir no sé qué contigo.

—¿Ah, sí? ¿Cuándo?

—Hará un par de días. De hecho te ha dejado varios mensajes desde entonces, pero no le he hecho ni caso. —Jessie sonrió—. Pensé que era mejor que te encargaras tú de ella.

—Gracias —replicó con una mueca—. Justo lo que necesitaba. Supongo que será mejor que la llame y terminar cuanto antes.

Olivia, como siempre, no perdió el tiempo con ningún tipo de cordialidad.

—Por fin —exclamó sin pronunciar un mísero «hola»—. ¿Dónde narices estabas?

—No es asunto tuyo. —Maddie ya no quería ser conciliadora con su hermana y estaba deseando no volver a oír hablar de ella—. ¿Llamaste?

—Sí, necesito las cucharillas de té de plata.

—¿Perdona?

—Ya me has oído, las cucharillas de plata que te llevaste. Voy a dar una cena y las necesito. Forman parte de la cubertería que papá y mamá tenían y...

—¡No! —Prácticamente gritó la respuesta. Después tomó una profunda bocanada de aire y empezó de nuevo—. No, me las regalaron nuestros tíos cuando cumplí diez años. Dentro del estuche hay una tarjeta firmada por todos ellos. Mamá me dijo que pensaron que ya era lo suficientemente mayor para recibir algo «útil» en vez de juguetes. Así que cómprate tus propias cucharillas.

Olivia se quedó callada durante un segundo, pero se recuperó casi al instante.

—Muy bien, da igual. Pero tienes que devolverme el brazalete de oro de mamá. No entiendo por qué te lo llevaste. O por lo menos deberíamos venderlo y repartirnos el dinero.

Maddie apretó los dientes con tanta fuerza que le dolieron las sienes.

—Escúchame, Olivia. No voy a devolverte ni un solo objeto de los que me llevé de esa casa. Te has quedado con mi parte de la herencia, de modo que no te debo nada. ¡Nada! Y para tu información, fui yo la que le compré ese brazalete a mamá, así que tengo todo el derecho del mundo a quedármelo. Ahora vete a la mierda y no vuelvas a llamarme, ¿entendido?

Colgó el teléfono y se enfureció por dentro. ¡Qué fácil hubiera sido su vida si hubiera tenido una hermana diferente! Pero aquella conversación la había ayudado en algo; ahora tenía una doble razón para buscar a sus padres biológicos. Si los encontraba, tendría más familia que su hermana adoptiva y, la quisieran o no, seguro que eran mejores que lo que tenía en ese momento.

Capítulo 7

—Dios, esto es peor que ir al dentista —masculló Maddie. Estaba sentada en la sala de espera de un anodino edificio de oficinas, en alguna parte de Holborn, con su amiga Jessie, que la había acompañado para apoyarla en ese trance. Ya había pasado la hora de su cita y estaba segura de que si no la llamaban pronto regresaría a Devon sin uñas. Se las había ido mordiendo una a una y estaban empezando a dolerle. Maldiciendo por lo bajo se sentó encima de sus manos.

—Es una lástima que hoy en día no se lleven los guantes —farfulló—. Ahora entiendo por qué los usaban. —Por alguna razón estaba convencida de que su futura felicidad dependía del resultado de la entrevista de hoy y aquello la aterrorizaba.

—Tranquila, seguro que te toca pronto. Ya sabes que los funcionarios suelen trabajar a su ritmo —comentó Jessie con tono calmo.

—Es una suerte que os tenga a ti y a Kayla. No sé qué haría sin vosotras —le dijo agradecida Maddie.

—¿Por qué no lees una revista o algo? —Jessie esbozó una sonrisa—. Así se te pasará el tiempo más rápido.

—Madeline Browne —llamó desde la puerta una mujer pequeña. Maddie se sobresaltó al oír su nombre. Después se puso de pie con tanto ímpetu que casi volcó la silla.

Jessie le susurró un «buena suerte» antes de darle un ligero empujón en la dirección correcta. Tragó saliva y siguió a la orientadora por un laberinto de pasillos.

La mujer se presentó como Bridget Wells y terminó llevándola a una habitación de reducidas dimensiones con una deprimente vista de más edificios de oficinas. La estancia apenas tenía muebles o adornos; ni una planta, ningún papel y ninguna foto, excepto por una impresión particularmente fea de Picasso. El escritorio y la papelera estaban vacíos. Daba la impresión de ser un despacho impersonal, frío y aséptico; estaba claro que no era la oficina de nadie, solo el lugar que se usaba para celebrar ese tipo de entrevistas. Fuera, unas palomas se posaron sobre el alféizar de la ventana y comenzaron a acicalarse. Maddie intentó centrarse en ellas para tranquilizarse, aunque no obtuvo mucho éxito ya que segundos después estaba molesta por su arrullo constante.

—Por favor, tome asiento, señora Browne.

—Gracias.

—Muy bien. ¿Ha traído algo que la identifique? —Maddie sacó la documentación necesaria—. Excelente. Ahora, si es tan amable, cuénteme por qué quiere encontrar a sus padres biológicos.

—Bueno, mis padres adoptivos fallecieron hace poco en un accidente de tráfico y hasta que no se procedió a la lectura del testamento no me enteré de que era adoptada. Nunca me lo dijeron y siempre me trataron como si fuera su hija de verdad. Lo que, supongo, era realmente para ellos. Quiero decir que...

La señora Wells hizo un comprensivo gesto de asentimiento mientras ella intentaba explicarse. Estaba confundida y una vez más tuvo que sentarse sobre sus manos. Siempre que se sentía agitada le entraban unas ganas horribles de morderse las uñas y resistirse a ese impulso nunca le había resultado tan difícil como hoy.

Al cabo de unos segundos se las arregló para continuar:

—Está claro que sentí curiosidad y, aunque soy consciente de que mis padres biológicos puede que no quieran contactar conmigo, al menos necesito saber un poco más de mis orígenes. Tal vez entender por qué... —Se le formó un nudo en la garganta que le impidió continuar. La enormidad de la situación se intensificó en aquel sombrío despacho, hablando con una completa extraña, aunque le resultara simpática.

—Ya veo —dijo la orientadora—. Bueno, la curiosidad siempre es lógica, señora Browne, pero me veo en la obligación de prepararla para el hecho de que puede que contactar con ellos solo traiga más angustia y tensión emocional a todas las partes implicadas. Dar un hijo en adopción suele ser un proceso doloroso; algo que tal vez sus padres no quieran recordar. O aunque tampoco quieran olvidarlo, quizá no deseen saber de usted. Eso también le afectaría a usted en sentido negativo.

Sintió una punzada de dolor en el estómago.

—Lo sé —susurró.

—Puede que su madre la diera en adopción porque quería mantener su embarazo en secreto y que ahora tampoco esté dispuesta a que salga a la luz. Estoy segura de que lo entiende.

—Sí, por supuesto.

—Solo quiero que conozca los posibles efectos que pueden acarrear sus acciones antes de hacer nada. Tiene que estar absolutamente segura de que está preparada para enfrentarse a lo que sea que encuentre. Seguro que ha oído hablar de un montón de historias de personas que se han reencontrado después de veinte o treinta años y se han llevado bien desde el principio, pero créame si le digo que las cosas no son siempre de color rosa. De hecho, la mayoría de las veces no terminan como uno espera.

Maddie miró hacia la ventana, tratando de mantener sus emociones bajo control. Aquella entrevista estaba resultando más dolorosa de lo que se imaginó.

—Sin embargo —prosiguió la señora Wells—, desde un punto de vista más positivo, también existe la posibilidad de que su madre biológica haya cambiado de opinión con los años y ahora esté deseando que contacte con ella. Al fin y al cabo, fue algo que sucedió hace mucho tiempo y, al igual que usted siente curiosidad, ella también quiera saber de su persona. Sus circunstancias también podrían haber cambiado para mejor. Un buen comienzo es visitar las páginas en Internet que se dedican a poner en contacto a unas personas con otras en este tipo de casos.

Maddie asintió y se removió en la silla estudiando sus pobres y maltratadas uñas con detalle.

—¿Y ahora qué?

—Aquí tengo información sobre el nombre que le pusieron, fecha y lugar de nacimiento, etc.... —La señora Wells empujó un papel tamaño folio hacia ella que tomó de forma casi reverente—. Con estos datos puede solicitar un certificado de nacimiento completo en el Registro General. Tardará unos cinco días laborables. Una vez que lo reciba, podrá seguir la pista de sus padres por sí misma. —Frunció ligeramente el ceño—. Me temo que ha habido un pequeño contratiempo administrativo y por el momento no tenemos más información sobre su caso. Tendría que haber más, pero ha debido de guardarse en otro fichero o algo por el estilo. Estamos trabajando en ello y estoy segura de que muy pronto podré ofrecerle más.

—Entiendo. —Maddie levantó el papel con dedos temblorosos y pudo leer las escasas notas que había en él. La nítida escritura negra destacaba sobre el prístino blanco de la hoja. En un primer momento las letras parecieron bailar ante sus ojos y tuvo problemas a la hora de encontrarles un sentido, pero en cuanto se tomó un segundo para respirar hondo lo leyó perfectamente.

> Madeline Browne, nombre original Sorcha Kettering. Nacida el 19 de agosto de 1984, en Shepleigh, Wiltshire.
> Nombre de la madre: Ruth Kettering.
> Nombre del padre: Desconocido.

También incluía los datos de la autoridad local que autorizó la adopción.

Se le revolvió el estómago y sintió como si le aplastaran el pecho con un yunque de hierro.

—¿Señora Browne?

Se dio cuenta de que la señora Wells le estaba hablando.

—¿Qué? Lo siento, estaba...

—Le decía que si tiene alguna duda puede llamarme en cualquier momento. Por mi parte me pondré en contacto con usted en cuanto tenga los datos que faltan.

—Gracias. Ha sido muy amable. Yo... Gracias. —Estaba a punto de irse cuando se percató de algo—. Un momento. La fecha de adopción es... tres años después de mi nacimiento, ¿verdad?

—Sí, no solo se adoptan bebés —asintió la señora Wells—. A veces las madres solteras intentan hacerse cargo de ellos y luego se dan cuenta de que no pueden. De todos modos, sabremos más de su caso cuando encontremos los datos que faltan.

—Sí, claro. Muy bien. Entonces me despido.

Abandonó el pequeño despacho a trompicones, continuó por el pasillo y se dirigió a la sala de espera. «¿Cuando me adoptaron tenía tres años?» Así que era posible que sí recordara algo de sus primeros años. Entonces, ¿el sueño era real?

Jessie la estaba esperando.

—¡Ya estás aquí! ¿Cómo ha ido?

Le pasó a su amiga el folio y se fue directa a la salida.

—Vámonos de aquí, necesito un poco de aire fresco.

***

Regresar a Marcombe fue como volver al paraíso y eso fue lo que Maddie le dijo a Kayla nada más llegar. La paz que se respiraba en la casa la envolvió como un reconfortante capullo, de modo que el asunto de sus padres biológicos, aunque no desapareció por completo, sí que dejó de dar vueltas en su cabeza como en Londres.

—Es fantástico tenerte de vuelta. Entra y cuéntame qué ha pasado.

Maddie sacó la hoja de papel del bolso y se la mostró a Kayla.

—Esta es toda la información que tengo hasta el momento, pero he solicitado un certificado de nacimiento completo. No tengo muy claro si ahí encontraré más datos, pero la orientadora me dijo que me enviarían el resto de documentación cuando la encontrara.

—¿Cómo que cuando la encontrara?

—Sí, por lo visto debieron de incluirla en otro fichero o se ha traspapelado. No me sorprende, teniendo en cuenta las decenas de montañas de registros que deben de tener.

—Razón de más para archivarlos correctamente, aunque me imagino que nadie es perfecto.

—Sí, ¿y sabes qué? Fíjate en la fecha en que me adoptaron. Tres años después de nacer, así que no era un bebé. De modo que el sueño que tengo sí que puede estar relacionado con mis primeros años de vida.

—¡Vaya, qué interesante! Aunque también da un poco de miedo... Bueno, por lo menos esos datos son el primer paso a seguir en la dirección correcta. —Kayla estudió la hoja—. Mmm, tampoco te dice mucho. A ver si tienes suerte y Shepleigh es una localidad pequeña donde pueda haber alguien que te recuerde. ¿Vas a ir allí?

—No lo sé. Tal vez, pero primero quiero ver lo que pone en el certificado de nacimiento.

—Buena idea. ¿Y mientras tanto?

—Mientras tanto voy a tomarme unas vacaciones tal y como me prometí cuando llegué la semana pasada. Puede que al final no encuentre nada en absoluto y por ahora prefiero olvidarme de todo el asunto durante unos días. Todo ese runrún en mi cerebro no hace más que molestarme y dejarme agotada.

—Me parece perfecto. ¿Qué te parece si vamos a ver qué está cocinando Annie para la hora de comer?

***

La semana siguiente disfrutaron de un tiempo excelente y estuvo llena de salidas a la cala y pequeñas excursiones a los alrededores de Marcombe para pintar los paisajes. Maddie intentó relajarse y no preocuparse por el futuro. Hacía tiempo que necesitaba unas vacaciones como aquellas y estaba dispuesta a disfrutarlas al máximo, dejando a un lado todo lo demás. Se dedicó a jugar con los hijos de Kayla y a mantener largas conversaciones con su amiga. De vez en cuando, también se encontró en compañía de Alex que, aunque su intensa mirada seguía inquietándola, parecía estar esforzándose por conocerla. No estaba segura de si debía alentarle ya que seguía sin querer mantener ningún tipo de relación con un mujeriego, pero tampoco quería mostrarse maleducada. Al fin y al cabo era el cuñado de Kayla y no podía ignorarlo.

—¿De qué estáis hablando los dos? —Kayla se acercó para echar un vistazo a los castillos de arena que ella y Alex estaban haciendo para los pequeños mientras hablaban de todo un poco.

—De pop *punk* alternativo. —Alex le sonrió—. Por lo visto a Maddie y a mí nos gusta el mismo estilo de música.

—¿En serio? —Kayla hizo una mueca—. No creí que a nadie más pudiera gustarle eso. Si solo saben hacer ruido.

—Pareces una jubilada —bromeó ella—. Tienes que admitir que te gustaron algunas de las canciones que te puse.

—Sí, bueno, algunas, pero no esas en las que berrean.

Alex soltó una carcajada.

—Está claro que Alex y tú sois la pareja perfecta. Me dijo lo mismo el otro día cuando íbamos en el automóvil.

—Entonces vosotros también lo sois —replicó Kayla. A continuación alzó a Edmund en brazos—. Vamos, hombrecito, es hora de quitarte toda esa arena de encima.

Maddie inclinó la cabeza para ocultar sus ruborizadas mejillas. Kayla tenía su parte de razón, el tipo de música no era lo único en lo que Alex y ella coincidían. Tenían muchas cosas en común, les gustaban las mismas películas, libros, programas de televisión... lo que la desconcertaba un poco. Nunca había encontrado a una persona con la que tuviera tanta sintonía y no sabía si le estaba tomando el pelo para caerle bien.

Lo cierto era que no quería tener nada en común con él. No quería que le gustara y punto. Porque lo contrario solo la conduciría a consecuencias desastrosas.

—Están poniendo una película en el cine del pueblo que te gustará seguro —dijo él—. ¿Por qué no vamos a verla una noche de estas?

Maddie negó con la cabeza sin mirarle a los ojos.

—Gracias, pero hace mucho calor para ir al cine. Tal vez en otro momento. —Esperaba que pillara la indirecta y él lo hizo.

—De acuerdo.

Pero cuando alzó la vista Alex la estaba mirando con ojos entrecerrados, como si estuviera considerando persuadirla, de modo que se inventó una excusa a toda prisa y fue a lavarse la arena de las manos.

Maldición, no quería pasar tiempo en su compañía. ¿Por qué no se lo pedía a Jenna? Por alguna razón, imaginárselo con aquella rubia esbelta la puso de muy mal humor, pero se dijo a sí misma que tenía que tranquilizarse. Si se mantenía firme, Alex encontraría a otra para salir.

***

A finales de esa semana llegó por fin el certificado de nacimiento y Maddie tuvo la sensación de que sus vacaciones habían terminado. Se quedó mirando el papel verde durante un buen rato mientras unos invisibles y helados tentáculos tiraban de su estómago una vez más. Había llegado la hora de tomar decisiones.

Cuando sus piernas respondieron, lo primero que hizo fue ir a contárselo a Kayla. La encontró en el despacho de Wes, con aspecto distraído, pero dispuesta a escuchar con suma paciencia.

—Ya lo tienes. ¿Qué es lo que pone?

—Prácticamente lo mismo que me dio la orientadora, excepto que incluye un nombre y la dirección del lugar de nacimiento.

—¿Y de quién se trata?

—De John Kettering, el hermano de Ruth. Dio su dirección en Three Bluehouse Lane, en Shepleigh, Wiltshire. Me imagino que fue allí donde nací, o en un hospital cercano.

—Bueno, esa es una buena noticia, ¿no? Ahora tienes un punto de partida. Tal vez siga viviendo allí.

—Sí —suspiró y se puso a enrollar distraídamente uno de sus rizos pelirrojos alrededor del dedo—. Lo que pasa es que no sé si debo seguir con esto o no, Kayla. No estoy segura de poder afrontarlo.

—A ver, si no lo haces siempre te quedará la duda. Encuentra tu pasado y ponle fin de una vez por todas. No tienes nada de qué preocuparte. ¿No dice nada más sobre tu madre?

—No. Donde debería poner su ocupación está en blanco. Quizás era demasiado joven para tener un empleo.

—Puede ser. Bueno, espera a ver qué te dicen cuando encuentren la información que falta. —Kayla se puso de pie—. Lo siento, pero ahora mismo no tengo tiempo para seguir hablando. Ha pasado algo.

—¿Sí? Te he notado un poco confusa cuando he entrado. Lo siento, debería haberte preguntado primero.

—No, no. No te preocupes. A mi padre lo han ingresado en el hospital por un posible ataque al corazón y mi madre quiere que vayamos a casa y nos quedemos unos días.

—Oh, Kayla, deberías habérmelo dicho y no dejar que parloteara sobre mis insignificantes problemas.

—Para ti es importante. De todos modos mi padre está estable y, según mi madre, parece que lo peor ya ha pasado, así que no tenemos que dejar llevarnos por el pánico. Recuerda que es enfermera y entiende de esto. Aún así, no puedo evitar preocuparme cuando lo primero que le dijo fue que quería ver a sus nietos. Ya sabes que los adora. En cuanto a mi madre, creo que le vendría bien nuestra compañía.

—¿Y qué pasa con tus hermanos? ¿No os pueden echar una mano?

—Bella está muy liada con el trabajo y ahora no puede tomarse días libres. Anthea está a punto de dar a luz a su primer hijo y Vic está de viaje por la India. ¡Sabe Dios dónde estará! Mi madre ha sido incapaz de contactar con él y hay que esperar a que sea él el que llame. Dijo que quería alejarse de la civilización o algo parecido. —Kayla se encogió de hombros y abrió las manos en un gesto de derrota—. Así que solo quedamos nosotros.

—¿Seguro que quieres llevarte a los niños? Si quieres puedo quedarme aquí y cuidar de ellos —se ofreció. Veía la preocupación en los ojos de su amiga y sabía por lo que estaba pasando. Aunque su angustia había durado poco (el escaso tiempo que tuvo la esperanza de que sus padres siguieran con vida) tuvo la misma sensación de impotencia que Kayla estaría experimentando en ese momento.

—Gracias, pero no puedo irme sin ellos. Sin embargo, sí que hay algo que... ¿Podrías quedarte a vigilar la casa hasta que regresemos?

—Por supuesto. —Maddie no dudó en aceptar, pero al instante siguiente se dio cuenta de un detalle—. Pero ¿y Alex? ¿No deberíais preguntarle primero? Al fin y al cabo yo solo soy una amiga y él el hermano de Wes.

—Oh, ya lo hemos hecho. Os vais a encargar los dos.

—¿Qué? Vaya... —La idea de quedarse sola con Alex la inquietaba, a pesar del considerable tamaño de Marcombe Hall. Desde que había regresado de Londres se las había apañado para no quedarse a solas con el apuesto hermano de Wes, aunque su penetrante mirada despertaba extrañas sensaciones en su interior. Pero sin Kayla ni Wes de por medio no sabía si podría mantener las distancias.

—No te importa, ¿verdad? —Kayla volvía a parecer preocupada—. Creía que en los últimos días os habíais hecho amigos. En todo caso, está tan ocupado con sus casas de campo que lo más probable es que no le veas mucho por aquí.

—No... mmm... por supuesto que no, estaremos perfectamente. Solo me ha sorprendido, eso es todo. —Tenía sus dudas, pero ansiaba quedarse en Devon un poco más y no quería abusar de su hospitalidad. Ahora ya no tenía que preocuparse por eso. Lo único que tenía que hacer era recordar la decisión que había tomado con respecto a los hombres y tratar a Alex como a un hermano.

***

—¿Sabes qué? Podría dormir en una de las cabañas y venir a ver a Maddie de vez en cuando mientras estáis fuera.

Desde que Wes le había pedido que vigilara la casa y a la amiga de Kayla, Alex había intentando pensar en una buena excusa para evitarlo. ¿Cómo demonios se suponía que iba a mantener las manos alejadas de ella viviendo bajo el mismo techo? Sería una agonía. No, mejor dicho, sería ser un auténtico infierno.

—No seas idiota. Esta casa es tan grande que dudo que os veáis las caras más que para cruzaros de tanto en cuanto. —Wes estaba ocupado haciendo las maletas y ni siquiera le miró a los ojos.

«Yo no apostaría por ello.» Alex apretó los puños dentro de los bolsillos.

—Seguro que a Maddie también le incomoda esta situación. Eso de quedarse sola con un delincuente...

Wes le lanzó su mirada más severa de hermano mayor.

—Por Dios. Para de una vez. Forma parte de tu pasado y todos lo hemos olvidado, incluida Maddie. Tienes que dejar de pensar así. No es como si lo tuvieras tatuado en la frente. Los dos os habéis llevado muy bien toda esta semana, ¿dónde está el problema entonces? Hazlo por mí, por favor, ¿de acuerdo? Me quedo más tranquilo sabiendo que hay un hombre en la casa. No podemos dejar a Maddie sola.

Annie nunca se quedaba allí por las noches, salvo cuando hacía de canguro y Alex lo sabía. Contuvo un suspiro.

—Sí, claro. No te preocupes. Me quedaré.

Le debía mucho a su hermano mayor y estaba dispuesto a hacer su trabajo.

Capítulo 8

Kayla, Wes y los niños se marcharon temprano al día siguiente. Cuando Maddie bajó a desayunar, se encontró con Alex sentado a la mesa leyendo el periódico. En cuanto entró, alzó la vista y la saludó con un rápido «buenos días» volviendo a centrar su atención en el diario.

—Buenos días —respondió ella. Luego miró por la ventana . Parece que vamos a tener otro día estupendo. Es increíble el tiempo tan bueno que está haciendo, estamos teniendo mucha suerte este año.

—Sí, es fabuloso, ¿verdad? Lo que me recuerda algo, ¿te apetecería salir hoy conmigo a navegar? Había pensado en tomar prestado el barco de Wes. Últimamente no he tenido mucho tiempo y el mar me está llamando a gritos. —Esbozó una enorme sonrisa que hizo que Maddie sintiera un incómodo calor en su interior.

Se dio la vuelta para hacerse unas tostadas. ¿Se arriesgaba a ir con él o se decidía por la opción más segura de ir a la cala? La idea de surcar las olas con la piel azotada por la brisa salada del mar era muy tentadora. Oh, qué narices... Ignoró la voz de la razón.

—De acuerdo, estaría muy bien. ¿Pero qué pasa con la casa? Se supone que debemos vigilarla.

—Annie se quedará hasta que regresemos. ¿Qué podría pasar a plena luz del día?

—Sí, supongo que tienes razón. Muy bien entonces, ¿cuándo nos vamos?

—En media hora.

—Estupendo.

Al final tardaron un poco más ya que decidieron llevarse algo de comida. Alex le ayudó a hacer los sándwiches, aunque ella le prohibió cortar el pan después de que la primera rebanada saliera con una forma un tanto extraña.

—Sinceramente, Alex, ¿es que nunca has cortado pan antes? No hace falta hacerlas tan gruesas. —Le quitó el cuchillo y procedió a hacerlo ella misma, obteniendo rebanadas finas y uniformes—. Encárgate mejor de untar mantequilla.

—Sí, señora. —Rio y fingió ponerse firme ante ella—. Nunca me he visto en la necesidad de hacer sándwiches perfectos. Annie siempre me los ha preparado y si tenía que hacerme uno lo que menos me preocupaba era el tamaño de la rebanada.

—Pues ya va siendo hora de que aprendas —masculló ella.

La privilegiada infancia de Alex, con niñeras y amas de llaves a su entera disposición, era otra de las cosas que se interponían entre ellos. Puede que no actuara como un esnob, pero sin duda alguna era diferente a ella. Volvió a concienciarse de que tenía que mantenerse alejada de él, aunque una vocecilla en su cabeza murmuró algo sobre que si lo hacía con tanta vehemencia era porque en realidad deseaba lo contrario.

***

—Parece que hoy el mar está bastante tranquilo —comentó Alex mientras se alejaban del pequeño embarcadero donde Wes tenía amarrado el barco—. No sueles marearte, ¿verdad?

—No lo hice la última vez. —Maddie se había enorgullecido de no sentir el más mínimo malestar en sus salidas anteriores y haber podido disfrutar de la experiencia por completo.

—Bien, entonces puedes ayudarme a navegar.

Hizo todo lo posible por seguir sus instrucciones, a pesar de que Alex se rio de ella cuando llamó «esa cosa» a distintas partes de la embarcación.

—Bueno, no me conozco un barco de cabo a rabo —replicó molesta—. Y lo que es más, no estoy segura de que quiera hacerlo. Tal vez solo me haga feliz que me lleven. A modo de transporte y nada más.

—¿Cómo puedes decir eso? —exclamó Alex fingiéndose horrorizado mientras negaba con la cabeza—. Estas chicas de ciudad, no sé yo... Vamos, échame una mano.

—¿Con qué?

—Pues, por ejemplo, podrías ayudarme a poner esta «cosa» aquí. Puedo hacerlo por mi cuenta, pero resultará más fácil si lo hacemos entre dos.

Maddie hizo una mueca pero le ayudó de todos modos.

—Gracias. Y ahora, ¿te apetece conducirlo? —preguntó él indicando la caña del timón.

—No creo que sea muy seguro. Lo más probable es que encallemos.

Alex se echó a reír.

—Tranquila, es imposible que encallemos aquí. Confía en mí. Ven aquí y te enseñaré cómo hacerlo. —Maddie se acercó a él a regañadientes y él la colocó entre sus piernas para poder ayudarla desde detrás a manejar la caña—. Solo recuerda que debes tirar en la dirección opuesta a la que quieres ir, ¿de acuerdo? Si quieres ir a la izquierda tienes que tirar a la derecha y al revés.

—Entendido.

Intentó concentrarse en las instrucciones que él le iba dando pero le costó muchísimo ya que lo que de verdad quería era recostarse sobre su musculoso pecho y dejar que él la envolviera fuerte entre sus brazos. Lo tenía tan cerca que podía oler su loción para después del afeitado junto con el olor salobre del mar. Estaba en el cielo... y en el infierno a la vez.

Al cabo de un rato fue incapaz de soportarlo más.

—Creo que es mejor que lo lleves tú —comentó antes de ponerse de pie con brusquedad—. Si no te importa, prefiero disfrutar del viaje.

Navegaron a lo largo de la costa hasta que dieron con una cala que parecía desierta. Alex dirigió hacia allí el velero y echaron el ancla en la pequeña playa. Después de comer, Maddie se tumbó sobre una toalla y se quitó la camiseta y los pantalones cortos, quedándose solo en biquini. Alex miró hacia otro lado.

—No te importa que tome un poco el sol, ¿no? —Maddie frunció el ceño. Él ya la había visto de esa guisa antes pero de repente le daba un poco de vergüenza y se dio la vuelta, colocándose bocabajo.

—No, claro que no. Creo que me voy a dar un baño. —Él se puso de pie, se quitó la camiseta y sin volver a mirarla corrió hacia el agua.

—¡Espera! ¡No deberías bañarte con el estómago lleno! —le gritó, pero o no la oyó, o hizo caso omiso—. Vaya, da igual.

Cuando regresó, un buen rato después, ella estaba de nuevo bocarriba y los rayos de sol caían inmisericordes sobre la tierra.

—¿Todavía no te has quemado? —preguntó y no pudo resistirse a tirarle unas gotas de agua fría sobre el estómago. Maddie gritó y saltó. Las gotas heladas habían golpeado su ardiente piel casi de forma dolorosa.

—¡Eres un bestia! ¡Me las pagarás! —Se agachó para recoger un puñado de arena y la tiró a su vez, manchándole el pecho y abdomen.

—¡Oye tú, serás...!

Maddie no se quedó a oír nada más sino que se marchó en dirección al mar. Alex la alcanzó cuando el agua le llegaba a la altura de los muslos y la alzó desde detrás, zambulléndose entre las olas y arrastrándola con él. Ambos salieron a la superficie en busca de oxígeno y se pasaron los diez minutos siguientes salpicándose y haciendo el tonto como dos críos pequeños.

Al final Alex levantó las manos para impedir que siguiera tirándole agua y se sacudió el pelo de los ojos.

—¡Suficiente! Estoy agotado.

Maddie rio y entonces cometió el error de dar un paso hacia él mirándole a los ojos. Ambos se quedaron quietos y sus sonrisas se desvanecieron al instante. El sonido de las olas y las gaviotas parecieron disiparse en la distancia y tuvo la sensación de que nada más existía a su alrededor excepto ellos. El siguiente movimiento por parte de Alex parecía inevitable y cuando sus brazos la rodearon y tiraron de ella sintió la calidez masculina por toda su piel. No se resistió. Quería estar todavía más cerca de él. Y él debió de leerle los pensamientos porque intensificó el abrazo, atrayéndola hacia sí. Después bajó lentamente los labios hacia ella y Maddie fue incapaz de separarse de él, aunque de todos modos tampoco quería.

El beso con sabor a sal fue suave y delicado al principio, él presionó su boca con infinita dulzura. Maddie alzó los brazos (más bien fueron ellos los que se alzaron solos) y extendió las manos sobre su pecho, sintiendo el poderoso latido de su corazón. Él depositó pequeños besos sobre su boca, nariz y mejillas y ella cerró los ojos, deleitándose en ellos. Ríos de lava fundida empezaron a ascender por su cuerpo, haciendo que temblara con un deseo más intenso del que jamás había sentido en toda su vida.

Aquello era una auténtica delicia.

Alex trazó el contorno de sus labios con la lengua y Maddie abrió la boca sin pensar. El beso se hizo más profundo y ambos exploraron sus bocas durante lo que pareció una eternidad. Cuando Maddie le rodeó el cuello con los brazos, él volvió a atraerla hacia sí y ella percibió toda su dureza, desde las rodillas hasta los hombros. La viril piel bañada por el sol la estaba abrasando y se estremeció. Estaba más que claro que ese hombre la deseaba y mucho, y eso que estaban bañándose en agua helada. Aquel pensamiento la devolvió a la realidad al instante. Rompió el beso y volvió la cabeza.

—No, Alex —musitó en un débil susurro—. No podemos... No quiero...

Él jadeó entrecortadamente pero cuando ella le empujó la soltó de inmediato. Las piernas de Maddie no la sostuvieron y cayó al agua, flotando de espaldas y mirando al cielo. Poco a poco, cada centímetro de su acalorado cuerpo se fue enfriando.

—¿Maddie? —Alex se apoderó de una de sus manos y ella volvió a ponerse de pie. Cuando vio su expresión le parecía que estaba sufriendo, pero en sus ojos pudo ver algo más. ¿Pena? ¿Tristeza? No estaba segura—. Lo siento, Maddie, no debería haberlo hecho. Yo... solo me dejé llevar.

—Está bien. Estábamos haciendo el tonto. Será mejor que nos olvidemos de esto. —Sintió la extraña necesidad de abrazarle y reconfortarlo, como si fuera un niño pequeño. Pero no lo era; era todo un hombre. Recobró la compostura como pudo y fue hacia la playa. «No debo volver a tocarle.» La próxima vez, quizá no podría detenerse.

Continuaron navegando el resto de la tarde e intentaron recuperar la camaradería que habían compartido por la mañana; estaban tensos y no lo consiguieron. Maddie casi dejó escapar un suspiro de alivio cuando el pequeño embarcadero apareció a la vista y pudo regresar a la casa. Lo único que quería hacer era escaparse corriendo a su santuario, temerosa de Alex, temerosa de las sensaciones que despertaba en ella.

Temerosa de su propia debilidad.

***

—Tengo que ir a Dartmouth a hacer la compra semanal de comida y recoger una cosa de la casa de mi hermana y Ben no puede llevarme hoy. ¿Estás libre? —preguntó Annie a Maddie al día siguiente. Ben era el marido de Annie y también trabajaba en Marcombe Hall como guarda y jardinero de la propiedad.

—Por supuesto que sí. Estaré lista en diez minutos. —Kayla le había dejado su pequeño Mini para que lo usara mientras estaba fuera.

—Oh, no hay prisa, tómate el tiempo que necesites.

Una hora después, Maddie dejaba a la mujer en la puerta del supermercado.

—¿Estás segura de que no necesitas ayuda, Annie?

—No, no. Da una vuelta y compra lo que necesites. Vuelve dentro de una hora más o menos. No te preocupes por mí.

—Muy bien entonces. Te veo luego.

El centro de la localidad estaba lleno de gente, como de costumbre. Tras adquirir varios artículos que necesitaba, se compró un helado enorme y se sentó en un banco junto a un pequeño parque. De nuevo hacía un día abrasador y el calor húmedo y pegajoso de la zona era prácticamente insoportable, a diferencia de lo que sucedía con la brisa más fresca de la zona costera de Marcombe. De modo que el helado le vino la mar de bien.

Llevaba un sombrero para cubrirse del sol bastante grande, pero solo consiguió tener más calor en la cabeza, así que se lo quitó y lo dejó en el banco. Después se tomó el helado despacio, saboreando el chocolate con un ligero toque de coco y observó a la gente que deambulaba delante de ella. Detrás de ella, un grupo de adolescentes no dejaban de soltar risitas histéricas mientras hacían comentarios sobre cualquier muchacho que pasara. Se preguntó si alguna vez había sido tan tonta como ellas. No lo recordaba, aunque suponía que sí.

Cuando terminó el helado se puso de pie para encontrar alguna papelera en la que tirar el envoltorio y divisó una en el otro extremo del parque. Dejó el sombrero en el banco, caminó tranquilamente hacia la papelera y tiró el trozo de papel en ella. Al darse la vuelta, una mujer tropezó con ella y Maddie estuvo a punto de echarse a reír. ¿Qué tenía para que todo el mundo se chocara con ella? ¿O acaso solo se trataba de aquel pueblo? Tal vez los habitantes de Dartmouth no se fijaran por dónde iban. Sin embargo aquel pensamiento quedó bruscamente interrumpido por el jadeo de horror que soltó la mujer, que en ese momento la miraba con unos ojos que parecían enormes sobre su tez cenicienta.

—¡Oh, no! ¡Oh, Dios mío, no...! —Ante la atónita mirada de Maddie la mujer se desplomó inconsciente en el suelo sin que pudiera reaccionar a tiempo para atraparla.

Como tampoco pudo la acompañante de la mujer, una joven de unos veinte años que gritó alarmada.

—¡Madre!

Por fortuna cayó en dirección al césped y por lo menos no se golpeó la cabeza con el cemento. Maddie y la muchacha se arrodillaron de inmediato a su lado. Se fijó en que la mujer llevaba un periódico en la mano y se hizo con él para abanicarla. Varios transeúntes que pasaban se pararon para ayudarlas.

—Oh, querida, ¿qué ha pasado?

—No lo sé. Simplemente se desmayó. Supongo que por el calor. —Maddie no comentó que estaba convencida de que tenía mucho que ver con ese desvanecimiento. Le parecía una estupidez, incluso para ella misma, pero la mirada perpleja que le lanzó la joven le dijo que no había sido producto de su imaginación. Sumamente intrigada, estudió a la mujer. Resultaba difícil adivinar su edad, aunque supuso que tendría unos cincuenta y muchos. Tenía el pelo grisáceo y lo llevaba peinado en un severo moño que la hacía parecer mayor, aunque la suave piel de su rostro apenas lucía arrugas. Sí que tenía profundas líneas de expresión en la frente y alrededor de la boca; aquello, junto con las bolsas debajo de los ojos, le indicaron que, o no dormía bien o solía llorar mucho. Lo que sí tenía claro era que nunca antes la había visto.

La mujer empezó a recuperar el conocimiento, pero en cuanto sus vidriosos ojos se posaron en el rostro de Maddie volvió a agitarse.

—No, vete. ¡Por favor!

—Madre no digas tonterías, solo está tratando de ayudar. Te has desmayado.

—¡No! ¡Vete! Oh, ¿por qué nunca nadie me hace caso? —Los gemidos se transformaron en un lastimoso llanto y Maddie creyó que lo mejor era alejarse de allí. Si su cara era la causa de tanto dolor, no había ninguna razón para quedarse allí a ayudar. «Tal vez le recuerdo a alguien que perdió.» Se volvió hacia la otra muchacha y se encogió de hombros. Ella la miró disculpándose y aliviada al mismo tiempo. Se puso de pie y se dirigió al banco, donde volvió a sentarse y se puso el sombrero que gracias a Dios seguía donde lo había dejado. ¿Por qué esa desconocida había reaccionado de esa manera al verla? No tenía ningún sentido.

El gimoteo a su espalda cesó poco después. Miró por encima del hombro y vio que estaban ayudando a la mujer a ponerse de pie. Los transeúntes que se habían acercado para ofrecer ayuda fueron desapareciendo uno a uno y al final la desconocida se quedó sola con su hija. Una vez recuperada echó un vistazo furtivo a su alrededor, como si estuviera buscando algo, pero Maddie bajó la cabeza de forma que su rosto quedara oculto bajo el ala del sombrero y así no pudiera verla. Aparentemente satisfecha, la mujer salió corriendo hacia la calle más cercana, llevando a su hija prácticamente a rastras.

—Pero, madre, ¿qué te pasa? ¡Espera! —Oyó como protestaba la joven. Pero la mujer no aminoró el paso.

Ahora sí que estaba completamente intrigada, de modo que decidió seguirlas.

—Parece que esto de seguir a la gente se está convirtiendo en un hábito —masculló para sí misma—. Tal vez debería convertirme en detective. —Aquella idea le pareció tan ridícula que se puso a reír mientras se apresuraba para no perderlas de vista.

Cuando caminaba detrás de ellas tuvo una extraña sensación de *déjà vu*, aunque enseguida se dio cuenta de por qué. Las dos mujeres giraron en la misma calle que el hombre moreno al que había seguido la vez anterior, así que cuando las vio adentrarse en la misma casa que el reverendo, no se sorprendió en absoluto; es más, de alguna forma hasta le pareció inevitable.

Aturdida, se quedó mirando la puerta, tal y como había hecho la última vez. Afortunadamente, ahora no se le acercó nadie para preguntarle nada y pudo quedarse sumida en sus pensamientos, que no paraban de arremolinarse en su cabeza.

Si la mujer vivía en esa casa tenía que ser la señora Blake-Jones. ¿Pero por qué se había alterado tanto al verla? No tenía sentido, salvo que se conocieran de antes. Imposible, negó con la cabeza.

Estaba claro que la señora Blake-Jones creía que la conocía. No obstante, Maddie sí que recordaba a su marido que, sin embargo, no parecía tener la más remota idea de quién era ella. ¿Qué narices estaba pasando?

Se frotó las sienes. Todas esas preguntas taladrando su mente le estaban ocasionando un fuerte dolor de cabeza. Aquello no tenía lógica. En ese momento se sentía emocionalmente exhausta e incapaz de hacer frente a todo aquello. Era demasiado.

Dudó un instante, ansiaba llamar a la puerta y exigir algunas respuestas, pero por alguna razón no pensaba que tuviera derecho a hacerlo. A juzgar por la reacción de aquella mujer, era obvio que no quería verla. La señora Blake-Jones lo había dejado meridianamente claro. Negó con la cabeza una vez más y se dispuso a volver al lugar donde había aparcado el Mini. Tenía que llegar al fondo de su propio y misterioso pasado antes de hacer nada más. Tal vez así obtuviera algunas respuestas. Miró hacia la casa una vez más y se fijó en que todo seguía tranquilo.

Capítulo 9

—Madre, por el amor de Dios, ¿por qué no te calmas y me dices cuál es el problema? ¿Qué te pasa? Deja de ir de un lado a otro, ¡por favor!

La señora Blake-Jones se detuvo en la cocina y se sentó en una silla junto a la mesa. Después se inclinó hacia delante y enterró la cabeza entre las manos.

—Nada, Jane, no me pasa nada. Fue por el sol —murmuró—. Solo el sol...

—Sí, claro, el sol. —Jane dio unos impacientes golpecitos en el suelo con el pie—. Que no he nacido ayer, madre. Te desmayaste en cuanto viste a esa muchacha pelirroja y luego le dijiste que se fuera cuando solo intentaba ayudarte. Fuiste muy grosera y tú no eres así. Sé que pasa algo. —Jane estaba desconcertada por el comportamiento de su madre y estaba decidida a llegar al fondo del asunto.

La señora Blake-Jones ladeó la cabeza y miró a su hija. En cuanto vio las mejillas bañadas en lágrimas de su madre se quedó sin aliento. Se apresuró a rodearle los hombros con el brazo y la sintió temblar.

—Madre, por favor, dime qué sucede.

—¿Qué está pasando aquí? —Su madre dio un brinco al oír la voz de su marido. Parecía estar a punto de desmayarse... por segunda vez en ese día. Jane vio cómo la sangre abandonaba su rostro y se quedaba paralizada, mirando a su marido con ojos aterrorizados, como los de un cervatillo cuando observa el cañón que está a punto de dispararle. Frunció el ceño.

—¿Y bien? Contadme qué sucede. —El reverendo Saul Blake-Jones no estaba acostumbrado a que le desobedecieran en su propia casa, como ella bien sabía, y las miró a ambas con expresión severa.

—Nada, padre. Madre se desmayó cuando veníamos para acá, pero creo que ha sido por el calor —se apresuró a explicar para calmarle. Lo último que necesitaba en ese momento era uno de sus arrebatos de ira; sabía de primera mano cómo afectaría a su madre.

—Os he oído hablar de una pelirroja. ¿De quién se trata?

—No... no lo sé. Su cara pareció alterar a madre, pero... estoy segura de que fue por nada. Solo su imaginación.

El reverendo fijó su acerada mirada en su mujer y Jane percibió cómo esta temblaba con violencia. Apretó los dientes, preguntándose por enésima vez si llegaría el día en que pudiera persuadirla para que ambas salieran de aquella casa. Era como si su padre controlara la voluntad de su esposa y cada vez que intentaba que lo abandonara se encontraba con una rotunda negativa, a pesar de que sabía que su madre estaba deseando escapar de esa tiranía.

—¿Es eso cierto? ¿Viste a una pelirroja? —preguntó su padre, sin apartar la mirada del rostro pálido de su esposa. Su madre asintió—. Lo que me pregunto es por qué eso te alteró. —Se acarició la barba y la miró con expresión pensativa. Sus negros ojos brillaban con malicia. Ahora fue Jane la que tembló. Llevaba viviendo con aquel hombre que era su padre veinte años. Sabía que tenía que quererle y obedecerle, pero le resultaba imposible. Las intimidaba con demasiada frecuencia y no estaba segura de poder soportarlo ni un segundo más. Tenía que encontrar la forma de escapar de allí como fuera y no podía dejar a su madre atrás. Aquello la mataría.

—Bueno, solo se me ocurre una cosa para eso, querida —continuó su padre. Apoyó las manos sobre la mesa y se inclinó hacia delante, paralizando a su esposa sobre la silla con su iracunda mirada—. Y ambos conocemos la respuesta, ¿verdad?

—No, Saul, seguro que me lo he imaginado. Hay mucha gente pelirroja —respondió su madre con una voz estrangulada que Jane apenas reconoció. Miró a sus padres alternativamente, pero ellos parecían haberse olvidado de su presencia. Solo se miraban el uno al otro y entre ellos parecía flotar algo más, pero ¿qué?

—No lo creo. Sé que cometí un error, que tenía que haberme ocupado del asunto de una vez por todas cuando tuve oportunidad. —Giró sobre sus talones y fue hacia la puerta.

—¡No, Saul, por favor! No...

Se volvió y miró a su mujer una vez más.

—Todo es culpa tuya, así que no te atrevas a decir ni una palabra. ¿Entendido? —rugió. Jane vio cómo a su madre se le contraía el rostro y empezaba a sollozar en voz alta—. Yo no soy el pecador aquí y haré lo que me plazca. —Y se marchó sin mirar atrás.

El frágil cuerpo de su madre se estremeció por la intensidad de su llanto. Jane la abrazó hasta que pasó la tormenta. Cuando los violentos sollozos se transformaron en pequeños hipidos, se atrevió a preguntar:

—Por favor, madre, ¿no puedes decirme qué está pasando? —susurró. No quería que su padre las oyera de nuevo.

—No, cariño. Por favor, no vuelvas a preguntarme. Es mejor que no lo sepas.

El llanto regresó y Jane soltó un suspiro para sí misma. Tendría que buscar la respuesta en otro lugar.

***

—Maddie te ha llamado alguien. Una amiga, creo. —En cuanto entró por la puerta principal acompañada de Annie, Alex salió a recibirla desde el despacho de Wes con un trozo de papel en la mano—. Dejó un número de teléfono.

—Oh, gracias. —Se fijó en la nota y se dio cuenta de que se trataba de Jessie.

Se volvió y encontró a Alex mirándola como si quisiera decirle algo más, pero debió de cambiar de opinión y solo asintió antes de regresar al despacho. Maddie se fue a su habitación y llamó al número de Londres.

—¿Jessie? Soy yo. ¿Qué pasa?

—Solo quería saber cómo te iba y contarte que he estado revisando las actas de matrimonio *online*. Por desgracia no he encontrado ningún matrimonio para Ruth Kettering, así que no tengo ni idea de cómo seguirle la pista. ¿Sabes algo más?

—Sí, el otro día recibí el certificado de nacimiento y hay una posible pista. El hermano de mi madre aparece como declarante y hay una dirección en una pequeña localidad de Wiltshire. Pero escucha, me ha vuelto a pasar una cosa muy extraña.

Se tumbó en la cama y procedió a contarle su inusual encontronazo con la señora Blake-Jones y su hija.

—¿Crees que podría conocer a mi madre y está intentando que su secreto no salga a la luz? Tuvo una reacción tan rara. Eso sí, no tengo ni idea de cómo alguien de Dartmouth puede conocer a una mujer de Wiltshire.

—Supongo que es posible. —Jessie parecía pensativa—. Espera un minuto, acabo de tener una idea. Dios, ¡qué tonta que he sido!

—¿Qué?

—Ahora mismo no te lo puedo contar, no vaya a ser que me equivoque, pero te llamaré en cuanto pueda.

—Pero Jessie...

—¿Sabes qué? Deberías ir a ese sitio y preguntar. La gente que vive en sitios tan pequeños suele tener muy buena memoria. Puede que tu tío todavía viva allí.

—Sí, también se me había ocurrido hacerlo, pero me siento tan incómoda. Es decir, ¿qué les cuento? «Perdone, pero ¿sabe si aquí nació algún niña ilegítima hace veintisiete años?»

Jessie soltó una risita.

—No hace falta que hagas eso. Puedes fingir que eres la hija de una vieja amiga del colegio de Ruth y que tu madre quiere recuperar el contacto con ella o algo parecido.

—Oh, Jessie, no sé, se me da tan mal mentir.

—Vamos, puedes hacerlo. Es la única forma que tienes de lograrlo. Da igual, tengo que dejarte. Te llamaré la próxima semana. Adiós.

Su amiga colgó y Maddie se quedó mirando fijamente el teléfono. Tras unos segundos se tumbó en posición fetal. Se sentía pequeña, vulnerable y sola. Sobre todo sola. Por supuesto que tenía a Kayla y a sus amigos y puede que en un futuro también crearía su propia familia si encontraba al hombre adecuado, pero no era lo mismo. Kayla no podía imaginarse la suerte que era tener unos padres, un hermano y dos hermanas, por no mencionar a sus abuelas, tíos y tías. Ella también había creído tenerlos, pero ahora se habían ido e incluso los que tenía no eran realmente de ella. No había hablado con ninguno de sus parientes adoptivos desde el funeral y ninguno había intentado contactar con ella. Con tristeza, se dio cuenta de que, de todos modos, tampoco les había gustado a ninguno, salvo a la maravillosa pareja que habían sido sus padres.

Quería llorar, pero estaba paralizada por dentro, como si sus lágrimas se hubieran transformado en un bloque de hielo que no podía derretir. Empezó a dolerle la cabeza y se frotó las sienes, haciendo círculos con los dedos, aunque no funcionó. Era como si alguien le hubiera puesto un casco de hierro sobre el cuero cabelludo y la frente, de modo que si cerraba los ojos podía sentirlo más apretado con cada minuto que pasaba. Llegó un momento en que estuvo a punto de gritar de dolor, así que se debatió entre tomar una aspirina o no. Sin embargo, sabía que no funcionaría. El dolor venía desde dentro y no desaparecería hasta que no pudiera librarse de la desesperación que la embargaba.

***

—Maddie, ¿puedo hablar contigo un momento, por favor?

—¿Perdona? Oh, sí, por supuesto. —Habían cenado en silencio. Había estado tan sumida en su propia desdicha que apenas le había dirigido la palabra a Alex. Ahora, le seguía hasta la pequeña y confortable sala de estar de la parte trasera de la casa que Kayla y Wes usaban cuando no recibían visitas. El papel de la pared en tonos rojos y los lujosos sofás hacían de ella el refugio perfecto, sobre todo en invierno, donde el fuego de la chimenea le daba un aspecto aún más acogedor. Maddie solía relajarse al instante cuando entraba allí, pero esa noche estaba demasiado nerviosa como para lograrlo.

—Maddie, me he dado cuenta de que estabas muy callada en la cena —empezó Alex. Estaba mirando hacia la ventana y con las manos metidas en los bolsillos.

—Sí, lo siento. Estoy un poco preocupada, solo es eso. —Se sentó en un mullido sillón e intentó concentrarse en lo que había a su alrededor.

—Bueno. Solo quería disculparme otra vez por lo que pasó ayer. —Alex se volvió para mirarla a los ojos—. No suelo apresurar las cosas de ese modo. Debería haberte dado más tiempo para que me conocieras mejor.

Maddie alzó una mano.

—No, por favor, no digas nada más, Alex. Yo... Lo mejor será que nos olvidemos por completo de esto. En serio, no creo que encajemos. Es mejor que solo seamos amigos, ¿de acuerdo?

Él frunció el ceño.

—¿Qué te hace pensar eso? Yo sí creo que encajamos... y muy bien.

Maddie se ruborizó de la cabeza a los pies al darse cuenta de a lo que se refería; no podía negar que tenía razón.

—Bueno, sí, tal vez en eso concretamente sí, pero no estoy interesada en una relación esporádica con...

—¿Un ex delincuente? Claro, me lo imagino. —Alex apretó la mandíbula visiblemente molesto, como si le costara muchísimo contener su enfado—. Debería haber sabido que ninguna mujer decente querría salir conmigo. Supongo que tendré que ir a los bajos fondos y buscarme una puta como los demás delincuentes —ironizó, volviéndose hacia la puerta.

—Alex, ¡eso no es lo que iba a decir! —Maddie estaba horrorizada. Su intención había sido señalar que él era demasiado atractivo y demasiado mujeriego y que no creía que fuera capaz de mantener una relación estable con una mujer como ella, que no era precisamente una belleza. Pero estaba claro que él había sacado sus propias conclusiones.

—Ahórrate el discurso, ¿de acuerdo? Podemos fingir ser amigos por Wes y Kayla, como tú misma dijiste. Por mí bien. —Y salió de la sala dando un portazo tan fuerte que vibraron los cristales de la ventana.

Maddie empezó a seguirle, pero se detuvo de inmediato. Quería explicarle lo equivocado que estaba, pero puede que ese gesto le hiciera creer que había cambiado de idea. Tal vez lo mejor era dejarle que pensara lo peor. Así la dejaría en paz y también serviría para refrenar sus sentimientos hacia él. En ese momento, lo que menos necesitaba era desear meterse en la cama de ese hombre.

Por mucho que le tentara hacerlo.

***

Alex sabía que había sobreactuado un poco, pero estaba tan enfadado que no le importó. Y estaba mucho más molesto con él que con ella.

Debería haberlo sabido. ¿Por qué se había puesto en esa situación? En su interior era consciente de que las mujeres no volverían a mirarle como lo hacían antes de entrar en prisión. Las buenas chicas no salían con un hombre de su reputación. Incluso la descarada Jenna había dejado de coquetear con él en cuanto le dijo dónde había pasado los últimos tres años. Aunque si era sincero, cuando ella le localizó como prometió hacer, había «embellecido» su pasado delictivo lo justo para quitársela de encima. Y no había vuelto a saber de ella, ni de sus antiguas amistades, así que ahora estaba fuera de sus puntos de mira. A partir de ese momento tendría que bajar sus expectativas de forma considerable.

¡Maldición!

Pasar el día navegando y relajándose con Maddie había hecho que olvidara quién era e intentara dar un paso más en su relación. Un paso que ella no había rechazado de inmediato. Aunque puede que en ese momento Maddie también se hubiera olvidado de todo, ¿verdad? El sol podía causar estragos en el cerebro de uno e impedir que pensara racionalmente. Sin embargo, ella había vuelto en sí demasiado pronto...

Se fue hacia el jardín; sabía que el aire libre y el fresco olor de la hierba y las flores le calmarían.

—Tengo que mirar el lado bueno de las cosas, ¿no? —masculló. Ya no estaba encerrado en una celda y si ser rechazado por mujeres decentes era el precio que tenía que pagar, pues bienvenido fuera. Había sido un imbécil y ahora estaba sufriendo las consecuencias. Unas consecuencias que tal vez duraran el resto de su vida. Pero por lo menos nunca más volvería a la cárcel.

«Asúmelo, Marcombe, Maddie no es para tipos como tú.»

¿Pero quién lo era?

Capítulo 10

Maddie sabía que aquello no era bueno. Estaba rodeada de tentaciones y la que más le costó resistir fue la de hacer otra visita a Dartmouth.

No sabía muy bien qué esperaba encontrar allí, pero tenía la vaga esperanza de que si iba muy a menudo tal vez podría hallar las respuestas que estaba buscando. Había indagado por Internet, escribiendo en Google «San Paulianos», pero no había obtenido mucho. Solo la dirección de la iglesia en Dartmouth y una breve descripción de sus principales objetivos: «Regresar al cristianismo puro, siguiendo las doctrinas del apóstol San Pablo y cumpliendo las normas recogidas en la Biblia». Aquello no decía mucho, aunque leyendo entre líneas estaba claro que seguían una interpretación muy tradicional de la Biblia. Ideas conservadoras y opuestas a todo lo moderno. Estrictas y hasta puede que dictatoriales.

Lo que, por lo poco que había visto, se adaptaba perfectamente al reverendo Blake-Jones.

Aunque era reticente a acercarse a la esposa de aquel hombre, si es que era su esposa, sabía que siempre podía encontrársela de forma casual. No podía estar todo el tiempo encerrada en su casa. En algún momento saldría a comprar o visitar a alguien, y ahí es cuando pensaba aprovechar la oportunidad para hablar con ella. ¿Qué otra opción tenía?

Así que eso fue lo que hizo. Aparcó el Mini en el lugar acostumbrado, dio un tranquilo paseo por la calle y se detuvo para comprarse un polo helado. El día, al igual que los anteriores, era sofocante y a pesar de llevar un camiseta sin mangas y pantalones cortos, tenía mucho calor. Se refugió bajo la sombra de un árbol durante un rato, pensando en su siguiente paso. ¿Debería limitarse a esperar al final de la calle donde vivían los Blake-Jones o era mejor que siguiera caminando por la ciudad a ver si tenía la suerte de encontrarse con la mujer? Al fin y al cabo no era una localidad muy grande. Sorbió el líquido del polo y dejó solo el hielo, que se dedicó a mordisquear mientras se decidía.

Al final optó por esperar donde acababa la calle, así que tomó esa misma dirección. No había avanzando mucho cuando oyó a alguien gritar:

—¿Perdona? ¿Hola? ¿Puedo hablar contigo un momento, por favor?

Como no había nadie alrededor supuso que quien quiera que fuera se dirigía a ella y se dio la vuelta.

Era la hija de la señora Blake-Jones. Debía de estar caminando por la acera de enfrente y ahora se dirigía corriendo hacia Maddie, que se detuvo a esperarla.

—¿Quieres hablar conmigo?

—Sí, si no te importa. —La muchacha se quedó jadeando y trató de recuperar el aliento antes de retomar la conversación—. Lo siento, te he visto desde allí y he tenido que correr para alcanzarte.

Maddie la observó detenidamente. Tenía el pelo de un tono castaño muy oscuro y lo llevaba recogido en una sencilla coleta que la hacía parecer una colegiala. Sus ojos también eran oscuros, con largas pestañas y tupidas cejas. «Si se pusiera un poco de maquillaje y llevara otro corte de pelo sería muy guapa», pensó. Pero no llevaba cosméticos y estaba casi tan pálida como su madre. Seguro que no pasaba mucho tiempo al aire libre.

—No te preocupes, tómate tu tiempo. ¿De qué quieres que hablemos? —preguntó. Como siempre, su curiosidad ganó la batalla.

La joven echó un vistazo a su alrededor y luego la hizo darse la vuelta y tiró de ella en la dirección por donde había venido.

—Lo siento. ¿Te importa si vamos a un lugar más privado? Es que... no quiero que nos vean juntas. Al menos no aquí.

Maddie enarcó una ceja sorprendida.

—¿Por qué? Ni siquiera te conozco.

—Ya lo sé. Luego te lo explico. Por favor, confía en mí, ¿de acuerdo? ¿Hay algún lugar al que podamos ir? —La joven estaba prácticamente rogándole mientras movía los ojos de un lado a otro nerviosa. A Maddie le dio bastante pena.

—Podemos ir a dar una vuelta en mi automóvil. En realidad es de una amiga, pero... Está aparcado por allí. —Señaló en dirección al aparcamiento.

—Estupendo. Vamos. —La muchacha volvió a tirar de ella para que cruzaran la carretera a toda prisa. Antes de darse cuenta estaba conduciendo fuera de la localidad.

Cuando dejaron atrás las casas, la joven se relajó visiblemente, se volvió hacia ella y esbozó una tenue sonrisa.

—Siento haberte secuestrado de esta forma, pero tengo mis razones. Por cierto, soy Jane Blake-Jones.

—Y yo Maddie. Maddie Browne. —Condujo el vehículo fuera de la carretera, hacia una pequeña área de descanso, aparcó allí y paró el motor—. Muy bien, ahora podemos hablar sin que nadie nos distraiga.

—Sí. Debes de pensar que soy muy rara, pero te he reconocido del otro día y pensé que podrías ayudarme y decirme por qué mi madre reaccionó de esa forma al verte. Fue como si te tuviera miedo. Intenté que me lo contara, pero no quiso y quiero saberlo. En serio.

Maddie esbozó una sonrisa de disculpa y se encogió de hombros.

—Sí, claro, pero creo que vas a tener que unirte a la cola.

—¿A qué te refieres?

—Lo que quiero decir es que también me gustaría saber qué pasó, aunque creo tener una ligera idea.

—Bueno, eso es más de lo que yo tengo. En cuanto llegamos a casa, le pregunté a mi madre y se echó a llorar. Entonces vino mi padre y cuando se enteró de lo que había pasado se enfadó muchísimo. ¿Por qué? —Jane parecía bastante confundida.

Maddie suspiró y jugueteó con las llaves del Mini.

—Creo que tiene que ver con mi nacimiento. Hace cosa de un mes me enteré de que era adoptada y, aunque ignoro quién fue mi madre biológica, creo que quiso mantener su embarazo en secreto. Por alguna razón también creo que tus padres saben algo. Quizá fuera una amiga de tu madre o algo parecido... Lo siento, no sé si algo de esto tiene sentido, lo más seguro es que me equivoque.

—No, no lo creo. —Jane seguía pensativa y miró a Maddie con seriedad—. Siempre he tenido la sensación de que mi padre ejercía algún tipo de control sobre mi madre y podría ser esto. La llamó pecadora.

—¿Y a él qué le importa que ella esté guardando el secreto de una amiga?

—Tiene un punto de vista muy férreo sobre la santidad del matrimonio y los hijos ilegítimos. Ya te puedes imaginar. —Jane se sonrojó—. Él lo llama conducta lasciva. Es algo que no aprobaría de ninguna manera y mucho menos querría que mi madre tuviera amigas que lo hubieran hecho.

—Entiendo. —Maddie se imaginó que vivir en la casa de los Blake-Jones no era un lecho de rosas.

—La extraña reacción que tuvo mi madre contigo demuestra que te reconoció de algo. Tengo el presentimiento de que ella debió de mantener el contacto con tu madre a espaldas de mi padre. Tal vez por eso se asustó tanto.

—¿Tiene miedo de tu padre?

—Oh, sí. Y a veces yo también. —Jane se estremeció.

—Pobre. Debe de ser muy duro.

—No, no es tan malo. Es muy estricto, pero no pasa nada siempre que hagas lo que él dice. Además, se pasa casi todo el tiempo ocupado en asuntos de la iglesia. Lo peor de todo es que tiene un temperamento terrible y cuando se le mete algo en la cabeza nada ni nadie puede hacerle cambiar de opinión. Llevo años intentando que mi madre se divorcie de él, pero ella no quiere ni oír hablar de eso. Dice que va en contra de sus creencias, aunque yo no me lo creo. Hay algo que la retiene. Me pregunto qué pasaría si...

Maddie miró por la ventanilla y volvió a suspirar.

—No creo que lo sepamos a menos que decida contárnoslo. Y no me siento con el derecho de obligarla. —Se mordió una de sus maltratadas uñas—. De hecho, hoy he venido aquí para ver si conseguía que por lo menos admitiera que me había reconocido. —Negó con la cabeza—. Supongo que ha sido una tontería.

—Puede que no. Yo pensaba hacer lo mismo. —Jane sonrió y Maddie también torció las comisuras de su boca hacia arriba. En cierto modo, se sentía mucho mejor ahora que Jane le había confirmado que no se estaba imaginando cosas—. ¿Quieres que vuelva a intentar hablar con mi madre? Si le digo que ya conozco parte de la historia puede que me cuente el resto.

—No, no menciones nada todavía. Primero quiero encontrar un poco más de información por mi cuenta. Pero si eso falla, entonces agradeceré enormemente tu ayuda.

—De acuerdo, esperaré a tener noticias tuyas.

—¿Cómo puedo contactar contigo?

—Sí... bueno... respecto a eso, ¿qué te parece si te llamo desde algún teléfono público cada cierto tiempo y así me puedes contar lo que has averiguado? —Jane miró su reloj—. Oh, Dios mío, tengo que volver.

Maddie anotó su número de móvil y el teléfono de Marcombe Hall en un trozo de papel que encontró en el bolsillo y se lo entregó a Jane.

—Aquí tienes mis números. Estoy pasando una temporada en casa de unos amigos y la cobertura móvil allí no es muy buena. En realidad vivo en Londres. —Metió la llave en el encendido y puso en marcha el motor—. Te llevo a casa.

—Gracias. Ojalá lleguemos al fondo del asunto.

—Sí, ojalá.

****

Alex vertió una generosa cantidad de pintura en la bandeja y sumergió el rodillo, mojándolo en un alegre amarillo pálido. Cuando lo aplicó en la pared que tenía más cerca, se relajó al instante. Estaba haciendo algo útil, realizando un trabajo legal, lo que le hizo sentir de maravilla.

El hecho de que estuviera trabajando para él mismo y no para cualquier otro, lo hacía aún mejor.

La primera casita que había comprado era una antigua vivienda de pescadores situada en una larga hilera que llevaba al puerto del pueblo más cercano. Desde fuera parecía diminuta, pero a veces las apariencias engañaban. Aunque la puerta de entrada conducía directamente a un salón, este resultaba bastante espacioso ya que había contratado los servicios de un albañil local para que tirara la pared que la separaba de la cocina, consiguiendo así un diseño abierto. También había pedido al hombre que se deshiciera de la mayor parte de la pared del fondo y que construyera un porche techado, dejando solo un pequeño patio con jardín en la parte trasera. De ese modo se evitaría realizar arduas labores de jardinería de manera periódica y la transformación interior de la casa sería impresionante.

—Bien pensado —comentó Pete mientras daba los últimos retoques al arco que ahora separaba la cocina del salón—. Y quedará mucho mejor cuando termine con el porche. Dará a la estancia muchísima luz.

Sí, el salón necesitaba luz ya que la ventana frontal, aunque pintoresca, era muy pequeña. Por eso había escogido una mezcla de amarillo claro y blanco para la planta baja. Le hubiera gustado pedirle opinión a Maddie, pero tras su último encuentro prefirió dejarse llevar por su instinto. Además, uno no podía equivocarse con unos colores tan sencillos.

—Gracias. Sí, creo que va a quedar muy bien. —Sonrió al hombre que no había hecho la más mínima mención a su pasado, aunque seguramente la noticia del regreso del hijo pródigo ya estaría en boca de todo el pueblo. Alex le agradecía el detalle y esperaba tener la oportunidad de demostrar a la gente que ahora era alguien por completo diferente.

«¿A todos, incluyendo a Maddie?», se deshizo de ese pensamiento de inmediato.

Miró a su alrededor, tratando de visualizar el tipo de muebles que necesitaba comprar, pero Maddie volvió a apoderarse de su cabeza. «Seguro que ella sabría qué escoger.» Las mujeres tenían un sexto sentido para esa clase de cosas. Con una sola mirada sabían lo que iba mejor para cada habitación. Bueno, quizá no todas las mujeres. Pero tenía la sensación de que Maddie, con su gusto por el arte, sería una buena decoradora de interiores. Tal vez, a pesar de sus discrepancias, debería llevarla en cuanto el albañil terminara con la obra y pintaran la estancia. Tenían que seguir siendo amigos aunque solo fuera por Kayla y Wes y aquella podría ser una forma segura de interactuar.

—¿Entonces vas a venir a vivir aquí? —La pregunta de Pete le trajo de vuelta al presente.

—¿Qué? Ah... no, quiero alquilarlo.

—Ajá. —Pete hizo un gesto de asentimiento—. Me lo imaginaba ya que, de lo contrario, habrías tenido a la parienta entrometiéndose cada dos por tres. —Negó con la cabeza—. La mía no me deja poner un clavo sin su permiso. Mujeres, ¿eh?

—Eh... no tengo «parienta», pero sí una amiga a la que quizá le pida consejo. —Sonrió de oreja a oreja—. Aunque si no le gusta este color, me da igual. —Observó complacido el bonito amarillo que hacía que la luz del sol se multiplicase.

Pete se echó a reír.

—Pero se lo dices tú, amigo.

***

No tenía sentido dilatar más las cosas, así que Maddie partió a la mañana siguiente de camino a Wiltshire. Avisó a Annie de que iba a visitar a una amiga de su fallecida madre y que estaría fuera todo el día.

—Muy bien. Te dejaré algo preparado para cenar por si no comes lo suficiente durante la jornada —fue el único comentario del ama de llaves.

—Creo que no me vendría mal estar sin comer un par de días —bromeó Maddie—. He debido de engordar por lo menos dos kilos y medio desde que estoy aquí y todo gracias a lo bien que cocinas.

Annie sonrió ante el cumplido.

—Anda, vete ya —rio la mujer.

La radio del Mini estaba sintonizada con una emisora local y gracias a los partes periódicos sobre el estado del tráfico consiguió evitar un gran atasco en las inmediaciones de Exeter. Decidió ir por carreteras nacionales en lugar de por la M5, pues las autopistas siempre le aburrían. Las primeras, por lo menos, ofrecían más vistas y atravesabas un mayor número de localidades y pueblos.

Teniendo en cuenta la duración del viaje, lo hizo en menos tiempo del previsto y después de tomarse una hamburguesa en un establecimiento de comida rápida en Trowbridge, llegó a Shepleigh justo después del mediodía. Se trataba de un pueblo pequeño, apenas una calle más o menos larga que también hacía de carretera principal, con casas bastante grandes a ambos lados. También había unas cuantas calles pequeñas pero se notaba que apenas tenían importancia. Aparcó el Mini y se dirigió a la tienda del pueblo, pensando que sería el mejor lugar para empezar con sus indagaciones.

Dos señoras de edad avanzada estaban parloteando con la tendera, una mujer de aspecto alegre que llevaba un delantal verde. Maddie estuvo dando una vuelta, observando las estanterías y sonrió para sí misma mientras oía el característico acento de Wiltshire de las clientas. Encontraba fascinante cómo sonaba. Después de un rato, las vecinas se fueron y Maddie se acercó renuente a la mujer de detrás del mostrador.

—Hola. Nunca la he visto por aquí —saludó la tendera con una sonrisa.

—Cierto, solo estoy de visita. —Vaciló un instante y respiró hondo para infundirse ánimo—. De hecho, me preguntaba si podría ayudarme. Estoy buscando a alguien.

—Oh, por supuesto. ¿Y de quién se trata? —La mujer apoyó los codos en el mostrador y descansó la barbilla en sus manos, mirándola con interés.

—Un hombre llamado John Kettering. Era amigo de mi padre y la última dirección que tenemos de él es aquí, en Shepleigh. Después perdieron el contacto.

—¿Kettering? —La mujer frunció los labios y miró hacia el techo en busca de inspiración—. Pues no me suena. ¿Para qué lo busca?

—A mi padre le encantaría ver a su viejo amigo y me gustaría darle una sorpresa encontrándole.

—¡Oh, qué idea más maravillosa! —A la mujer se le iluminó la cara.

—Gracias. Significa mucho para mi padre. —Se sintió mal por mentir, pero no sabía qué otra cosa hacer. «Tampoco es que pueda decir la verdad.»

—Bueno, lo único que puedo sugerirle es que hable con el vicario. Lleva aquí cuarenta años por lo menos, así que si hay alguien que pueda ayudarla es él.

—Qué bien. ¿Dónde puedo encontrarle?

—Estará o bien en la iglesia, o entreteniéndose en su jardín, justo aquí al lado. Es una casa roja con ventanas blancas. Es imposible que se le pase por alto.

—Muchas gracias. Ha sido usted muy amable.

Salió de la tienda y se detuvo un momento para calmarse. Le estaban temblando las piernas y cerró los ojos para recuperar el control. Le había parecido buena idea venir, pero ahora que estaba allí le estaba resultando extremadamente difícil.

«No seas estúpida —se regañó a sí misma—. Nadie que viva aquí puede imaginarse a qué has venido.»

Con renovada determinación se dirigió hacia la iglesia de estilo normando; la torre cuadrada se distinguía cincuenta metros más abajo.

Por suerte, pasó antes por la casa del vicario y encontró a un hombre mayor en el jardín, inclinado sobre unos rosales con un bote de insecticida en la mano. Maddie se aclaró la garganta sonoramente y él alzó la vista y esbozó una sonrisa de bienvenida.

—Perdone, ¿es usted el vicario?

—Sí, jovencita. ¿Necesita de mis servicios? —Dejó el bote sobre la hierba y se acercó a la valla.

—No exactamente —replicó ella y le narró la misma historia que le había contado a la tendera.

Mientras hablaba observó cómo la expresión del hombre se entristecía mientras negaba con la cabeza.

—Lo siento muchísimo, querida, pero John Kettering ya no está con nosotros.

—¿Quiere decir que...?

—Sí, murió hace dos años. Está enterrado allí. —Señaló el cementerio.

—Qué lástima. —La profunda pena de Maddie era sincera, aunque no por el motivo que pensaba el vicario—. Papá tenía tantas ganas de volver a verle —mintió. Para sentirse un poco mejor cruzó los dedos a la espalda.

El vicario le dio una palmadita en el brazo.

—No se preocupe, querida. Volverán a encontrarse. El Señor se encargará de ello.

—Sí, supongo. —Intentó pensar de forma racional. Qué mala suerte que la única pista que tenía terminara de esa forma. No obstante, decidió intentar una última cosa—. ¿El señor Kettering no tenía una hermana? Creo recordar que mi padre la ha mencionado en alguna ocasión.

—Sí, aunque hace años que no la veo. No vino al funeral de su hermano, así que me imagino que también habrá fallecido.

—¿La conocía?

—No muy bien. Vino a vivir con John una temporada después de que él se mudara aquí. Creo que estaba embarazada, pero luego se marchó y no volví a verla. Debo admitir que me pareció un poco raro.

—Entiendo. ¿Habrá alguien de aquí que sepa dónde vive?

Él volvió a negar con la cabeza.

—No, lo siento, querida. Cuando estuvo por aquí fue muy reservada, si entiendes a lo que me refiero. No hizo ningún amigo. Y de esto hace ya mucho tiempo. Treinta años por lo menos.

«Veintisiete», quiso gritar. «Fue hace veintisiete años y ella era mi madre.» Por supuesto, no lo hizo. En su lugar le agradeció al vicario la ayuda y volvió a la tienda.

—Oh, ha vuelto. ¿Alguna noticia?

Maddie hizo una pequeña mueca y sonrió con tristeza.

—Sí, pero resulta que el señor Kettering está muerto.

—Oh, querida, qué pena. No importa, has hecho todo lo posible para encontrarlo. Ya no puedes hacer más.

—Sí, supongo.

Desanimada y un tanto deprimida, compró unos ramos de flores y fue al cementerio. Encontró la tumba de su tío, colocó las flores en un jarrón que encontró cerca y lo enterró en la hierba. Después se llevó las manos a la cara y dejó que la tristeza y la desesperación se apoderaran de ella. Tristeza porque ahora no conocería a su tío y desesperación porque había ido hasta allí para nada.

Después de un rato, se despidió con un susurro de John Kettering y volvió a Devon con otro dolor de cabeza y los ojos escociéndole por las lágrimas que querían derramar.

A veces, la vida podía ser muy injusta.

Capítulo 11

A la mañana siguiente Maddie se despertó con el anticuado sonido del teléfono que había en el descansillo de fuera de su habitación. Al ver que nadie respondía, salió a trompicones de la cama y corrió a descolgar el aparato.

—Marcombe Hall. ¿Hola? Se aclaró la garganta para dejar de tener ese vozarrón que hacía que pareciera John Wayne en pleno resfriado.

—Maddie, soy Jessie. Tengo noticias para ti. —La voz alegre de su amiga fue un bálsamo para sus oídos. Se había pasado casi toda la noche despierta, dando vueltas y vueltas hasta que por fin se quedó dormida solo para volver a tener la pesadilla de siempre. Estaba exhausta.

—Yo también tengo algo que contarte. Fui a ese maldito pueblo ayer y todo lo que encontré fue una tumba.

—¿Una tumba? ¿De quién?

—De John Kettering. Mi tío. ¿Te acuerdas?

—Oh, da igual. No importa.

—¿Cómo que no importa? Es un desastre total, ¡eso es lo que es!

—Oh, Maddie, cállate un segundo. Olvidaba lo gruñona que te pones por las mañanas.

—Yo no me pongo...

—Escucha, volví a comprobar por Internet los asientos anteriores al año de tu nacimiento. ¿Y a que no te imaginas lo que encontré? Que Ruth Kettering estaba casada. No fue madre soltera después de todo.

—¿Qué? ¿Entonces por qué no tengo padre?

—No lo sé. Pedí el certificado de matrimonio y me ha llegado esta misma mañana. Se casó en 1981 con alguien llamado Saul Blake-Jones.

Maddie se quedó sin aliento. Poco a poco, se fue deslizando hacia el suelo con la espalda pegada a la pared. Se le nubló la visión y sus piernas se negaron a sostenerla. Cuando las manos empezaron a temblarle agarró con más fuerza el teléfono para que se no cayera.

—¿B...Blake-Jones? ¿Con ese hombre horrible? ¡Oh, Dios mío! No, no puede ser verdad. —Como si no hubiera tenido suficiente con el viaje del día anterior, ahora tenía que lidiar con esto. Era demasiado. Sintiéndose enferma, se tragó la bilis que amenazaba con ahogarla.

—¿Hombre horrible? ¿Lo conoces? —Jessie parecía perpleja así que le contó por encima las extrañas experiencias que había vivido en Dartmouth—. Bueno, puede que no sea tu padre —comentó su amiga cuando terminó—. Tal vez estaban divorciados cuando naciste. No me detuve a mirar ese dato, pero lo haré. ¿Por qué si no pondría tu madre su apellido de soltera y no lo mencionó como tu padre en la partida de nacimiento?

—Vaya. Esto se pone cada vez mejor —masculló ella—. Mierda, tengo que hablar con Jane.

—¿Qué Jane?

—La hija de Blake-Jones —dijo, tragando saliva con fuerza. Le contó los detalles de su encuentro con la joven.

—Sí, tienes que hablar con ella. Seguro que puede averiguar algo más.

—Tienes razón. Le preguntaré si su padre se ha casado en más de una ocasión. Te llamo en cuanto sepa algo. Y Jessie, gracias por la ayuda. Siento haberme portado antes como una cascarrabias, pero todo esto me está superando.

—No te preocupes, lo entiendo. Mantenme al tanto de todo, ¿de acuerdo? Adiós.

***

Como no quería pasar por alto una posible llamada de Jane, Maddie se pasó todo el día dentro de la casa leyendo un libro. No obstante, cuando leyó por quinta vez la misma página sin encontrarle sentido alguno, se levantó y se dirigió a la cocina para cambiar de actividad y preparar algo dulce.

—¿Por qué quieres ponerte a cocinar con este tiempo? —preguntó Annie con suspicacia—. Deberías estar al aire libre, eso es lo que deberías hacer.

—Estoy esperando una llamada telefónica que es muy importante. Lo siento, no quiero entrometerme en tus quehaceres, pero necesito distraerme con algo.

—Oh, muy bien, usa cualquier cosa que necesites.

Cuando el teléfono sonó, Maddie ya llevaba hecha una hornada de bizcochos de chocolate y una esponjosa tarta y estaba volviendo loca a la pobre Annie. Por suerte, sobre todo para la cordura del ama de llaves, la llamada de Jane llegó por fin.

—¡Gracias a Dios que eres tú! Llevo todo el día esperando a que llamaras. —Maddie soltó un suspiro de alivio.

—¿Sí? ¿Qué ha pasado?
—Tengo que verte. ¿Podemos quedar esta tarde?
—No lo sé. Lo tengo un poco difícil, aunque tal vez pueda escaparme un rato. Te veo en el aparcamiento del otro día a las cuatro y media, ¿de acuerdo?
—Perfecto. Allí estaré.

***

Cuando Jane se deslizó en el asiento del copiloto, diez minutos más tarde de la hora fijada, Maddie volvía a tener las uñas en carne viva.
—¿Quieres que salgamos fuera del pueblo como la otra vez? —preguntó.
—Sí, por favor —respondió la joven—. Prefiero evitar que alguien nos vea.
Hicieron el viaje hasta la pequeña área de descanso en silencio, pero en cuanto llegaron Jane rompió a hablar.
—¿Por qué querías verme? ¿Sabes algo más?
—Primero dime algo —dijo Maddie asintiendo—. ¿Sabes si tu padre se ha casado más de una vez?
—No que yo sepa.
—¿Y cómo se llama tu madre?
—Ruth, ¿por qué?
Maddie tomó una profunda bocanada de aire para calmar los latidos de su corazón, que de pronto se había desbocado.
—¿Sabes cuál era su apellido de soltera?
—Sí, claro. Kettering, ¿por qué quieres saberlo?
Volvió a respirar hondo.
—No sé si debería decirte esto, pero... creo que soy, por lo menos, tu medio hermana. Ruth también es mi madre.
A Jane se le desencajó la mandíbula.
—Me estás tomando el pelo, ¿verdad?

—No. Hoy me he enterado de que mi madre biológica, Ruth Kettering, se casó con alguien llamado Saul Blake-Jones. Creía que podía ser su primera esposa. Nunca me imaginé que... Debería haberte preguntado cómo se llamaba tu madre la última vez que nos vimos, pero ni se me pasó por la cabeza que pudiera ser la misma persona.

Jane pareció recobrar la compostura.

—Supongo que eso explica su reacción... y su miedo. ¿Sabes algo más?

Suspiró y le contó su viaje a Wiltshire y lo que Jessie había averiguado en Londres. Jane la escuchó en silencio, pero se lanzó a hablar nada más terminar.

—¡Esto es increíble! ¿Mi madre una hija ilegítima? ¿Y estando casada? No me lo puedo creer.

—Entiendo que te parezca extraño, pero salvo que haya otra Ruth Kettering en algún otro sitio, todo apunta a que es verdad. No es un nombre muy común.

—Sí. Tienes razón. Por eso mi padre la llamó pecadora. Creía que era porque había encubierto a una amiga. Pero mi madre... ¡Dios bendito!... con un amante secreto... —Jane negó con la cabeza y parpadeó un par de veces—. Lo siento, ahora mismo estoy impresionada. Me imagino que te debe de pasar lo mismo. —Sus ojos lucían enormes bajo el pálido rostro, aunque no se la veía triste. De pronto se puso a reír—. Aunque, en cierto modo, también es estupendo. Me refiero a lo de ser hermanas, si es que lo somos. Siempre quise tener una.

Maddie sonrió.

—Yo también. Una simpática, no como Olivia. —Y le contó lo de su hermana adoptiva.

—Te prometo que nunca me comportaré de ese modo —aseguró Jane—. Me encantará compartir cosas contigo. ¿Y ahora qué hacemos? ¿Quieres que hable con mi madre?

—No lo sé. Lo ideal sería enterarnos de qué fue lo que sucedió hace tantos años sin tener que preguntarle. No quiero volver a ponerla en ese estado. Ya viste que con solo mirarme se puso a llorar. De todos modos, no entiendo cómo pudo reconocerme después de veinticuatro años. A menos que volviera a verme después de la adopción. ¿Crees que eso es posible?

—Puede. Tal vez lo hizo en secreto. Mmm... Déjame pensar. Tiene que haber más gente que sepa lo que sucedió. Tal vez alguien esté dispuesto a cotillear un poco sobre el asunto. Ya me encargo yo. Visito a muchas ancianas en nombre de mi padre y suelen irse de la lengua. Algunas están bastante seniles, pero son capaces de recordar lo que pasó hace años con total claridad, aunque no se acuerden de lo que han desayunado esta mañana.

—Eso suena bien.

—De acuerdo entonces. Si me entero de algo, te llamaré. Y si no... Me gustaría volver a verte. —De pronto Jane parecía muy tímida. Maddie se dejó llevar por el instinto y se inclinó para darle un abrazo.

—A mí también. Y espero de corazón que seas mi hermana. —Sintió un nudo en la garganta que tragó de inmediato.

Jane asintió en silencio. Al igual que ella, también tenía los ojos sospechosamente húmedos. Maddie se concentró en la carretera cuando la llevó de vuelta al pueblo. Puede que después de todo no estuviera sola en el mundo.

Aquel pensamiento la reconfortó enormemente.

***

Aunque tras su último encuentro Jane llamó casi todos los días, no tenía nada nuevo que contarle, pero le dijo que seguía hablando con las ancianas.

—Creo que debemos tener paciencia —comentó—. Sus recuerdos son muy aleatorios pero voy a seguir intentándolo. En cuanto tenga algo te lo haré saber.

—¿Y tu padre y tu madre? ¿Han vuelto a sacar a colación el tema? —preguntó Maddie.

—No, aunque ahora que lo pienso, mi padre ha estado con el ceño fruncido más de lo habitual y mirando una y otra vez a mi madre, lo que la ha puesto muy nerviosa. El otro día, cuando salí de casa, me lo encontré fuera de la iglesia susurrando algo a nuestro organista, el señor Morris. En cuanto me vieron, ambos dejaron de hablar, lo que me pareció un poco sospechoso, ya me entiendes, ¿no?

—¿El organista?

—Sí, es la mano derecha de mi padre y siempre está dispuesto a hacer lo que le diga. Es un hombre horrible, no lo soporto. Brrr.

Maddie casi pudo oír a Jane estremeciéndose.

—¿Tan malo es?

—Sí. Me pregunto que estarían tramando. Seguro que algún castigo para alguno de los miembros de la congregación que se haya desviado. Ya lo han hecho antes y estoy convencida de que oí las palabras «sigue vigilando» y «accidente». Como te dije, mi padre es muy estricto. Considera a sus feligreses como de su propia familia y se ve a sí mismo como su padre o guardián. Alguno de ellos ha sufrido... mmm... «accidentes» en el pasado.

—¿Y lo aceptan así como así?

—Sí. La mayoría en todo caso. Da igual, tengo que irme. Seguimos en contacto.

Jane colgó de golpe y Maddie tuvo la sensación de que, aunque le avergonzaban las tácticas intimidatorias de su padre, le tenía tanto miedo que no hacía nada al respecto. «Si encontrara la forma de poder ayudarla...» Pero sabía que no era quién para interferir, al menos no hasta que averiguaran más. Y aquello, por lo visto, les iba a llevar su tiempo.

Mientras esperaba las llamadas de Jane y el regreso de Kayla intentó mantenerse ocupada. Se dijo a sí misma que estaba de vacaciones y que debía disfrutarlas al máximo, de modo que eso fue lo que se dispuso a hacer.

Unos días más tarde, cuando estaba a punto de salir después de comer con una bolsa llena de materiales de dibujo, sonó el timbre. Al no ver a nadie cerca, abrió la puerta de entrada y se sorprendió al encontrar a un hombre bastante descuidado fuera. Tenía una mata de pelo que llevaba de punta y que daba la impresión de no haber peinado en años. Vestía una camiseta sucia y un par de *jeans* muy gastados. También masticaba chicle como si fuera su principal objetivo en la vida y miraba de un lado a otro nervioso.

Maddie parpadeó sorprendida.

—¿En qué puedo ayudarle?

—Mmm... He venido a ver a Alex —respondió el hombre. Metió las manos en los bolsillos en un gesto defensivo y miró por encima de ella. En cuanto vio el interior del enorme vestíbulo abrió los ojos como platos. A pesar de ser un hombre muy alto, le dio la sensación de que tanta opulencia solo hizo que quisiera salir de allí corriendo.

—Oh, entiendo. Pues... muy bien... entre. Voy a buscarle.

—No hace falta, ya estoy aquí. —Alex llegó por detrás sin que se diera cuenta e hizo un gesto de bienvenida al desconocido—. Qué alegría verte, Foster. De modo que has decidido darte una oportunidad, ¿eh? —Sonrió hacia el hombretón.

—Sí —contestó el tal Foster—. Como bien dijiste, no pierdo nada por intentarlo. ¿Has cambiado de idea?

—No, por supuesto que no. Y te prometo que no te arrepentirás. —Alex se volvió hacia ella, que observaba la conversación con curiosidad—. Maddie, este es Foster, uno de mis amigos delincuentes. Como no me cabe la menor duda de que tampoco quieres conocerlo, vamos a dejar que sigas con lo que fueras a hacer.

Maddie abrió la boca y volvió a cerrarla enfadada.

—Mira, Alex, yo nunca dije que...

—Después, Maddie. Ahora tengo que hablar con Foster. —Y sin volver a mirarla, Alex llevó a su amigo hasta el despacho y cerró la puerta dejándola enfurecida.

«¡Oh, qué hombre más molesto!», pensó. Agarró su bolsa y salió de la casa, cerrando con un sonoro portazo. No le quedaba otra que mantener una charla con él ya que, de lo contrario, no habría forma de que mantuvieran las apariencias frente a Wes y Kayla cuando volvieran. Dio una patada a una piedra que encontró en el camino y se lamentó al instante en cuanto notó un punzante dolor en el dedo del pie. «Maldita sea. ¿Por qué los hombres eran siempre tan complicados?»

***

Las impresionantes vistas desde la costa consiguieron tranquilizarla enseguida, así que se dispuso a alejar a Alex de su mente por un rato. Llevaba todo el día sintiendo la urgente necesidad de pintar y no tenía la intención de que nada se interpusiera en su deseo. Desde su llegada a Marcombe Hall, se había dedicado a hacer un sinfín de bosquejos; hoy, por fin, se veía preparada para enfrentarse a las acuarelas. Se le había dado muy bien cuando era pequeña, pero solo como afición.

—No hay ningún futuro en la pintura, cariño —le había dicho su padre—. Búscate algo en lo que puedas trabajar de verdad y dedícate a lo que te gusta en tu tiempo libre, ¿de acuerdo?

En su momento le pareció un consejo sensato y lo siguió sin dudarlo. Ahora, sin embargo, no estaba muy segura de haber hecho lo correcto. Puede que con un poco más de formación hubiera podido hacer una buena carrera en el mundo de la pintura, aunque nunca sería Picasso o Monet. Aquello hubiera sido infinitamente más gratificante que permanecer esclavizada delante de un teclado ocho horas al día a la entera disposición del jefe de turno.

Colocó el caballete en un lugar que prometía ofrecerle estupendas vistas al borde de unos acantilados y dispuso el material de pintura en el suelo, junto a ella. Se sirvió de un pequeño taburete plegable como asiento y se puso a pintar. Como siempre, tardó muy poco en dejarse llevar por la satisfacción que le producía liberar su creatividad. Le encantaba ver cómo el paisaje que tenía frente a ella iba tomando forma en el lienzo y elegir la combinación exacta de colores para cada elemento. Allí, en los acantilados, donde los sonidos se silenciaban por el ulular del viento y el rugido del mar, el tiempo se detuvo para ella.

Dio por finalizada la sesión de pintura con el atardecer, cuando la luz comenzó a perder intensidad. Se puso de pie, se estiró para aliviar la rigidez de la espalda y observó el lienzo terminado con orgullo. «Puede que no sea la mejor acuarela del mundo, pero me gusta cómo ha quedado.» Sonrió para sí misma. Todo había resultado tal y como quería y estaba feliz de comprobar que no había perdido su destreza con el pincel.

Poco a poco, recogió sus pertenencias, las metió en la bolsa y se dispuso a regresar a la casa. Sin embargo, todavía le apetecía estar un rato fuera, así que decidió tomar el camino más largo. La bifurcación por la que solía ir no estaba muy lejos de donde se encontraba y se metió por la izquierda en vez de por la derecha. El sendero la llevó hasta una pequeña colina y una zona boscosa llena de hojas caídas. Mientras andaba entre los árboles, el sonido del viento y del mar se fue amortiguando reemplazado por el canto de los pájaros. Tomó una profunda bocanada de aire y disfrutó de la paz que allí se respiraba.

Como no tenía prisa, siguió la serpenteante ruta sumida en sus pensamientos. Se detuvo varias veces para examinar las flores que crecían a ambos lados del camino, ideando nuevas acuarelas y lo bien que quedarían. En un momento dado, vio algo por el rabillo del ojo que resultó ser un conejo corriendo en busca de refugio. La visión del animal la hizo sonreír.

Miró hacia abajo y se dio cuenta de que se le había aflojado una de las sandalias estilo romano que llevaba. Cuando se agachó para atarse el cordón oyó un crujido leve a sus espaldas seguido de un silbido.

Antes de que pudiera darse la vuelta, recibió un fuerte golpe en la parte posterior de la cabeza y todo se volvió negro.

***

Maddie despertó con un dolor de cabeza tan intenso que vaciló antes de abrir los ojos. Sabía que en cuanto le diera la luz le dolería más, pero por otro lado necesitaba saber qué había pasado. Armándose de valor, levantó los párpados durante una fracción de segundo, después parpadeó un par de veces y los abrió por completo. Para su sorpresa estaba en penumbra.

—¿Pero qué...? —masculló. Intentó incorporarse—. ¿Ya se ha hecho de noche?

Tanteó con las manos a su alrededor, esperando encontrar hojas secas, pero se topó con la fría superficie de una piedra. Volvió a parpadear y enfocó la vista observando con atención. Sí, en efecto, estaba rodeada de piedra. Alzó la vista y vio un círculo de tenue luz sobre su cabeza. ¿Un agujero? ¡No, un pozo minero!

Recordó que Kayla le había mencionado que en la zona existieron minas de estaño y que ahora casi todas las entradas a los pozos se habían tapado. Si estaba en uno de ellos, estaba claro que se les había olvidado clausurar ese. No disponía de una escalera o cualquier otro medio para subir por las paredes. «¿Cómo narices he llegado aquí?»

Respiró hondo y se las arregló para ponerse de pie. Buscó algún asidero o punto de apoyo pero no encontró nada. Le dolían la cabeza y una muñeca, ¿se habría caído ahí dentro? O tal vez alguien la había dejado deliberadamente allí y después había quitado la escalera o lo que quiera que hubiera utilizado para bajar.

¿La habían abandonado ahí para que muriera? La mera idea hizo que se estremeciera.

El pánico se apoderó de ella y durante un instante sus pulmones lucharon por respirar. No, eso no podía estar pasando. Intentó controlar sus emociones y miró a su alrededor una vez más. Nada.

«¿Quién me haría algo así?»

Alzó de nuevo la vista; pensar que alguien quisiera hacerle eso a propósito hizo que sintiera como si unos dedos helados le estrujaran el estómago y exprimieran su cerebro. Alguien la quería muerta. Y esa persona no le había dado la oportunidad de defenderse, lo que sin duda habría hecho. En Londres había practicado *kick boxing*, sobre todo por hacer un poco de deporte y también como un medio de autodefensa. Pero cuando te daban un golpe en la cabeza, ¿qué posibilidades tenías de evitarlo?

—¡Hola! ¿Hay alguien ahí? ¡Hola!

Estuvo gritando un rato, pero no obtuvo respuesta.

Quienquiera que le hubiera hecho eso se había marchado. ¿Y por qué no? Nadie la encontraría allí. Donde fuera que estuviera. Se sentó y se acurrucó cerca de una de las paredes de roca. Sintió una punzada de dolor en el brazo y levantó la mano para inspeccionar la muñeca. No parecía que se la hubiera roto, aunque sí que podía tener un esguince. Quizá cayó sobre ella cuando le golpearon en la cabeza. Cada vez le dolía más. Maldijo en voz alta solo por sentirse un poco mejor. Al final, termino sollozando para después romper a llorar de alivio por seguir con vida. ¿Pero por cuánto tiempo? ¿Cómo diablos iba a salir de allí? Y si lo conseguía, ¿estaría a salvo o alguien estaría esperándola fuera para terminar lo que había empezado? Un violento escalofrío le recorrió todo el cuerpo.

—¡Oh, Dios mío! ¿Qué voy a hacer?

Apoyada contra la pared, se abrazó las rodillas e intentó pensar. No se le ocurrió nada. Lo único que podía esperar es que alguien se diera cuenta de que no había regresado y salieran a buscarla. Aunque puede que fuera demasiado tarde, concluyó sintiéndose del todo abatida. No, no podía ser tan pesimista. «¡No te dejes llevar por la desesperación!». Rezó porque Alex la echara de menos en la cena, aunque con la visita de su nuevo amigo quizá no se diera ni cuenta. Hasta podía haber salido fuera a tomar algo. O tal vez pensaba que seguía molesta con él. ¡Maldición! Su única esperanza era Annie.

—Oh, Dios, por favor, que alguien venga a buscarme. Por favor.

Sin embargo, no tenía muy claro si sus súplicas caerían o no en saco roto.

Capítulo 12

Jane alzó la vista cuando su padre entró en el comedor. Llegaba veinte minutos tarde y ella y su madre estaban sentadas, esperando en silencio su llegada, mientras la comida se enfriaba servida en los platos. Le había oído hablar por teléfono una hora antes; sea lo que fuere lo que le dijeran, había hecho que abandonara la casa de inmediato, tomara el automóvil y saliera a toda velocidad. Estaba incómoda, con los nervios a flor de piel. ¿Dónde habría estado?

El reverendo Blake-Jones se sentó en la cabecera de la mesa, como siempre, con cara de satisfacción e inclinó la cabeza para dar las gracias. Ellas se unieron al amén final antes de pasarse los platos uno a uno. Empezaron a cenar sin decir ni una palabra y Jane se preparó interiormente para el inevitable estallido que sabía que vendría cuando su padre descubriera que la cena estaba fría. Se equivocó, no pasó nada.

Volvió a mirar a su padre y observó cómo comía complacido consigo mismo. Echó un vistazo a su madre, pero estaba demasiado sumida en su desgracia como para darse cuenta de algo. Durante los últimos días no había respondido más que con monosílabos a su hija y marido y parecía estar viviendo en su propio mundo. Jane había renunciado a comunicarse con ella y estaba empezando a temer por su cordura.

En cuanto se llevó el primer bocado de comida a la boca, la voz de su padre retumbó por toda la mesa.

—Se ha terminado, Ruth. Ya he solucionado el problema.

Jane se sobresaltó y dejó caer la comida en el plato. Los ojos de su madre se volvieron lentamente hacia el rostro de su padre cargados de horror. El tenedor se le cayó de la mano y fue a parar al suelo estrepitosamente. Se tapó la boca para amortiguar el grito que salió por su garganta y se levantó de la mesa, tirando la silla por la prisa con la que abandonó el comedor.

—¿Qué has dicho, padre? —Se atrevió a preguntar.

—Nada de lo que debas preocuparte —replicó él con la boca llena—. Tu madre está teniendo uno de sus síncopes, eso es todo. Mañana estará mejor.

—Pero...

Él dio un puñetazo a la mesa con tal fuerza que toda la vajilla saltó. Jane soltó un jadeo.

—¿Acaso dudas de mi palabra? —gritó, taladrándola con su oscura mirada.

Ella negó con la cabeza y volvió a tomar el tenedor. Poco a poco empezó a comer. Sabía que si no lo hacía su padre se ofendería, con las ulteriores y nefastas consecuencias que ello acarrearía. Prefería comer tierra a soportar aquello.

—Muy bien —le oyó mascullar.

Rezó para pasar desapercibida el resto de la cena. En cuanto pudiera, huiría al santuario de su dormitorio.

***

—¡Maddie! Maaaaddiiiieee!

Maddie se despertó asustada y se frotó los ojos con los nudillos. Creía haber oído su nombre, aunque tal vez solo había sido un sueño.

—¡Maddie!

No, ahí estaba otra vez. Se puso de pie, se tambaleó un poco y se estremeció en medio de la oscuridad.

—¡Aquí! ¡Estoy aquí! —se desgañitó. El sonido de su grito produjo un eco alrededor del pozo minero y se preguntó si podría oírse en la superficie. El silencio como respuesta casi hizo que llorara de frustración. ¿Qué podía hacer para que la oyeran?

Volvió a gritar, pero no pasó nada. La otra voz parecía haberse esfumado. Desesperada, se derrumbó sobre el suelo. El hambre le roía las entrañas y tenía una sed terrible. Le palpitaba la muñeca y le dolía la cabeza. Estaba a punto de tirar la toalla...

—¡Maddie! —La voz la sobresaltó y miró hacia arriba, hacia la entrada al pozo. El cielo era de un tono un poco menos oscuro que la negrura que reinaba en el interior y creyó percibir el parpadeo de alguna antorcha en la superficie. Instantes después, veía cómo una figura se inclinaba sobre la entrada de forma precaria.

—¡Aquí! —gritó—. ¡Estoy aquí abajo!

—¡Qué demonios! ¿Estás herida? —Era Alex. Creyó que aquella voz era lo más maravilloso que había oído en toda su vida.

—No mucho, solo una muñeca torcida, pero no puedo salir de aquí.

—Aguanta, te conseguiré ayuda. ¿Estarás bien si te dejo sola un poco más? Tengo que encontrar una cuerda.

—Sí, sí, pero date prisa, por favor.

—Por supuesto. Enseguida vuelvo.

Alex desapareció y la espera comenzó de nuevo. Ahora, sin embargo, tenía esperanza y el tiempo pareció transcurrir mucho más deprisa. Antes de darse cuenta, el rostro de Alex volvió a asomar por la entrada y le tiró una cuerda.

—¿Puedes atártela a la cintura y apoyar los pies en la pared? —gritó él—. Tiraremos de la cuerda al mismo tiempo.

—De acuerdo. —Con dedos temblorosos recogió la cuerda y se la anudó alrededor de la cintura lo más fuerte que pudo, teniendo en cuenta que solo usó una mano. Después apoyó los pies contra la pared del pozo y se aferró a la cuerda. Hizo una mueca de dolor cuando sintió el pinchazo en el brazo herido—. ¡Lista! —gritó. La cuerda se tensó y empezaron a subirla despacio.

Para ayudar a sus rescatadores, anduvo con los pies sobre la pared de piedra. Miró en todo momento al frente, dispuesta a no bajar la vista. Tras lo que le pareció un siglo, por fin alcanzó la entrada, donde unas fuertes manos la terminaron de sacar. Exhausta, se desplomó en el suelo y empezó a temblar de forma incontrolada.

—¿Maddie? —Se volvió y vio a Alex y a alguien más sosteniendo la luz que caía sobre ella. Levantó una mano para protegerse los ojos y se percató de que era Foster, el extraño amigo de Alex, antorcha en mano.

—S... sí, ahora sí —balbuceó. Le castañeteaban los dientes debido a la conmoción sufrida.

—Tienes que ir al médico. Ven, te llevaré en brazos. —Alex se agachó para recogerla, pero ella alzó la mano en señal de protesta.

—No, no, te harás daño en la espalda. Peso demasiado. Dame solo un minuto y podré andar sin necesidad de ayuda. Ahora mismo tengo las piernas como si fueran dos flanes temblorosos pero pronto estaré bien.

Alex esbozó una amplia sonrisa y alzó la mano para acariciarle la mejilla.

—Me alegro de que estés bien. Durante un rato hemos estado muy preocupados por ti. ¿Qué demonios te pasó por la cabeza para adentrarte en el bosque? ¿No sabes lo peligroso que es? Hay pozos mineros por todas partes y aunque se supone que están señalizados por la noche no se ve bien.

—Por supuesto que lo sé. No vine a parar aquí a propósito. Además, todavía no era de noche.

—¿Entonces cómo te caíste? ¿No ibas pendiente de por dónde pisabas?

—Sí, pero no estaba cerca de este agujero. Iba caminando por el sendero del bosque y alguien me golpeó en la cabeza desde detrás. Lo siguiente que sé es que estaba tumbada en el fondo del pozo.

—¿Qué? —exclamaron Alex y Foster al unísono, mirándola con creciente horror.

—¿Estás hablando en serio? ¿Quién? —Alex apretó los puños.

—Sí, ¿quién querría golpear a una mujer tan simpática en la cabeza? —Foster parecía desconcertado antes de estudiar los alrededores. Daba la impresión de que temía que el atacante lo fuera a intentar con él de un momento a otro—. ¿Te hizo algo antes... como... ya sabes...? —Se interrumpió, obviamente avergonzado por la dirección que estaban tomando sus pensamientos.

Maddie hizo un gesto de negación.

—No, nadie me atacó. Estaba agachada para atarme mejor la sandalia y al segundo siguiente todo se volvió negro. Ni siquiera vi quién era.

Alex frunció el ceño.

—Vamos a tener que contárselo a la policía.

Ahora fue Foster el que empezó a temblar, hasta que debió de recordar que no había hecho nada malo y se relajó.

—Oh, sí —terminó diciendo—. No podemos permitir que haya locos como esos campando a sus anchas por aquí.

—¿Cómo supisteis dónde encontrarme? —quiso saber ella—. ¿Me echó de menos Annie en la cena?

Alex pareció sentirse avergonzado.

—No, en realidad nadie se dio cuenta. Yo... estaba con Foster en un *pub* y Annie nos dejó algo de cena y se marchó pronto a su casa. Un par de horas más tarde llamó una amiga tuya. Una tal Jane.

—¿Sí?

—Sí, preguntó si estabas en casa y cuando le dije que no te había visto desde el mediodía se alteró bastante. Insistió en que debía salir a buscarte y que no aceptaría un no por respuesta.

—Entiendo. —Maddie se sentó y se sacudió unas briznas de hierba que tenía en los pantalones—. ¿Te dijo por qué?

—No, solo me dijo que era urgente. ¿Es médium o algo parecido?

Maddie sonrió.

—No, no lo creo. Supongo que estaba preocupada por mí. Se me olvidó que iba a llamarme esta noche.

Alex la miró de forma extraña, pero no dijo nada más. Poco después emprendieron el camino a casa. Maddie se apoyó en Alex y Foster fue detrás de ellos, llevando sus pertenencias.

—Encontramos todo esto en el lindero del bosque.

—Bueno, ahí no fue donde lo dejé, pero me alegro de que no me hayan robado mis cosas.

Alex insistió en llevarla a la clínica más cercana para que la examinaran. Aparte de un esguince en la muñeca (que le vendaron inmediatamente) y un pequeño bulto por el golpe en la parte posterior de la cabeza, no encontraron nada más.

—Deberías quedarte en reposo un par de días. Ante cualquier vómito o mareo, ponte en contacto con nosotros. Podrías tener una leve conmoción cerebral —decretó el médico.

—Gracias, me lo tomaré con calma. —Con los analgésicos que le habían dado y sin ninguna otra molestia, una buena noche de sueño sería suficiente.

—¿Estás de humor para acudir a la policía esta noche o lo dejamos para mañana? —preguntó Alex de camino al automóvil.

—No, por favor, Alex, no contemos nada.

—¿Por qué? ¿Hay un posible asesino suelto por aquí y no quieres que avisemos a la policía? ¿Te has vuelto loca?

—Es complicado, Alex. Necesito hablar con Jane primero. Por favor, confía en mí.

—¿Qué tiene que ver la tal Jane con todo esto?

—Ahora mismo no puedo contártelo. Por favor, Alex, deja que me encargue de esto a mi manera. —Maddie tenía la intensa corazonada de que todo aquello estaba relacionado con su adopción y quería llegar al fondo del asunto antes de tomar ninguna otra decisión. Sabía que no era muy razonable por su parte, pero le daría muchísima vergüenza si expresaba en voz alta sus sospechas y luego no estaba en lo cierto, sobre todo estando involucrada su recién encontrada hermana. Además, primero quería saber lo que pensaba Jane. Eso podría ser una pista muy importante.

—Está bien, pero no me gusta. ¿Puedes al menos, cada vez que salgas, decirnos a alguno de los dos dónde vas a ir?

—Sí, te lo prometo.

Después de aquello hicieron el viaje en completo silencio.

***

A primera hora de la mañana siguiente Alex fue a ver a Foster, que estaba alojándose temporalmente en una de las casas de campo que había adquirido. Preguntó a su amigo si quería echarle una mano con la reforma y él aceptó encantado.

—¿No te importa tener que pintar y hacer de decorador?

Foster se echó a reír.

—No, aunque no sea el trabajo más emocionante del mundo, al menos es dinero legal.

Aquella mañana, sin embargo, tenía otro trabajo para él.

—Foster, me gustaría que siguieras a Maddie, pero sin que ella te vea. ¿Crees que podrías hacerlo?

—Claro. Es lo más fácil del mundo. ¿Por qué? ¿Crees que ese loco volverá a intentar matarla?

—No lo sé, pero me sentiré mejor si sé que le estás echando un ojo. Yo apenas tengo tiempo. Además, si me ve seguro que se pondrá echa una furia.

—No hay problema, déjamelo a mí. —Foster sonrió de oreja a oreja—. Te gusta mucho, ¿verdad?

Alex esbozó una tímida sonrisa.

—¿Tanto se nota?

—Bastante, la verdad.

—Bueno, lamentablemente para mí, ella no siente lo mismo. —Se encogió de hombros—. Así es la vida, ¿no?

—Seguro que está haciéndose la dura —señaló Foster—. Ya sabes lo raras que son las mujeres.

Alex rio. Ojalá todo fuera tan fácil. Que «se hiciera la dura», como decía su amigo, era algo con lo que podía lidiar y salir victorioso. Con el menosprecio patente que parecía sentir hacia él... no.

—Ya veremos —fue todo lo que dijo—. ¿Podrías empezar esta misma mañana, por favor?

—Por supuesto.

***

—Maddie, ¿estás bien? —Al otro lado de la línea, Jane parecía estar al borde de las lágrimas y Maddie sintió un nudo en la garganta. Alguien se preocupaba por ella de verdad.

«Mi hermana pequeña.»

—Sí, perfectamente. Gracias por hacer que Alex saliera a buscarme ayer. Si no se lo hubieras dicho, todavía estaría dentro de ese pozo minero.

—¿Un pozo minero? ¡Oh, no...! ¿Qué pasó?

Maddie se lo contó. Cuando terminó no oyó absolutamente nada.

—¿Jane? ¿Sigues ahí?

—Sí —respondió en apenas un susurro.

—¿Cómo supiste que tenía problemas?

—Fue una corazonada. —Jane soltó una temblorosa sonrisa—. Llámalo intuición de hermana.

—¿Sí? ¿No fue por ninguna otra cosa? Digamos... ¿por algo más concreto?

—No, no —La respuesta de Jane parecía demasiado forzada y Maddie tuvo la sensación de que estaba ocultando algo.

—¿Segura?

—Sí, claro. Estoy tan contenta de que sigas viva. A partir de ahora tienes que tener mucho cuidado, ¿de acuerdo?

Aquello terminó de convencerla de que Jane estaba encubriendo a su padre. ¿La estaría amenazando de alguna forma? Le había dicho que creía que ejercía un cierto control sobre su madre, ¿lo tendría también sobre Jane? De cualquier modo, estaba claro que por el momento no le iba a contar nada más, así que no tenía sentido seguir haciéndose ese tipo de preguntas.

—No te preocupes. No pienso ir sola a ninguna parte durante un tiempo, créeme. ¿Has hecho algún progreso con lo otro de lo que hablamos?

—¿Con qué? Ah, eso. No, pero esta tarde voy a ver a alguien que puede saber algo. Intentaré llamarte esta noche.

—¿Desde dónde estás llamando ahora? Se oye un poco lejos.

—Estoy en una cabina del pueblo, pero mi padre saldrá esta noche, así que podré llamarte desde casa. Si no, trataré de hacerlo mañana.

—De acuerdo. Muchas gracias por ayudarme con esto, Jane. Adiós.

Después de colgar, Maddie se recostó en la cama. Todavía estaba un poco conmocionada por lo sucedido y no dejaba de dolerle el brazo. El médico le había dicho que quizá tendría pesadillas o algún tipo de reacción postraumática. Le había recetado algunos tranquilizantes, aunque prefería no tomárselos. Descansar sería más beneficioso.

Un golpe en la puerta la sacó de sus pensamientos.

—Adelante.

Alex asomó la cabeza.

—¿Molesto?

—No, para nada. Solo estaba descansando. Todavía me duele un poco la muñeca. Y la cabeza.

—Tuviste suerte de no rompértela. —Entró en la habitación y cerró la puerta tras de sí. Después se acercó despacio a la cama y se sentó en el borde.

—Sí. Y también de que fuera la izquierda. Al menos puedo seguir pintando.

Alex se quedó callado un momento, mirando hacia la ventana, luego respiró hondo y dijo:

—Maddie, ¿recuerdas algo más de tu atacante?

—No, no pude ver quién era. Solo oí un ruido a mi espalda y nada más.

—¿Tienes alguna idea de quién puede tratarse? Es decir, ¿sabes si hay alguien que quiera hacerte daño?

Maddie apartó la mirada.

—No que yo sepa. Seguro que fue algún chiflado que no pudo resistir la tentación. Ya sabes, estaba ahí agachada, sola en el bosque. —Volvió a mirar a Alex y se lo encontró sonriendo y sacudiendo la cabeza—. ¿Qué?

—Nada, es que no puedo entender que alguien pasara por allí, te viera indefensa y solo le tentara darte un golpe en la cabeza —repuso él, aunque añadió al instante—. Lo siento, sé que no quieres oírme decir este tipo de cosas. —Se encogió de hombros.

—Oh. —Maddie sintió cómo el rubor ascendía por sus mejillas.

—Muchas mujeres sufren todo tipo de ataques hoy en día cuando van solas por cualquier lugar. Lo que no tiene sentido es que te golpeen y luego te tiren a un pozo. Tenía que tratarse de alguien muy fuerte para arrastrarte hasta allí, ¿y para qué? A lo que me refiero es que debería haber intentado... primero... ¡demonios! Tal vez tenía planeado volver. —Se frotó la frente con la palma de la mano.

—Sé lo que quieres decir y estoy de acuerdo. No tiene sentido, a menos que fuera un trastornado. Pero eso es lo que pasó.

—¿Seguro que no quieres ir a la policía?

—Todavía no. —Alzó una mano—. Y antes de que me lo preguntes, tengo mis razones, ¿de acuerdo? Además, ¿de qué serviría? No tienen nada por donde empezar.

—Alguien podría haber visto algo, o tal vez encontraran alguna pista en el sendero o dentro del pozo. Los investigadores forenses hacen maravillas.

—No, no vi a nadie por allí en toda la tarde. Nadie excepto mi atacante y yo. Está dentro de los límites de Marcombe, ¿recuerdas? Propiedad privada. Déjalo, Alex. A partir de ahora tendré más cuidado.

Él se puso de pie y le agarró la mano.

—Sí, por favor. Kayla no me lo perdonaría si te pasara algo en su ausencia. —Pero la miró con una intensidad que decía algo completamente diferente. Que en realidad era él el que no quería perderla, lo que la dejó muy confundida. ¿De verdad le importaba tanto?

Pasó el resto de la tarde intentando responder a esa pregunta sin llegar a ninguna conclusión satisfactoria.

Capítulo 13

—Voy a ir a Dartmouth esta mañana, pero estaré de vuelta a la hora de comer.

Maddie le miró a través de la mesa como diciendo «sé cuidar de mí misma». ¿De verdad, podía? Alex no estaba tan seguro.

Puede que estuviera a salvo en el anonimato que daba estar entre una multitud, pero si realmente había alguien acechándola, esa persona todavía podía estar allí. Y si Maddie se quedaba sola en algún momento, él o ella podrían volver a intentarlo... Mejor no pensarlo.

Dios, aquello era algo muy serio. Quienquiera que la golpeara y la metiera en ese pozo tenía toda la intención de matarla. O al menos de hacerla sufrir, dejándola allí sin comida ni agua. Habría sido incapaz de salir de allí, incluso sin un esguince en la muñeca. Fue pura suerte que él y Foster decidieran buscarla por esa zona. Estaba claro que su atacante había dejado el material de pintura en un lugar más alejado para hacer creer que Maddie se había ido por otro lado. Fue simple casualidad que él decidiera volver a casa por ese otro camino por si acaso encontraba algo.

Agachó la cabeza para que ella no viera la preocupación en sus ojos. Maldición. No podía encerrarla en casa, eso sería una estupidez.

«Vi peligro. El mal la está acechando», le había dicho Romar. Reprimió un escalofrío de aprensión al recordar las palabras de la gitana. Quizá solo se refería a que alguien la golpearía en la cabeza y punto. ¿Pero y si aquello solo era el principio? ¿Debería ir con ella? Podría inventarse alguna excusa para ir también a Dartmouth, aunque estaba seguro de que Maddie se daría cuenta al instante.

No, lo único que podía hacer era pedirle a Foster que tuviera especial cuidado para que ella no se diera cuenta. Debía confiar en su amigo. No le quedaba otra.

***

Maddie se puso en marcha con una mezcla de emoción y miedo en su interior. Jane la había llamado y quería que se vieran. Se pusieron de acuerdo para que, como siempre, la recogiera y la llevara a las afueras del pueblo. Estaba deseando saber qué era lo que tenía que decirle. ¿Por fin habría encontrado algo?

Jane estaba esperándola pacientemente, casi oculta a primera vista, en una parada de autobús que había al lado de la carretera. Detuvo el vehículo para que se subiera a él y en cuanto pudo salió a toda prisa de allí. Jane escudriñó la carretera detrás de ellas; al darse cuenta de que no había ningún vehículo o persona por allí dejó escapar un suspiro de alivio.

—Gracias a Dios, no creo que nadie me haya visto. Le dije a mi madre que había quedado con una amiga. Gracias por venir tan rápido.

—No me lo hubiera perdido por nada del mundo. Por teléfono me diste la impresión de que habías averiguado algo.

—Sí, o eso creo. Busca algún sitio donde aparcar y te lo contaré todo.

Tomaron una carretera secundaria y tardaron muy poco en encontrar un lugar tranquilo donde detenerse a hablar. Maddie apagó el motor y se volvió hacia Jane sin poder disimular la ansiedad que sentía.

—¿Y bien? ¿Qué fue lo que encontraste?

—Bueno, como te dije, ayer fui a ver a la señora Graham. Tiene setenta y pico años y no para de hablar. Creo que es la peor chismosa de todo el pueblo. Casi siempre me cuenta cosas de personas de las que nunca he oído hablar y yo me limito a asentir o soltar un «ajá» de vez en cuando. Pero ayer decidí hacer una prueba y le dije que aunque los cotilleos existen, y mucho, no siempre son ciertos. «Uno puede llegar a escuchar las cosas más extrañas; por ejemplo el otro día me llegó un rumor de lo más hilarante sobre mi madre, que lógicamente es imposible que sea verdad», comenté.

—Continúa.

—Entonces vi cómo se le iluminaba la cara. Siempre le ha gustado estar a la última en lo que a chismes se refiere. Me preguntó qué era lo que había oído y le dije que una anciana que no andaba muy bien de la cabeza iba diciendo que mi madre había tenido otro hijo antes de mí. Le dije que estaba claro que se trataba de una broma y me eché a reír, pero ella se quedó muy quieta. «¿Qué sucede?», quise saber. Durante un momento pensé que no me lo diría. Pero la necesidad de meterse de lleno en un asunto tan jugoso pudo con ella y me comentó que creía que era cierto.

—No, ¿en serio?

—Sí. Por supuesto fingí horrorizarme y la cara de satisfacción que puso fue impagable. Le encanta que la gente se entere de las cosas por su boca y si encima los deja conmocionados, mejor que mejor. Entonces me dijo que hace años se rumoreó que mi madre tuvo una aventura con otro hombre y que se quedó embarazada.

Por supuesto mi padre intentó acallar cualquier chisme, pero el caso es que mi madre se marchó del pueblo durante una buena temporada, por lo visto para visitar a unos parientes. Cuando regresó era una mujer completamente diferente y los sermones de mi padre se volvieron más duros con el tiempo. Más «incendiarios», según ella.

—¿Y cuándo se supone que pasó todo aquello?

—La señora Graham dijo que hace veintisiete años. Estaba muy segura porque fue el mismo año en que nació su nieto el mayor y cumplirá veintisiete el mes que viene.

Se miraron la una a la otra.

—Oh, Jane —consiguió decir al fin Maddie—. Supongo que el que no tengamos el mismo padre explica muchas cosas. Pero, ¿por qué demonios no dejó al tuyo y se quedó con el mío?

—Me he hecho la misma pregunta y creo saber la respuesta.

—¿Sí?

—Sí. Mi padre la habría matado antes que dejarla ir.

***

Las palabras de Jane resonaron en la cabeza de Maddie de regreso a Dartmouth. Cuando llegó allí, dejó a Jane en la parada de autobús y fue directamente a la zona donde solía aparcar el vehículo. No necesitaba comprar nada, pero sí que tenía que hacer algo. Cualquier cosa que la distrajera de las recientes revelaciones y acontecimientos. Echar un vistazo a los escaparates, en ausencia de otra cosa, serviría.

Caminó despacio a lo largo de la fila de tiendas y *boutiques* que había en la calle, deteniéndose de vez en cuando para admirar algún artículo o prenda de ropa. Una hora más tarde, el intenso calor la llevó hasta un quiosco de prensa y refrescos, donde pidió una bebida bien fría que le supo a gloria.

Bebió con avidez, después dejó la botella y se dirigió a la puerta de salida. A mitad de camino, sin embargo, se quedó paralizada al ver al reverendo Saul Blake-Jones, el hombre que se parecía tanto al extraño de sus sueños. Él también se percató de su presencia y se quedó inmóvil durante unos segundos. Al principio se mostró sorprendido, pero inmediatamente después su rostro se transformó en una máscara de ira y le lanzó la mirada más siniestra que jamás hubiera visto. Estaba cargada de puro odio e iba dirigida directamente a su persona.

Aquellos ojos negros la miraron durante unos segundos como dos llamas incandescentes, abrasando su alma. Después, la miró con un intenso desagrado una última vez y se marchó sin comprar nada.

En ese momento Maddie se dio cuenta de que le estaban temblando las piernas y debió de ponerse pálida porque alguien le preguntó si estaba bien.

—Sí, sí, gracias. Es solo el calor. —Se tambaleó hacia la puerta y salió a que le diera el aire. Una vez fuera, se apoyó contra la pared y respiró hondo varias veces, tratando de detener la creciente ola de pánico que amenazaba con apoderarse de ella. Era como si su pesadilla se hubiera vuelto real y viniera a por ella. Estaba convencida de que se trataba del mismo hombre. El reverendo Blake-Jones. El hombre que la odiaba. ¿Le habría conocido de niña? Seguro que sí. No le cabía la menor duda. Una mirada como aquella hubiera marcado a cualquier criatura. No le extrañaba que la aterrorizada en sus sueños.

Ahí fue cuando llegó a la conclusión de que la vieja señora Graham debía de tener razón y el motivo por el que el reverendo la detestaba era por la infidelidad de su esposa. Como hombre de Dios, era obvio que tenía un punto de vista más férreo sobre el asunto que la mayoría de la gente, ¿pero tanto como para matarla?

«¿De verdad me quiere muerta?»

En un primer momento había temido que su atacante del bosque hubiera sido Ruth, su madre. Por eso se había mostrado reacia a hablar con la policía. Pero cuando Alex le comentó que quienquiera que le hubiera hecho aquello era alguien lo suficientemente fuerte como para llevarla hasta el pozo, se dio cuenta de que no podía tratarse de una mujer. Ahora estaba segura de que el culpable era el marido de Ruth. Tenía que serlo. Su sorpresa al verla con vida había sido genuina. Ahora entendía por qué se había encolerizado al segundo siguiente, porque debía de creer que estaba muerta o que todavía seguía en ese pozo y su presencia allí le hizo ver que había fracasado.

—¡Dios mío! ¿Y ahora qué hago? —masculló. No tenía ninguna prueba, solo su intuición. Tampoco podía demostrar que era la hija de la señora Blake-Jones, ya que su madre biológica se aterrorizaba solo con verla. Aunque la policía podía ordenar un análisis de ADN. ¿Pero de verdad quería arruinar la vida de su madre? Porque estaba segura de que si algo de aquello salía a la luz, Ruth Blake-Jones sufriría consecuencias muy severas. Su marido podría divorciarse de ella, o peor aún, hacer de su vida un infierno. Su congregación podría repudiarla por pecadora y el propio Blake-Jones podría salir impune, puesto que sin duda alegaría que él no había hecho nada malo.

No le quedaba otro remedio que estar atenta y vigilar su espalda hasta que Kayla regresara. Después haría sus maletas y se marcharía de Devon para siempre. Tal vez hasta de Inglaterra. No podía quedarse. Tenía que haber algún lugar en el mundo en el que estuviera a salvo del reverendo Blake-Jones.

Y tenía toda la intención de encontrarlo cuanto antes.

***

La puerta de entrada a la casa parroquial se cerró de golpe con un ruido sordo que reverberó en todas las habitaciones. Jane y su madre estaban sentadas en la mesa de la cocina, disfrutando de una taza de té, pero en cuanto le oyeron ambas levantaron la vista para mirarse horrorizadas.

—Oh, no. Dios, por favor, no... —susurró Ruth. Jane fue plenamente consciente del temblor en la voz de su madre y sintió cómo el pánico se iba apoderando de ella. No obstante, tomó una profunda bocanada de aire e intentó mantener la calma. Solo lo consiguió de cara al exterior; por dentro estaba aterrorizada.

—Shh —dijo en voz baja—. Tranquila...

Pero sabía que no serviría de nada. Cuando su padre tenía uno de sus ataques de furia necesitaba un chivo expiatorio y siempre era una de las dos.

Entró en tromba en la cocina, con la expresión de un tigre enfurecido y agarró a una petrificada Ruth de los hombros, que todavía seguía sentada en su silla. Antes de que tuviera tiempo de pronunciar una sola palabra empezó a zarandearla sin ningún miramiento.

—¡No salió bien! —tronó—. La descendiente de Satanás sigue viva. — Sus ojos despidieron un brillo extraño, parecía estar al borde a la locura.

Jane contuvo un jadeo y volvió la cara hacia otro lado. Sabía a lo que se refería su padre y sintió una mezcla de tristeza e ira por haber tenido razón en sus suposiciones. Dio las gracias a Dios porque su hermana estuviera bien.

—D.. De qu... qué estás ha.. hablando? —consiguió decir Ruth entre balbuceos. Su marido seguía zarandeándola, hasta que se cansó y la tiró contra el aparador más cercano.

—De tus pecados, ramera —escupió él—. Han regresado para perseguirnos, como supe que pasaría. Nunca debí escuchar tus ruegos. Debí terminar lo que empecé, tal y como prometí.

Entonces nada de esto habría pasado. ¡Jezabel! —Abofeteó con el dorso de la mano la mejilla de su mujer, que cayó al suelo con un gemido. Jane supo que tenía que intervenir y se armó de valor.

No podía soportarlo más, así que dijo en voz alta:

—Padre, por el amor de Dios...

Él se volvió para mirarla, como Jane sabía que haría. Con los años había aprendido a desviar su ira hacia sí misma para poder ahorrar un poco de sufrimiento a su madre.

—¿Te atreves a pronunciar el nombre de Dios en vano en esta casa? —Llegó hasta ella en dos zancadas y fue su turno de recibir una bofetada. Apretó los dientes, le miró con ojos desafiantes y le ofreció la otra mejilla.

En un buen día, ese gesto a veces le recordaba su posición como ministro del Señor. En un mal día, sin embargo, solo avivaba su cólera. Hoy era un día malo. Muy malo.

Durante los siguientes diez minutos en la cocina de la casa parroquial se libró una batalla nunca antes vista. Al principio Jane se enfrentó a su padre, presa de una furia casi equiparable a la de él.

—Voy a poner fin a todo esto de una vez por todas, ¿me oyes? —dijo entre dientes—. Es la última vez. Voy a ir a la policía. Voy a meterte en la cárcel o al manicomio en el que deberías estar. ¡Desgraciado! Madre, por el amor de Dios, rebélate. Juntas podemos lograrlo —gritó.

Cuando las palabras penetraron en el conmocionado cerebro de su madre, Ruth se acercó hacia ellos para ayudarla. Jane siempre había tenido la sensación de que, si unían fuerzas, podían vencer a su padre, pero se había olvidado de la fragilidad de su madre, que fue noqueada en apenas un instante con un par de puñetazos en el sitio apropiado, dejándola de nuevo sola frente a su progenitor. Aquella era una pelea que no podía ganar y al final no le quedó más remedio que admitir su derrota. Para detener la paliza que estaba recibiendo, fingió un desmayo y se derrumbó en el suelo a los pies de su padre. La sangre manaba por su nariz, manchando el suelo de la cocina.

Él se detuvo unos segundos y la miró mientras respiraba con dificultad por el esfuerzo realizado. Jane permaneció inmóvil, rezando porque se fuera de allí y la dejara en paz. Cuando estaba punto de gritar si no se iba pronto, su padre finalmente abandonó la estancia con un juramento. En cuanto volvió a oír el portazo de la puerta principal dejó escapar un suspiro de alivio.

Después solo hubo silencio; un bendito silencio.

No supo cuánto tiempo permaneció allí tumbada, pero en cuanto se percató de que su madre no se movía se obligó a espabilarse lo suficiente para llamar a una ambulancia. Llegó rápido y ambas estuvieron pronto en las urgencias del hospital. A Jane la metieron en un pequeño cubículo donde fue atendida de inmediato por un médico joven que la miró con aire resuelto.

—¿Puede contarme qué ha pasado, señorita Blake-Jones? ¿Quién les ha hecho esto a usted y a su madre?

—Mi padre —susurró con los labios rotos—. ¿Se... se pondrá bien mi madre?

—Sí, creo que ha sufrido una conmoción cerebral pero no tiene nada roto, excepto un diente o dos. Y dígame, ¿desde cuándo lleva sucediendo?

—Oh, años. —Se encogió de hombros—. En realidad no lo sé, creo que desde antes de nacer yo.

—¡Por Dios! ¿Por qué nunca han dicho nada? Deberían haber acudido a la policía o a los servicios sociales.

—No podía. Mi madre no me dejaba. Tenía miedo de que él la matara. —Las lágrimas empezaron a correr por sus mejillas—. Creo que estaba en lo cierto.

El doctor la miró muy serio.

—Este tipo de cosas me saca de mis casillas —masculló—. Vamos a echarle un vistazo.

Jane tenía dos costillas y un dedo roto, así como innumerables cortes y contusiones, pero mientras yacía en la cama del hospital esa misma tarde juró que sería la última vez. Jamás dejaría que aquello volviera a ocurrirle a ella o a su madre. Había llegado la hora de escapar.

Capítulo 14

A la mañana siguiente, Maddie entró despacio en la sala con dos pequeños ramos de flores en la mano. Miró en las diversas camas que había dispuestas y encontró a Jane en un rincón, cerca de una ventana, medio incorporada y apoyada en una montaña de almohadas. Respiró hondo y sintió cómo los ojos se le llenaban de lágrimas.

—Oh, Jane, no me di cuenta de lo mal que...

Jane intentó sonreír, aunque más bien torció la boca. Maddie se acercó a un lado de la cama y la abrazó con cuidado. Parecía tener vendas y heridas por todo el cuerpo y temía hacerle daño.

Ese mismo día, su hermana la había llamado temprano para contarle lo sucedido, pero no le había dado muchos detalles. Así que hasta que no llegó allí no fue consciente de la magnitud del ataque.

—¿Y tu madre? ¿Está igual?

—No, en realidad tiene mejor aspecto que yo. Tuvo la sensatez de desmayarse antes. —Jane trató de esbozar otra sonrisa—. Yo, como puedes ver, cometí el error de plantarle cara.

—Oh, Jane. —El débil intento de bromear le llegó al corazón. Jane había sido muy valiente. Ahora estaba todavía más furiosa con el hombre que le había hecho aquello. Cerró los puños. No podía salir indemne—. ¿Se lo has contado a la policía?

—Sí. Justo después de hablar contigo vino un agente a tomarme declaración. Van a arrestar a mi padre.

—Gracias a Dios. Al menos estaréis a salvo durante un tiempo, pero tenéis que marcharos. No podéis seguir aquí.

—Lo sé. Esperaba que pudieras echarnos una mano. ¿Sabes de algún sitio donde podamos quedarnos en Londres hasta que decidamos qué hacer?

—Claro, podéis ir a mi casa. A mi compañera de piso no le importará. Mi dormitorio es lo suficientemente grande para que quepan dos personas. Estaréis bien durante un tiempo.

—¿Estás segura?

—Por supuesto. Estaré encantada de ayudaros en todo lo que pueda. ¿Cómo vas de dinero?

—Tenemos algo. He estado ahorrando un poco. Creo que podremos subsistir hasta que encuentre un empleo.

—Bien. No dudes en pedirme si necesitaras más. No soy rica, pero también tengo algunos ahorros.

—Gracias, Maddie.

Ambas volvieron a abrazarse. Entonces Jane comentó:

—Creo que ahora deberíamos ir a ver a mi madre. Tenemos que hablar con ella juntas.

—¿Estás segura? Ha pasado por mucho. Vernos a las dos podría conmocionarla más de lo que ya está. —Tenía miedo de enfrentarse a la mujer que, ahora sabía, era su madre biológica. No estaba segura de poder soportar otro rechazo—. Recuerda cómo reaccionó la última vez que me vio.

Jane le apretó la mano.

—Todo irá bien. Ya lo verás. Confía en mí.

Maddie cerró los ojos y tomó una profunda bocanada de aire.

—De acuerdo, vayamos antes de que me arrepienta.

Ayudó a Jane a salir de la cama y se dirigieron hacia una habitación que había un poco más adelante del pasillo.

—El médico que la atendió pensó que era mejor que durmiera en una habitación individual —susurró Jane antes de llamar a la puerta.

—Adelante —dijo una voz débil aunque nítida al otro lado.

Las dos jóvenes entraron.

—Hola, madre. —Jane fue la primera en acceder a la estancia. Iba sonriendo y su madre también intentó esbozar otra sonrisa, todo lo que su mejilla hinchada le permitió. Pero en cuanto vio a Maddie se le demudó el semblante y se volvió hacia Jane con expresión confusa.

—¿Jane? ¿Qu... Qué pasa? ¿Quién...? ¿Por qué...?

—Shhh, tranquilízate, madre. Te presento a Maddie. Ha venido a visitarnos, aunque creo que ya sabes quién es. —Cuando Ruth se limitó a mirar a Maddie en silencio, Jane agregó—. ¿Verdad?

Ruth se cubrió la boca con una mano mientras un torrente de lágrimas caía de sus ojos. Después negó con la cabeza y abrió la boca para decir algo, pero de sus labios únicamente salieron sollozos.

Una profunda decepción y pesar golpearon a Maddie con la fuerza de un yunque.

—Te lo dije, Jane. Sabía que sería demasiado para ella. No debería haber venido. Lo siento.

—Sí que debías. —La vehemencia en la voz de su hermana hizo que Ruth se sobresaltara y dejara de llorar para fijarse en ambas.

—No, mejor me voy. Llámame mañana y te daré mi dirección. —Buscó en el bolso y sacó un llavero—. Aquí tienes las llaves de mi apartamento. —Dio a Jane un rápido abrazo y se dirigió a la puerta. Era incapaz de seguir allí un segundo más.

—¡Nooo! No, por favor, no te vayas.

Maddie frenó en seco y miró por encima de su hombro. Cuando vio a Ruth extendiendo las manos hacia ella se quedó atónita. Como en un sueño, se dio la vuelta y avanzó unos pasos.

—¿Quieres que me quede?

La mujer asintió y dio una palmadita al lado de la cama.

—Si... si puedes soportarlo.

—¿Soportarlo? ¿A qué te refieres?

—Dejé que te llevaran. —Ruth volvió a sacudirse entre sollozos—. ¿Po... podrás perdonarme algún día?

Entonces lo entendió. Sonrió y tomó las manos de Ruth.

—Sí, creo que sí, pero vas a tener que darme algunas explicaciones. ¿De verdad eres mi madre? —Ruth asintió—. Bien, estoy segura de que tuviste una buena razón para darme en adopción, pero... —Vaciló. No era el mejor momento para hacer ese tipo de preguntas—. Tal vez, más adelante, quieras contarnos lo que pasó.

Ruth volvió a asentir.

—Lo haré, te lo prometo, aunque es una larga historia... ¿Puedo abrazarte? ¿Solo una vez? —susurró.

Maddie se inclinó obedientemente entre aquellos brazos abiertos y volvió a sentirse completa. Era una sensación tan increíble que cerró los ojos para saborear el momento.

—Mi pequeña Sorcha —sollozó Ruth.

Recordó que Sorcha era el nombre que le pusieron al nacer y se le humedecieron los ojos. Cuando Jane se acercó a ambas desde el otro lado de la cama y las abrazó, las tres empezaron a llorar. Pero eran lágrimas de alegría. En ese momento pensó que nunca había sido tan feliz en su vida.

***

—La policía no ha conseguido encontrarle.

Las tres estaban en la estación de tren, con Jane tomando sus manos. Su rostro lucía una expresión triste.

—Ha debido de esconderse en algún sitio en cuanto se enteró de que nos llevaban al hospital. —Oyeron el ruido de un tren entrando por otra vía.

—Sí, tienes razón. —Maddie todavía tenía esa familiar sensación de temor rondando por su mente, pero decidió desecharla. Ya tendría tiempo de preocuparse más tarde. Ahora tenía que despedirse de sus recién descubiertas madre y hermana.

Las dos mujeres habían regresado a su casa bajo protección policial y recogido sus pertenencias. Decidieron enviar todo lo que no pudieron llevarse a un guardamuebles de forma temporal y prepararon todo para su viaje a Londres. Ruth estuvo de acuerdo con todas las sugerencias que le hicieron sus hijas. Todavía se la veía aturdida, como si fuera incapaz de comprender lo que estaba pasando, pero el médico les había dicho que seguramente era mejor.

—Prométeme que tendrás cuidado, ¿de acuerdo? —Jane la abrazó con fuerza y ella respondió del mismo modo.

—Por supuesto. Y vosotras también. Podría estar acechándoos. No dejes que m... madre vaya a ningún sitio sola. —Balbuceó al pronunciar la palabra «madre», aunque estaba contenta de poder decirla. Siempre había llamado «mamá» a su madre adoptiva y le parecía apropiado dirigirse a su madre biológica de forma diferente.

—Te lo prometo. No bajes la guardia.

Maddie abrazó a su madre, que le dio una palmadita en la mejilla y susurró:

—Querida Sorcha, gracias por tu ayuda. Nos veremos pronto.

Sonrió. Su madre se negaba a llamarla de otra forma que no fuera Sorcha porque, como ella misma decía, así era como había pensado en su hija todos esos años. «Para mí, siempre serás Sorcha», le había dicho y Maddie lo entendió a la perfección.

Las despidió con la mano a medida que el tren se alejaba, hasta que las vio desaparecer. Después se dirigió al aparcamiento y se limpió una lágrima que caía por su mejilla. «Las veré muy pronto y entonces sabré la verdad.» Aún así, estaba a punto de ponerse a llorar.

Recordándose a sí misma que no tenía ninguna razón para estar triste, sino todo lo contrario, regresó a Marcombe Hall.

***

—¿Que ayer fue al hospital? —Alex frunció el ceño. Se había encontrado con Foster cerca del viejo establo que ahora hacía las veces de garaje.

—Sí. Llevó flores y estuvo dentro una eternidad.

—Pero si no conoce a nadie de por aquí. ¿A quién demonios iría a visitar? —Alex no podía entenderlo.

—Bueno, hoy ha ido a la estación de tren a despedirse de dos mujeres. Una de ellas tenía un montón de vendas, así que tal vez se trataba de ellas, ¿no? Parecían muy amigas, abrazándose y todas esas bobadas. Después de eso volvió a casa. —Foster se rascó la barbilla que lucía una considerable barba de tres días.

Maddie había seguido yendo a Dartmouth. Al principio pensó que quizá tenía un amante secreto o algo parecido. Pero Foster insistió en que todo lo que hacía era hablar con una muchacha de pelo oscuro, más joven que ella, o ir de compras.

—Nunca entra en ningún sitio, salvo en las tiendas —le había informado su amigo.

—Me pregunto quiénes serán —reflexionó en voz alta.

—Ni idea. ¿Quieres que lo averigüe?

—No, no te preocupes. No pueden ser muy peligrosas si han estado en el hospital. Además, por lo que me has contado ya se han ido. —Se frotó la cara en un intento de librarse del dolor de cabeza que estaba empezando a palpitar detrás de sus ojos. Deseó por centésima vez que Wes y Kayla regresaran cuanto antes para que se encargaran de Maddie en vez de él, pero sabía que todavía no era posible. La madre de su cuñada necesitaba que se quedaran con ella hasta que su marido se recuperara por completo—. ¿Tienes que contarme alguna otra cosa?

—Bueno, también había un tipo muy raro que no dejaba de mirarlas. Me di cuenta porque llevaba un gorro de lana. ¿Quién se pone uno de esos gorros con este calor? Estuvo acechándolas yendo de esquina en esquina, pero cuando me acerqué a él para preguntarle qué estaba haciendo se marchó a toda prisa. Tal vez era el ex de la muchacha morena...

—Mmm, ¿no había la otra noche en el *pub* un tipo con un gorro? Recuerdo que pensé que estaba loco. Como bien dices, no es la época más apropiada para llevar algo así.

—¿Sí? No me acuerdo.

—Estate atento si vuelves a verlo, retenlo o algo parecido, ¿de acuerdo? Me gustaría hablar con él. Puede que sepa algo —comentó, decidido.

—No hay problema. ¿Entonces quieres que siga vigilando a Maddie? —preguntó Foster.

—¿No te importa? Preferiría que me echaras una mano con la pintura, pero no quiero perderla de vista. Quién sabe si ese loco, o loca, intenta hacer algo de nuevo.

«¿Y por qué no puedo dejar de preocuparme por ella? Ni que me importara tanto.» Pero no podía evitarlo. Además, quería que estuviera sana y salva.

—No te preocupes, estoy bien.

—¿Seguro? Estás haciendo un trabajo excelente. Solo espero que no te aburras mucho.

—No, tranquilo. Esto es mucho mejor que estar todo el día con un bote de pintura. —Foster sonrió de oreja a oreja.

Alex le devolvió la sonrisa.

—Gracias, Foster. Te debo una. Intentaré darte el día libre mañana. Voy a preguntarle si quiere salir a navegar conmigo, aunque puede que me diga que no. Si acepta, te aviso.

—Muy bien.

—Ahora mismo está en la cocina preparando algo de comer, así que ya me encargo yo de echarle un ojo el resto del día. ¿Por qué no te vas a la playa o sales un rato por ahí?

—Estupendo, gracias. Eso voy a hacer. El otro día conocí a una preciosa morenita llamada Sally. Parece pasar mucho tiempo en la playa.

—Entonces será mejor que te des prisa. Eso sí, si yo fuera tú antes me quitaría toda esa pelusa que tienes en la barbilla.

—No, me dijo que le gustaba. Dijo que era una «barba de tres días muy a la moda» y me acarició con los dedos. Te aseguro que me puse a temblar y todo. —Foster fingió un escalofrío para dar mayor énfasis a su afirmación.

—Entiendo —dijo Alex riendo—. Entonces me guardo el consejo. ¿Crees que yo también debería dejármela crecer?

—Sí, yo lo haría. No tienes nada que perder, ¿no crees?

—Bien pensado.

***

En contra de su buen juicio, Maddie aceptó volver a navegar con Alex. Sabía que tenía que haberse negado, y casi lo hizo, pero después de la partida de su madre y su hermana se sentía sola y necesitaba algo que hacer. Estaba cansada de sobresaltarse ante el más mínimo ruido y un paseo por el mar le pareció una buena idea, incluso aunque tuviera que pasar todo un día en compañía de Alex. Por lo menos en el mar no tendría a nadie acechándola para atacarla.

Se pusieron en marcha justo después del mediodía, y fueron en dirección opuesta a la que tomaron en la anterior ocasión. Soplaba una brisa fresca que hinchaba la vela y la embarcación pronto tomó una buena velocidad. Maddie se colocó cerca de la proa y disfrutó de la sensación de volar sobre las olas. El viento le alborotaba el pelo, haciendo que ondeara como una bandera, y pudo saborear el rocío salobre que ascendía hasta ella como una fina neblina.

—¡Me encanta! —gritó a Alex que estaba ocupado haciendo algo con unas cuerdas. Él se limitó a sonreír y a asentir con la cabeza y ella tuvo que mirar hacia otro lado. Hoy parecía un auténtico pirata con esa barba de tres días cubriéndole la mandíbula. Cuando sonrió, mostró unos dientes blanquísimos y ella anheló desesperadamente estar de nuevo entre sus brazos y que volviera a besarla hasta dejarla sin sentido y... ¡Maldición! «Tengo que dejar de pensar en él de ese modo.» Respiró hondo e intentó concentrarse en tomar el sol.

Media hora más tarde, rodearon un cabo y el viento cambió de dirección de forma abrupta. Alex ajustó la vela y cuando parecía tenerlo todo bajo control oyeron un tremendo estrépito y el mástil se rompió en la parte inferior, haciendo que el barco estuviera a punto de zozobrar. El palo cayó a escasos centímetros de Maddie, que casi saltó por la borda del susto que se llevó. Soltó un grito y miró a Alex, que se había quedado inmóvil, mirándola como si le hubieran salido dos cabezas.

—¿Alex? ¿Qué narices ha pasado?

La pregunta pareció sacar al hombre de su trance, pues se acercó a toda prisa hacia ella y la tomó por los hombros.

—¿Estás bien? ¡Madre mía, ha estado cerca!

—Sí, sí, estoy bien, pero ¿por qué se ha roto el mástil?

—No tengo ni idea. —La miró desconcertado y después se fue a inspeccionar los daños. —Maldita sea —masculló. Intentó colocar el mástil en una posición más adecuada para evitar que la embarcación volcara.

—¿Qué sucede? —Maddie fue en su ayuda. Juntos lograron posicionar el mástil en el centro del barco y recoger la vela.

—Fíjate en la parte inferior. —Alex hizo un gesto hacia el mástil—. Parece que alguien la haya cortado prácticamente en su totalidad, dejando solo un poco. Tal y como estaba, después de navegar un rato hasta la más mínima ráfaga de viento lo hubiera roto.

—¡Oh, Dios mío! —El temor volvió a atenazar las entrañas de Maddie. Las piernas empezaron a temblarle y tuvo que sentarse—. ¿Quieres decir que lo han hecho a propósito?

—Exacto. —Alex guardó la vela bajo cubierta y fue a la parte trasera a poner en marcha el motor fueraborda—. Tenemos que regresar a la orilla.

Lo que resultó más fácil de decir que de hacer, ya que el motor se negó a funcionar. Cuando Alex lo examinó más de cerca se dio cuenta de que también lo habían manipulado y soltó una retahíla de palabrotas.

—¿Y ahora qué hacemos? —Maddie miró hacia la costa y se percató de que el velero se dirigía rápidamente mar adentro, arrastrado por la corriente.

—Pedir ayuda por radio. —Luciendo una sombría expresión en el rosto, Alex se metió bajo cubierta y Maddie le oyó hablar. Soltó un suspiro. Jane tenía razón. Su padre todavía suponía un peligro y no parecía que estuviera dispuesto a dar su brazo a torcer. Ni mucho menos.

Alex volvió a subir y cerró la escotilla detrás de él.

—¡Mierda! —exclamó—. Ese mal nacido también ha roto la radio.

—¡Oh, no! ¿Me tomas el pelo? —Maddie tragó saliva, pero la frialdad que se apoderaba de la boca de su estómago se intensificó al ver que decía la verdad.

—No nos queda otra que nadar, Maddie. Ponte un chaleco salvavidas y vamos. Si esperamos mucho más, estaremos demasiado lejos para llegar a la orilla. —Buscó en un armario y volvió a maldecir—. No me lo puedo creer. No hay chalecos. Joder, debería haberlo comprobado antes, pero no imaginé que... —Apretó los puños—. Alguien me las va a pagar por esto.

—Si es que lo conseguimos. —Maddie le miró ansiosa. Se le daba bien nadar, pero no se veía recorriendo una distancia tan larga. La orilla parecía estar bastante lejos y el agua estaba helada.

—Si lo prefieres puedes quedarte aquí y yo buscaré ayuda en cuanto llegue a tierra firme. —Alex le tocó el brazo para reconfortarla. Maddie negó con la cabeza. No le hacía ni pizca de gracia quedarse sola y a la deriva en medio del océano. Prefería mil veces arriesgarse e irse con él.

—No, voy contigo. Podría pasarle algo más al barco y tendría que nadar de todos modos. ¿Y si le han hecho un agujero al casco o algo por el estilo?

—Muy bien, si lo tienes tan claro, vámonos. Nos ataremos una cuerda a la cintura para no separarnos... siempre que el desgraciado que nos ha hecho esto nos haya dejado alguna —farfulló entre dientes.

Capítulo 15

Afortunadamente, encontraron una cuerda y Alex ató los extremos a las cinturas de ambos. Después se zambulleron en el agua, con nada más que sus bañadores y se dispusieron a nadar en dirección a tierra firme. Alex había llevado consigo una pequeña brújula que guardó dentro del bañador para asegurarse de que, si en algún momento perdían de vista la orilla, seguían yendo en la dirección correcta.

—Si te cansas, dímelo y nos quedaremos flotando durante un rato —dijo Alex. Ella asintió y se concentró en nadar. El agua estaba helada y sabía que lo mejor que podía hacer era no parar de moverse. Estaba aterrorizada, pero hizo todo lo posible para no pensar en todo lo que podía haber debajo de ella, ya que de lo contrario terminaría por volverse loca.

Durante las dos horas siguientes nadaron a contracorriente, soportando los vaivenes de las olas y parándose de vez en cuando para tomar un respiro. Maddie notaba que iba perdiendo fuerzas con cada segundo que pasaba. Cada vez que estaba dispuesta a rendirse, Alex se acercaba a ella y la abrazaba un momento, flotando en el agua, e infundiéndole todo el ánimo posible.

—Vamos, Maddie, puedes hacerlo. No vamos a dejar que ese hijo de perra gane, ¿verdad? Sea quien sea, tenemos que luchar contra él, o ella, con uñas y dientes y salir de esta. Sigue.

Al final, cuando creía que no podía continuar ni un metro más, en su campo de visión apareció una playa. Instantes después, ambos se derrumbaron sobre la arena, jadeando y respirando con dificultad.

—Gracias, Dios mío —susurró ella, a pesar de que no se consideraba una persona religiosa—. Muchas gracias.

—Amén a eso —agregó él.

Tras unos minutos, Alex se inclinó sobre ella y le preguntó si se encontraba bien.

—Sí, eso creo, pero será mejor que me lo preguntes dentro de una hora o dos. —Alzó la vista y se quedó mirándolo fijamente. Entonces todo lo que había a su alrededor desapareció, tal y como le sucedió el último día que estuvieron juntos en la playa. Vio preocupación en sus ojos y algo más, ¿ternura quizá? Antes de que pudiera reaccionar, él agachó la cabeza y la besó. Fue un beso lento, casi reverencial y ella lo aceptó de buena gana. Se dijo a sí misma que estaba demasiado exhausta para protestar y cerró los ojos. No tenía la energía suficiente para rodearle el cuello con los brazos, así que simplemente se quedó allí tendida, dejándose besar.

Alex se detuvo después de un rato y la miró. A continuación se dio la vuelta y se sentó.

—¿Crees que ya puedes caminar? —preguntó sin mirarla.

En ese momento Maddie hubiera querido gritarle: «¡Pues claro que no puedo caminar cuando acabas de besarme de ese modo, pedazo de tonto!» En cuanto los labios de Alex se posaron sobre los suyos sus piernas se habían convertido en dos temblorosos flanes y no hubiera podido dar ni un solo paso aunque su vida dependiera de ello. Estaba claro que ese beso no había tenido el mismo efecto en él. Entonces, ¿por qué lo hizo? Apretó los puños a los costados. Le parecía tan injusto. ¿Por qué le afectaba de esa manera? ¿Por qué no podía resistirse a ese hombre?

—Puede que dentro de un rato —consiguió responder con un suspiro. Él se quedó sentado mirando al mar hasta que ella consiguió incorporarse minutos más tarde.

—¿Dónde estamos?

—No estoy seguro. Tendremos que subir por el acantilado para saberlo. Después iremos directamente a la comisaría de policía más cercana. Esta vez no vas a convencerme de lo contrario, ¿entendido?

—Sí, Alex —replicó dócilmente—. Estoy de acuerdo. Esto ha llegado demasiado lejos.

Él la miró con suspicacia.

—Sabes de quién se trata, ¿verdad?

—Tengo una idea, sí.

—Pero no me lo vas a decir, ¿no?

—No. No cambiaría nada. La policía ya lo está buscando y si ellos no pueden encontrarlo, tampoco nosotros. Lo único que sé es que va a volver a intentarlo. —Se estremeció.

Alex apretó los labios en una dura línea, aunque no intentó persuadirla para que confiara en él. Simplemente la ayudó a levantarse y se dirigieron hacia el acantilado.

Le hubiera encantado contarle lo que estaba pasando, pero por el momento había prometido a su madre salvaguardar su identidad. No habían tenido tiempo para mantener una conversación como Dios manda, sin embargo Ruth le dijo que le gustaría dejar Dartmouth con su reputación intacta e iba a respetar aquel deseo.

—Te lo contaré todo pronto —había prometido Ruth—, ¿pero podrías no decir nada por ahora, por favor?

A Maddie no le quedó otro remedio que aceptar. Sabía que Alex no se lo contaría a nadie si se lo pedía, pero por alguna razón quería librar esa batalla con sus propios medios. Tenía que encontrar una solución por sí misma.

Siguió a Alex por el empinado sendero, agarrando su mano cuando él se la ofreció para ayudarla. Le encantaba el tacto de aquellos dedos, tan fuertes y capaces, y era consciente de que le echaría una mano en todo lo que pudiera. «¿Tal vez estoy siendo una estúpida?» Puede que hubiera llegado el momento de pedirle ayuda.

***

Por suerte para ellos el sol todavía calentaba bastante y los bañadores se secaron mientras caminaban. Aún así, Maddie se encontraba muy incómoda; los restos de sal del mar y arena pegados a la piel le producían mucho picor y no estaba acostumbrada a andar descalza. Estaba segura de que Alex se sentía igual que ella, aunque no dijo nada. Cuando por fin encontraron una casa donde el dueño fue lo suficientemente amable como para dejarles usar el teléfono sintió un inmenso alivio.

En la entrada, cuando vio su reflejo en un espejo, estuvo a punto de soltar un jadeo. La expresión «pareces un gato mojado» no se acercaba lo suficiente para describir su aspecto y no pudo hacer otra cosa que maravillarse de que Alex hubiera querido besarla estando así. De todos modos no pudo pararse a pensar en aquello ya que los llevaron a una pequeña cocina donde les ofrecieron una bebida fría que aceptaron de inmediato.

—Ah, qué maravilla, gracias. —Estaba convencida de que aquel sabor a sal que tenía en la boca le duraría días, sin importar lo que bebiera o comiera, pero al menos el líquido alivió su garganta reseca.

Alex llamó a los guardacostas y les pidió que buscaran el barco. También telefoneó a Ben para que fuera a recogerlos. Regresaron a Marcombe agotados y Maddie se dio una buena ducha antes de caer rendida en la cama.

***

Al final de la tarde Alex entró en la cocina, donde Maddie estaba observando a Annie preparar la cena.

—Encontraron el barco —anunció él—. Tengo que ir a hablar con ellos. También he quedado con la policía en el puerto. ¿Quieres venir?

Maddie negó con la cabeza.

—No, gracias. Puedes contárselo tú. No me siento con fuerzas.

Alex la miró de forma extraña, pero hizo un gesto de asentimiento.

—Está bien. Entonces nos vemos luego.

Maddie suspiró y se dispuso a ayudar a Annie a cortar la verdura.

—Le gustas. Lo sabes, ¿no? —comentó Annie.

—¿Qué? —Aquello la pilló tan de sorpresa que alzó la vista y casi se cortó un dedo.

—A Alex. Le gustas mucho. Lo sé por cómo te mira. —La mujer sonrió—. Solía mirar así a la ex mujer de Wes, pero aquello solo era el típico enamoramiento de adolescente.

—¿Alex estaba enamorado de la ex mujer de su hermano? —Se preguntó por qué Kayla nunca se lo había mencionado.

—Sí, pero fue por culpa de ella. Quería vengarse de Wes e hizo todo lo posible por separar a los hermanos. Sedujo a Alex para que se encaprichara de ella, ya sabes... —Annie negó con la cabeza—. No era buena persona.

—No lo sabía. ¿Entonces lo pasó muy mal cuando ella murió? —Caroline, la ex mujer de Wes, falleció el mismo día que detuvieron a Alex por contrabando. Kayla le contó que indirectamente ella había sido la causante de la muerte de la mujer.

—No, creo que en ese momento ya sabía cómo era. Alex nunca ha sido tonto. No creo que haya vuelto a pensar mucho en ella. Contigo, en cambio...

—Oh, Annie, no lo creo. —Le molestó comprobar que empezaba a ruborizarse—. Solo soy una mujer soltera como cualquier otra.

—Te equivocas, muchacha —dijo Annie negando de nuevo con la cabeza.

Como no supo qué responder a eso, se calló para que la otra mujer no siguiera con el tema. No obstante, su mente no dejó de darle vueltas al asunto mientras la ayudaba con la cena. ¿Estaría siendo injusta con Alex al haberlo juzgado de buenas a primeras? ¿De verdad había cambiado?

—Mañana por la tarde tengo que salir a comprar comida. ¿Te importaría llevarme, por favor? —La pregunta de Annie la sacó de sus cavilaciones.

—¿Qué...? Oh, sí, por supuesto.

***

Al día siguiente, cuando llevaba a Annie al supermercado más cercano, todavía seguía cansada. La noche anterior había vuelto a tener su recurrente pesadilla, pero con un final diferente al habitual. En vez de terminar forcejeando con el hombre moreno, este la había metido en el maletero de un vehículo, encerrándola en una terrible oscuridad. Después, el automóvil había tomado una carretera llena de baches, haciendo que se golpeara una y otra vez dentro de aquella negrura y había pateado la puerta con todas sus fuerzas para salir de allí. Finalmente el vehículo se detuvo y el hombre, ya con el rostro del reverendo Blake-Jones, la había tirado al mar desde lo alto de un acantilado. Teniendo en cuenta los recientes acontecimientos, aquello no debería haberla sorprendido, pero la dejó del todo aterrorizada.

La carretera de Marcombe era bastante estrecha, por lo que no se podía conducir a mucha velocidad. Sus curvas constantes requerían frenar a menudo y un montón de cambios de marcha, así que Maddie intentó concentrarse en ello en vez de en los perturbadores recuerdos de su sueño. No habían llegado muy lejos cuando tomó una curva especialmente pronunciada y se vio obligada a pisar el freno. Sin embargo, no pasó nada.

Con una exclamación volvió a intentarlo un par de veces más. Al ver que no funcionaba tiró del freno de mano. De nuevo nada. Annie, que enseguida se dio cuenta de que algo iba mal, gritó cuando doblaron la curva y vio un automóvil que se dirigía hacia ellas en dirección contraria. Maddie intentó mantener el vehículo bajo control y aminorar la velocidad cambiando de marcha, pero era demasiado tarde y terminaron chocando con la parte delantera derecha del otro automóvil. No fue una colisión frontal, aunque sí que tuvo la suficiente fuerza como para enviarlas a la cuneta que resultó ser sorprendentemente profunda. El Mini dio una vuelta de campana y se estrelló a varios metros de distancia de la carretera, zarandeando violentamente a las dos mujeres que por suerte llevaban puesto el cinturón de seguridad.

Cuando todo terminó, Maddie jadeó e intentó comprobar si se había roto algo. Se dio cuenta de que solo tenía algunas magulladuras y miró preocupada a Annie, que parecía estar inconsciente.

—¿Señorita Browne? ¿Se encuentra bien? —oyó al otro lado de la ventana.

Miró a través del cristal y reconoció aliviada la cara del revés de Foster.

—Foster, gracias a Dios. Ayúdame a salir de aquí, por favor. Creo que Annie está herida. ¿Tienes tu teléfono móvil?

—Sí, lo tengo aquí mismo. Voy a llamar a una ambulancia. Deme un momento, la sacaré en un minuto.

Ayudó a Maddie a quitarse el cinturón y la sostuvo para que no se cayese de golpe y se hiciera más daño. Después se arrastró como pudo hacia el otro lado del vehículo.

—¿Annie? ¿Annie, me oyes? —Pero no obtuvo respuesta alguna.

Esperaron inquietos la llegada de la ambulancia, que llegó justo cuando Annie empezó a gimotear. Los enfermeros, acostumbrados obviamente a este tipo de accidentes, la liberaron lo antes posible y la tumbaron en una camilla sin aparente esfuerzo.

—No hemos encontrado heridas de consideración, solo está en estado de *shock* —explicó uno de ellos—. Pero vamos a llevarla al hospital para asegurarnos.

—Voy con ustedes. Foster, ¿te encargas de contárselo a Alex, por favor?

—Sí, ahora mismo.

—No dejes que nadie conduzca el Mini para sacarlo de aquí. No tiene frenos.

***

—¡Maldita sea, Foster! Esto es obra de un loco. —En cuanto se enteró de la noticia, Alex dio un puñetazo sobre el escritorio de Wes totalmente frustrado—. Si ha tenido acceso a los automóviles es porque debe de estar por los alrededores. A este paso, lo tendremos dentro de casa antes de que nos demos cuenta.

—Sí, eso parece —señaló Foster muy serio—. No he visto a nadie, pero este sitio es muy grande y es muy fácil colarse sin que te vean. Una cosa son los ladrones, que puedo llegar a entenderlos, aunque no quiero volver a ser uno de ellos nunca más, ¡pero un asesino a sangre fría! ¿Qué vamos a hacer?

Alex se pasó una mano por el pelo y suspiró.

—No lo sé. Supongo que lo primero que deberíamos hacer es echar un vistazo al resto de vehículos. ¿Sabes algo de mecánica? Porque yo solo estoy familiarizado con lo básico.

—No te preocupes. Ya me ocupo yo. Sé dónde hay que mirar.

—Perfecto, gracias. No sé qué habría hecho sin ti estas últimas semanas. No sabes lo que me alegra que decidieras venir. —Sonrió a su amigo.

—No tanto como yo, aunque no me imaginé que la cosa estaría tan animada. —Foster se dirigió hacia la puerta—. Cuando decidas qué hacer con todo este asunto, házmelo saber.

—Sí. —Alex se derrumbó sobre la silla. El nuevo intento de terminar con la vida de Maddie le había dejado una desagradable sensación en el estómago. Tenía que conseguir que le dijera quién era el responsable. Le había dicho que lo sabía, o que por lo menos sospechaba algo, y no tenía ni la más remota idea de por qué se negaba a confesar la identidad del atacante. No tenía sentido... a no ser que estuviera protegiendo a alguien. ¿A algún ex novio? ¿Un amante?

Alex se quedó helado. ¿Se trataría de alguna ex pareja que se opusiera a que rehiciera su vida? Podía ser, pero entonces ¿por qué no decirlo? La única razón que se le ocurría era que todavía estuviera enamorada de esa persona. Aquello le dejó peor de lo que estaba hacía unos momentos. Es más, le deprimió sobremanera.

Capítulo 16

—Muy bien, entonces, señorita Browne. Vamos a intensificar la búsqueda de este tal Blake-Jones y mañana le asignaremos un escolta. Nuestro agente irá con usted a donde vaya, así que no debe preocuparse. Por la noche, también pondremos alguna patrulla con perros para que vigile los alrededores. Si se queda en casa, estará completamente segura. Supongo que tienen alarma antirrobo, ¿no?

—Sí, por supuesto. La conectan todas las noches. Dentro de la casa hay mobiliario de gran valor y otras antigüedades. —En realidad tenían dos alarmas, una fuera de la casa que se ponía en marcha cuando estaban dentro de ella, y otra en la propia casa que sabía que conectaban siempre que salían.

—Bien. No se olviden de activarla.

—No lo haremos. Muchas gracias por su ayuda, agente.

—De nada. Solo espero atrapar a ese lunático antes de que se vuelva loco del todo.

Maddie no creía posible que Blake-Jones pudiera terminar más desquiciado de lo que ya estaba, pero no dijo nada, simplemente asintió con la cabeza y se marchó.

Annie se había quedado en observación en el hospital y la habían sedado para disminuir los efectos del *shock* postraumático sufrido. Su marido Ben había acudido de inmediato para estar con ella, así que aceptó encantada regresar a Marcombe Hall en un vehículo policial y los agentes no se marcharon hasta que no la vieron entrar en la casa. Alex salió a toda prisa del salón y la miró con expresión preocupada.

—Maddie, ¿te encuentras bien? ¿Cómo está Annie?

—Ambas estamos bien. Yo solo tengo unas pocas magulladuras, pero creo que Annie se dio un golpe en la cabeza, así que la van a tener en observación hasta mañana por lo menos. ¿Puedes activar la alarma, por favor? Me sentiré más segura en cuanto la enciendas.

—Claro, ahora mismo. ¿Has comido? —Ella negó con la cabeza—. Pues ven y tómate una taza de té y un sándwich. Te haré uno.

—Gracias, pero no tengo mucho hambre.

—Solo uno. Te vendrá bien.

Se dejó convencer y antes de darse cuenta estaba acurrucada en uno de los lujosos sofás de la pequeña sala de estar con su cena. Se dio cuenta de que, después de todo, sí que tenía hambre y devoró la comida rápidamente.

—Gracias. Estaba delicioso.

—¿Aunque el pan no estuviera bien cortado? —bromeó él.

—Sí, aún así. Gracias.

—De nada. —Alex se removió inquieto en el sofá de enfrente—. Maddie... Yo... Oh, demonios, sé que no tengo derecho a entrometerme en tus asuntos, pero ¿podrías decirme quién está detrás de todo esto? Quiero protegerte, de verdad, pero no puedo luchar contra lo desconocido. —La miró con ojos tan suplicantes que Maddie empezó a flaquear. Confiaba en él. ¿Qué daño podía hacer a Ruth si se lo contaba? Al fin y al cabo la policía ya sabía a quién estaban buscando. Solo era cuestión de tiempo que todo el mundo se enterara.

—Está bien. —Depositó la taza y el plato en una mesa cercana—. Creo que la persona que intenta matarme es un hombre llamado Saul Blake-Jones. ¿Lo conoces?

—No. —Alex frunció el ceño—. ¿Debería? ¿Es algún ex novio tuyo?

Maddie soltó un bufido.

—No podrías estar más equivocado. ¿Qué te ha llevado a pensar eso?

—No sé, parecías estar muy interesada en proteger su identidad. Creí que era alguien con quien habrías estado o que estabas apegada de él de alguna forma.

—Oh, entiendo. No, no, en realidad... —Respiró hondo y empezó por el principio. Le contó toda la historia, incluyendo la paliza a su madre y su hermana. Lo único que omitió fue el actual paradero de Jane y Ruth. Cuanta menos gente lo supiera, mejor.

En algún punto de su relato, Alex se acercó y se sentó a su lado. La tomó de la mano y se la acarició dulcemente.

—Joder, Maddie, las desgracias nunca vienen solas, ¿no?

—Y que lo digas. —Por alguna razón la ternura que él estaba demostrando caló hondo en su mente y sintió cómo las lágrimas contenidas por años de impotencia, tristeza, frustración y amargura brotaban a borbotones. Incapaz de detenerlas, se estremeció y se rindió por completo al llanto. Alex la abrazó y comenzó a mecerla como si fuera una niña pequeña, dándole palmaditas en la espalda y murmurándole palabras de aliento. Estaba tan maravillosamente bien. Quería quedarse así siempre. ¡Se sentía tan segura entre sus brazos!

Minutos después, cuando los sollozos se transformaron en hipidos ocasionales, le pareció normal que él besara sus lágrimas.

En ese momento carecía de la fuerza necesaria para luchar contra la atracción que había entre ellos, de modo que se limitó a cerrar los ojos en señal de rendición. La boca de él descendió hasta sus labios, mordisqueándola, lamiéndola, incitándola... hasta que al final supo que o intensificaba el contacto o moriría de necesidad. Con una pasión como nunca antes había experimentado, le besó con avidez, deleitándose con su sabor, y Alex le devolvió el beso con el mismo ímpetu.

Alzó la mano y le rozó con los dedos la mandíbula sin afeitar. Una caricia con la que consiguió que él temblara. Alex le devolvió el gesto trazando un sendero por el contorno de sus pechos a través del fino material de su camiseta y ahora fue ella la que se estremeció.

—Vuelves a ir sin sujetador —gimió él—. No te imaginas lo que me excita —susurró con voz ronca, enviando un escalofrío de placer por toda su columna.

—No necesito llevarlo —murmuró—. Mis pechos son demasiado pequeños, lo siento.

—¿Pequeños? Son perfectos, perfectos. —Alex metió las manos debajo de su camiseta y a ella le pareció una auténtica delicia sentir aquellos dedos ásperos sobre su piel. Le acunó los senos con las palmas—. ¿Lo ves? —volvió a susurrar al tiempo que le frotaba los pezones con los pulgares.

Maddie se retorció y se aferró a él mientras sus dedos exploraban más abajo. Llevó las manos hasta sus anchos hombros y le acarició la espalda, después pasó las uñas por sus ajustados *jeans* y él soltó un jadeo.

—Maddie...

Habían encendido un fuego que solo podía terminar de una manera. Tenían suerte de ser los únicos que esa noche ocupaban la casa. Ajenos al resto del mundo, se quitaron la ropa, arrancando unas cuantas prendas en su prisa por estar desnudos y sentirse a conciencia. Parecía que ninguno de los dos podía esperar más y a Maddie ni se le pasó por la cabeza la idea de detenerlo.

Si en ese momento un ejército hubiera irrumpido en la sala de estar a ella no podría haberle interesado menos. Lo único que deseaba era unirse a ese hombre, allí y ahora, nada más importaba. Las sensaciones eran increíblemente intensas, casi insoportables, y cuando su universo se rompió en mil pedazos, no pudo evitarlo y gritó de placer.

Segundos después oyó a Alex unirse a ella en aquel paraíso en la Tierra. Poco a poco, los latidos de sus corazones recobraron su ritmo normal y se quedó dormida entre sus brazos, agotada física y mentalmente.

***

En algún momento de la noche, Maddie se despertó y se puso de pie. La luna daba suficiente luz como para recoger su ropa sin encender la lámpara. A continuación salió de la salita cerrando la puerta con suavidad.

Alex también estaba despierto, pero fingió dormir para ver qué hacía. Sin embargo, cuando oyó el leve clic de la puerta, se dio la vuelta y hundió la cara entre sus brazos.

—Oh, demonios, ¿qué he hecho?

Era obvio que ella se arrepentía de lo que habían compartido hasta el punto de no querer despertarse a su lado por la mañana. Sabía que no debería haberse aprovechado del estado vulnerable en el que se encontraba cuando volvió del hospital, pero ¡había sido tan tentadora! Cuando se recostó contra él perdió toda la razón, tirando todo pensamiento lógico por la ventana. Su olor era tan embriagador que se emborrachó de ella... de la necesidad de poseerla. Fue del todo inevitable que hicieran el amor.

Aún así, sabía que no tenía que haberlo hecho. «¿Y ahora qué? ¿Me odiará... o actuará como si no hubiera pasado nada?» Soltó un gemido.

—Maldita sea. —La deseaba otra vez, ahora y siempre, pero ella también tenía que quererlo. Esperaría a ver cuál era su reacción al día siguiente.

***

—Tía Maddie. ¡No me puedo creer que todavía sigas en la cama? ¿Es que no sabes hacer otra cosa que dormir?

La voz de Nell despertó a Maddie de un sueño tan profundo que parecía como si la hubieran drogado. Abrió los párpados con reticencia y miró a la pequeña con ojos entrecerrados.

—¿Nell? ¿Ya habéis vuelto?

—¿Cómo que ya? Sabías que regresábamos hoy, te lo dijo Kayla. —La niña se sentó a los pies de la cama, dando pequeños saltitos para liberar la energía propia de su edad.

Se pasó una mano por el pelo e intentó tragar saliva. Tenía la sensación de que su cerebro no funcionaba al cien por cien esa mañana y no entendía del todo las palabras de Nell. Trató de incorporarse.

—Tía Maddie, ¡pero si no llevas pijama! —chilló alegremente la chiquilla.

Maddie se detuvo roja de vergüenza. Se había olvidado por completo de que estaba desnuda.

—Pues... sí... anoche hacía mucho calor —balbuceó.

—Kayla está abajo, pero vendrá a verte enseguida, así que será mejor que te vistas —rio Nell.

—Sí, claro... Bueno... supongo que primero tendré que ducharme. ¡Vamos, sal de aquí!

—Oh, tía Maddie, ¿dónde está Annie?

—¿Annie? —Los recuerdos inundaron su embotada mente. Abrió los ojos al instante, ahora sí que estaba completamente despierta—. ¡Annie! Me temo que está en el hospital. Ayer sufrimos un pequeño accidente, pero está bien. Creo que volverá a casa hoy mismo. Será mejor que le digas a Kayla que tiene que hacerse el desayuno.

—¿El desayuno? Pero si casi es la hora de comer. —Nell abandonó la habitación con otra de sus risitas.

Media hora más tarde, bajaba las escaleras. A pesar de la larga ducha caliente que se había dado, seguía agotada. Se encontró a todo el mundo en la cocina, Alex incluido, aunque no consiguió cruzarse con su mirada. Cuando se acordó de lo que habían hecho la noche anterior, una oleada de calor ascendió por su cuerpo y se obligó a tomar una profunda bocanada de aire para calmarse. No le cabía ninguna duda de que él no quería que ella hiciera un mundo de aquello. Quizá para Alex no hubiera significado nada. No le había dicho que la quería, ni nada por el estilo, aunque tampoco es que hubieran hablado mucho... Volvió a respirar hondo. Tal vez, lo mejor que podía hacer por el momento era actuar como si nada hubiera pasado.

—Buenos días. —Kayla se levantó para saludarla con un abrazo y Maddie se dio la vuelta para servirse una taza de té y así evitar que vieran el rubor que sabía tenía sus mejillas. Cómo le hubiera gustado dejar atrás ese hábito infantil, pero le era imposible, sobre todo con Alex tan cerca.

Se sentó en la mesa y escuchó la conversación que mantenían, que, como era de esperar, se centraba en lo que había sucedido en Marcombe Hall durante la ausencia de Kayla y Wes.

—No me lo puedo creer —dijo Kayla—. Apenas nos vamos dos semanas y este páramo de tranquilidad se vuelve del revés. Normalmente nunca pasa nada por aquí.

—Créeme si te digo que hubiéramos preferido vivir sin tantos sobresaltos —señaló Alex—. Estoy seguro de que Maddie está de acuerdo conmigo. —La miró desde el otro lado de la mesa.

—Por supuesto —declaró con énfasis—. Todo lo que ha pasado me ha dejado completamente exhausta. Creo que necesito unas vacaciones. Oh, esperad un segundo. Ya estoy de vacaciones, ¿verdad?

Todos rieron, aunque enseguida volvieron a ponerse serios.

—¿Qué está haciendo la policía al respecto? —quiso saber Wes.

Maddie le contó las medidas que le había explicado el agente el día anterior y él asintió.

—De todos modos no creo que vaya a salir mucho. Me siento mucho más segura aquí dentro.

—Sí, no puedes ir sola a ningún sitio. Comprobaremos el resto de vehículos.

—Mi amigo Foster ya se ha encargado de eso —repuso Alex—. Él... bueno... se le dan bien esas cosas.

—¿Foster? ¿Quién es Foster? —Kayla parecía confusa.

—Oh, un amigo que está trabajando conmigo. Ya te lo presentaré más tarde. —Alex la miró como si se preguntara si iba a contar o no a los demás que Foster era un ex delincuente, pero permaneció callada. A pesar de lo que él pensara de ella, Foster parecía un buen hombre y no iba a juzgarle por lo que hubiera hecho en el pasado. Además, el día anterior había sido de gran ayuda, fue una maravillosa coincidencia que en ese momento condujera por la misma carretera. No, no criticaría a Foster.

De pronto se sintió muy cansada.

—Lo siento, pero si no os importa creo que me vuelvo a la cama. Todavía estoy un poco afectada por lo que pasó ayer y el día anterior.

—Claro, claro. Luego te llevo una taza de té y así hablamos un rato —dijo Kayla. Maddie se lo agradeció y subió las escaleras. Aquello era demasiado. Necesitaba estar un rato a solas.

***

Para cuando su amiga llegó con la prometida taza de té, Maddie se había recuperado lo suficiente como para volver a contárselo a Kayla, que fue incapaz de contener la emoción.

—Oh, Maddie, es maravilloso. Por fin encontraste a tu madre. Me alegro tanto por ti. —La abrazó—. La señora Blake-Jones, ¿quién lo hubiera dicho?

—Sí. Ya sabes eso de «donde menos te lo esperas». Aunque podía haberme ahorrado lo otro.

—¿Te refieres al reverendo? —Maddie asintió—. Sí, supongo que debe de tratarse del típico caso de celos enfermizos. Algunos hombres no pueden aceptar que sus mujeres lleguen a amar a otra persona que no sea ellos. En realidad es algo muy triste, sobre todo para tu madre. ¡Menuda vida ha debido de llevar!

—Absolutamente. No tuvimos mucho tiempo para hablar, además estaba agotada, pero me prometió que la próxima vez que nos veamos me contará toda la historia.

—Pobre mujer. Bueno, gracias a Dios ahora está a salvo, y tu hermana también. Qué maravilla encontrar también una hermana, ¿verdad?

—Sí. Y Jane me gusta muchísimo. Es exactamente como me imaginaba que tenía que ser una hermana, no como la arpía rencorosa de Olivia. Se me olvidó contarte, pero ¿te puedes creer que Olivia intentó que le devolviera alguna de las cosas que me llevé de casa de mis padres? Increíble.

—Supongo que también es una celosa compulsiva. Algunos hijos quieren a sus madres solo para ellos y lo exteriorizan de diferentes maneras. Intento ser lo más ecuánime posible con todos mis hijos, pero es muy difícil prestarles atención al mismo tiempo. Y también tengo que hacer malabares con Nell para que no piense que la trato de manera distinta a los otros dos.

—Tienes razón, seguro que por eso Olivia actuaba así, pero debería haber madurado. —Maddie negó con la cabeza. No quería pensar en Olivia, todavía tenía la herida en carne viva.

—Nadie la detuvo en su momento, así que siguió tal cual. Corresponde a los padres hacer algo al respecto y tengo la sensación de que tu madre adoptiva era demasiado buena.

—Sí que lo era. Siempre estaré agradecida por todo el amor que me dio y por tratarme como si fuera su hija biológica. Lo hizo lo mejor que pudo.

—¿Y ahora qué, Maddie? ¿Vas a volver a Londres?

—No, creo que necesito quedarme aquí hasta que esto se resuelva de un modo u otro. Por lo menos ahora me han puesto protección y tarde o temprano atraparán a Blake-Jones. Hasta entonces no respiraré tranquila.

—Bien. Me alegro de que te quedes.

—Gracias, Kayla. Gracias por todo. —Apretó la mano de su amiga. Estaba encantada de tenerla de vuelta.

Capítulo 17

—Maddie, ¿podemos hablar un momento? —Alex la había acorralado después de la cena con el pretexto de ayudarle a llevar los platos sucios a la cocina.

—No hay nada de qué hablar, Alex. —Intentó usar un tono de absoluta indiferencia y creyó haberlo logrado. Alex no la había mirado ni una sola vez en todo el día, así que llegó a la conclusión de que él prefería olvidarse del encuentro que mantuvieron la noche anterior. ¿Puede ser que estuviera preocupado porque ella se lo fuera a contar a Kayla y a Wes?

—¿En serio? —Sonaba enfadado y no lograba entender por qué. Debería estar contento de que ella no hiciera una montaña de todo aquello. La mayoría de los hombres lo estarían.

—Sí, no te preocupes, no voy a contárselo a nadie si tú tampoco lo haces. Olvidémonos de lo que pasó y listo. Yo ya lo he hecho. —Creyó oír cómo rechinaba los dientes y se volvió para mirarle. Estaba hecho una furia y eso terminó de encenderla. No tenía ningún derecho a enfadarse—. ¿Qué pasa? Ya tienes lo que querías, ¿no?

—¿Eso es lo que piensas? Que solo quería pasar una noche contigo. ¡Maldita seas, Maddie! Quiero algo más que eso.

—¿Qué? ¿Crees que me voy a lanzar a tus brazos todas las noches? Pues estás muy equivocado, caballero. Puede que ayer estuviera muy cansada como para resistirme, pero no volverá a pasar. No soy mujer de una sola noche y no pienso volver a repetirlo. ¿Entendido?

Dicho eso, abandonó la cocina con la cabeza bien alta. No lloraría de nuevo delante de él. Bajo ninguna circunstancia. De hecho, por lo que a ella respectaba, las lágrimas se habían terminado para siempre.

—No va a romperme el corazón —se prometió a sí misma. Que se fuera a destrozar el de otra. Ya tenía suficiente con lo que lidiar como para añadir otra cosa más a su lista.

***

Durante los dos días siguientes, Maddie consiguió evitar con éxito a Alex. Solo hablaron cuando fue absolutamente necesario y él se pasó la mayor parte de la jornada supervisando las reparaciones de sus casas de campo. Maddie no se atrevió a salir más allá del jardín. Mientras un agente de la policía se quedaba cerca de ella, se dedicó a pintar flores y árboles o a jugar con los niños. Poco a poco sus temores fueron disminuyendo. No tuvo ninguna noticia de Blake-Jones, pero estaba segura de que lo arrestarían tarde o temprano. No podía esconderse para siempre.

La mañana del tercer día, Maddie estaba desayunando en la cocina cuando Alex entró y la miró con sombría determinación. Kayla, que estaba fregando los platos, le sonrió y saludó con un «buenos días».

—Buenos días —respondió él—. Me voy a llevar a Maddie a dar una vuelta tan pronto como termine de desayunar —anunció.

Aquello la pilló tan de sorpresa que se atragantó con un trozo de tostada. Gracias a Dios, Kayla se acercó a ella y le dio unos golpecitos en la espalda mientras miraba a ambos.

—¿Ah, sí? —preguntó suavemente.

—Sí. Necesita salir un poco, lleva encerrada días en esta casa. No puede ser bueno para su salud.

—Disculpa —intervino ella cuando por fin pudo controlar su acceso de tos—, ¿pero no te has parado a pensar que tal vez no me apetezca ir a ninguna parte? —Le taladró con la mirada y añadió mentalmente: «y menos contigo». Se percató de que él había captado la indirecta, aunque no hiciera ni caso.

—En lo que a esto atañe, tu opinión no cuenta. A Wes también le ha parecido una buena idea. ¿No crees, Kayla?

Kayla vaciló unos instantes, dividida entre la lealtad a su amiga, que obviamente no quería salir, y su buen juicio, que parecía estar de acuerdo con Alex.

—Sí, supongo que sí... pero...

—¿Lo ves —Alex se volvió hacia ella—. Cuando termines, te veo fuera. —Giró sobre sus talones y salió de la cocina.

—Y bien, ¿de qué va todo esto? —Kayla la miró con ojos suspicaces—. ¿Acaso me estoy perdiendo algo?

Maddie se puso colorada. Maldijo para sus adentros.

—No quiero hablar del asunto.

—Pues está claro que él sí. Creo que es mejor que aceptes. Alex puede llegar a ser muy tozudo.

Maddie soltó un suspiro.

—Está bien. Si no me queda otra... De todos modos, no hay nada de qué hablar. —Malhumorada, fue a cambiarse de ropa. Mientras salía de la cocina oyó cómo Kayla se reía entre dientes, lo que la enfureció aún más.

***

—¿A dónde se supone que vamos? —Maddie estaba sentada muy tensa en el asiento del copiloto, con los brazos cruzados, como si pensara que se abalanzaría sobre ella de un momento a otro. Alex suspiró para sus adentros. Aquello iba a resultar más difícil de lo que pensaba. Iba con la mirada fija al frente, estaba claro que no le había hecho ni pizca de gracia que le hubiera ganado esa batalla.

—A dar un paseo por la costa. —Intentó sonar tranquilo. Vio cómo Maddie se retorcía levemente, como si tratara de resistir el impulso de mirarle. Aquello era una buena señal, ¿no?

Condujo por carreteras serpenteantes y angostas, manteniéndose lo más cerca posible del mar. Después de un cuarto de hora, al ver que todavía no se detenían, Maddie empezó a impacientarse y a moverse inquieta en su asiento.

—¿Todavía no vamos a parar? —preguntó con el ceño fruncido.

—No.

—¿Cómo que «no»? Quizá tenga mejores cosas que hacer que ir a dar una vuelta contigo?

—¿Como pintar flores? No, tenemos que hablar —dijo Alex esbozando una leve sonrisa.

—De acuerdo, pero no hace falta que hagamos una excursión turística para mantener una conversación. —Se volvió para mirarle, pero apartó la vista en cuanto él, todavía sonriendo, enarcó ambas cejas.

—Solo relájate. Vamos a ir a comer a un pequeño y pintoresco restaurante que conozco. A ver si tenemos suerte y una vez allí estás de mejor humor.

—¿Mejor humor para qué? —preguntó irritada.

—Ya lo verás. —Volvió a sonreír de forma enigmática, usando una de esas exasperantes sonrisas. Maddie debió de percatarse de que no iba a decirle nada más y se dio por vencida. No le quedaba más remedio que tener paciencia.

Alex se concentró en la carretera. «Tengo que hacerlo bien.» Mentalmente, empezó a preparar lo que tenía que decirle.

***

Maddie iba mirando por la ventanilla. A pesar de la increíble belleza del paisaje, apenas se fijó en él, pues tenía la cabeza en otra parte. Por el rabillo del ojo, vio las competentes manos de Alex y se le aceleró el latido del corazón al recordar todo lo que dichas manos podían hacerle a su cuerpo. Echó un vistazo a su perfil, pero en cuanto se dio cuenta del error que estaba cometiendo apartó la mirada. No necesitaba tener una prueba palpable de lo atractivo e irresistible que era. ¿De qué querría hablar con ella? ¿Estaba intentando volver a seducirla? Temía no tener la fuerza necesaria para resistirse.

El problema era que aquello le recordaba mucho a su última experiencia. Con David se había sentido del mismo modo... bueno, quizá no con tanta intensidad, aunque en su momento sí que se lo pareció, y al final había resultado ser un capullo de primera. ¿De verdad querría volver a sentir la misma humillación y sufrimiento? Aunque tal vez con Alex sería diferente. Una pequeña voz interior le dijo que por lo menos debería darle una oportunidad y no sabía qué hacer.

Alex era todo un experto al volante; aceleró el vehículo y poco tiempo después atravesaban una pequeña localidad pesquera situada cerca del mar. Maddie observó las casas y personas que deambulaban por la calle, captando detalles aquí y allá. En las afueras del pueblo, sin embargo, se irguió de un salto y soltó un jadeo.

—Alex —gritó—, ¡detente!

Él pisó a fondo el freno y se pararon a un lado de la carretera con chirrido de neumáticos incluido.

—¿Qué demonios...? ¿Qué pasa? ¿Te estás mareando? —Alex la miró perplejo, pero ella no le hizo caso y abrió la puerta. Sin más explicaciones salió corriendo por la carretera. A su espalda oyó la maldición de Alex y su propia puerta cerrándose. Pronto, sus fuertes pisadas crujiendo en la grava acompañaron a las suyas y antes de darse cuenta la estaba agarrando por detrás, obligándola a parar.

—Maddie, por el amor de Dios, ¿qué pasa?

—Es esa casa. —Señaló hacia una propiedad al otro lado de la carretera.

—¿Y qué tiene de especial para que te pongas así?

—Es la casa que aparece en mis sueños. ¿Recuerdas que te hablé de él? ¡Mira! ¿Ves estas ventanas ojivales y las enredaderas? Son exactamente iguales a las de la casa con la que llevo soñando años. —En la puerta había una placa que ponía Wisteria Lodge; un nombre muy adecuado teniendo en cuenta que las glicinas eran las plantas que más destacaban en la fachada.

Alex negó con la cabeza y se frotó la frente.

—Maddie, hay un montón de casas que podrían encajar con la descripción que me diste. ¿Por qué iba a tratarse precisamente de esta?

—No lo sé, pero tengo un presentimiento aquí. —Se señaló el pecho—. Oh, por favor, ¿podemos dar la vuelta y echar un vistazo? Necesito ver el jardín.

—Maddie, no creo que...

—Por favor, Alex. Por favor. Te prometo que no diré nada más después de esto y que podrás llevarme donde te apetezca —le rogó.

—Está bien —concedió él, suspirando—, pero si nos pillan allanando una propiedad, es cosa tuya.

—Gracias, Alex. Muchas gracias. Vamos.

Con el entusiasmo del momento, le tomó de la mano entrelazando sus dedos, lo que debió de tranquilizarle porque la siguió en silencio por la carretera. A un lado de la finca había campo, saltaron la valla que lo separaba y se dirigieron hacia la parte trasera, ojo avizor por si se encontraban con algún perro u otra sorpresa.

El jardín estaba rodeado por un enorme seto, de modo que hasta que no llegaron al final del mismo no pudieron verlo en todo su esplendor. Maddie se detuvo en seco.

—Oh, Dios mío —susurró. Apretó la mano de Alex con tanta fuerza que él hizo una mueca.

—¿Es la misma casa? ¿Estás segura? —Parecía sorprendido.

—Sí. ¿Ves ese columpio? ¡Es mi columpio! ¡Y todos esos rosales? Son exactamente iguales, aunque parecen un poco menos cuidados. —Soltó un enorme suspiro—. Alguna vez he tenido que estar aquí. Oh, Alex... —De manera instintiva, se volvió hacia él y enterró el rostro en su pecho. Él la abrazó, ofreciéndole el apoyo necesario, aunque esta vez no la besó. Poco a poco fue recuperando la calma y su corazón volvió a latir a un ritmo medianamente normal.

—Lo siento. Suelo ser una persona bastante fuerte, pero no sé qué me está pasando. Debe de ser el aire de Devon o algo similar lo que me está volviendo tan blandengue.

—Tranquila, es comprensible. Últimamente has pasado por muchas cosas. —Continuó abrazándola y se quedaron allí de pie durante unos instantes.

—Disculpen, ¿puedo ayudarles?

La voz proveniente del jardín les sobresaltó. Se volvieron y vieron a un hombre andando hacia ellos. Era enorme y venía con los puños cerrados como si se estuviera preparando para una pelea.

—Oh, oh —farfulló Alex. A medida que el hombre se aproximaba más y más se percataron de que, a pesar de que venía con el ceño fruncido, no había ninguna amenaza en sus ojos. Simplemente los miraba con curiosidad. Maddie respiró hondo y se acercó a la cerca para intentar explicar su presencia allí.

—Disculpe que hayamos entrado en su propiedad, solo quería echar un vistazo al jardín de su casa. Cre... creo que he estado aquí antes. Cuando era pequeña. —Intentó esbozar una sonrisa, pero no tuvo ningún efecto en la expresión del desconocido. La miró con la cabeza ladeada, como si estuviera estudiándola. A una parte de su cerebro no le pasó desapercibido que el hombre era moreno e iba afeitado; no se trataba por tanto del gigante barbudo y pelirrojo de sus sueños. Le embargó una intensa tristeza. Sí que se había equivocado después de todo. «Debo de estar imaginándome cosas.» Aunque quien quiera que fuera el hombre de sus sueños podía haberse mudado. Al fin y al cabo, habían pasado muchos años.

—Ya veo. —Desde luego la comunicación no era el punto fuerte de aquel hombre, pensó Maddie. Aunque aquellas dos palabras fueron suficiente para detectar un leve acento escocés. O al menos eso le pareció.

—Perdónenos, por favor. Ahora mismo nos marchamos y prometemos no volver a molestarle. —Agarró la mano de Alex, de nuevo en busca de su apoyo, y se encaminó hacia la salida.

—Oh, por mí no tengan prisa. Pueden mirar todo el tiempo que quieran, no es ninguna molestia. —Sí, definitivamente era escocés, concluyó ella. Sus siguientes palabras la pillaron por sorpresa—. ¿Y qué es lo que le ha llevado a creer que ha estado aquí antes?

—El columpio y... eh... las rosas y esas ventanas ojivales. —Ahora le parecía una tontería, pero no podía dar marcha atrás. Hubiera sido de mala educación no responder al hombre.

—Cierto, son detalles muy distintivos, ¿verdad?

—Sí, sí que lo son. ¿Y... mmm... lleva mucho tiempo viviendo aquí señor...? —A Maddie le hubiera encantado que Alex hiciera un esfuerzo por unirse a la conversación, pero por lo visto estaba muy concentrado estudiando el vasto paisaje que había en algún punto lejano a su izquierda, con la mano metida en el bolsillo. No estaba siendo de ninguna ayuda.

—Ruthven... me apellido Ruthven. Y no, no llevo mucho tiempo por aquí. De hecho no vivo aquí.

—¿Perdón? —Maddie parpadeó, convencida de que no le había entendido bien.

—Estoy cuidando de la casa. Es de mi hermano —explicó el señor Ruthven.

—Ah, entiendo.

—¿De dónde han dicho que venían?

—En realidad no lo hemos dicho. Venimos de Marcombe Hall. Este es Alex Marcombe y yo soy Maddie Browne. Estoy pasando unos días de visita. —Sabía que no tenía mucho sentido lo que estaba diciendo, pero en ese momento su cerebro era incapaz de pensar con coherencia. Cómo le hubiera gustado que la tierra se abriera y la tragara. Detestaba las situaciones embarazosas. En un intento desesperado por no quedar peor de lo que ya estaba quedando, dio un codazo al estómago de Alex.

—¡Ay! —Alex la miró, pero por fin decidió salvarla—. Señor Ruthven, creo que ya le hemos entretenido bastante y además tenemos que marcharnos. Muchísimas gracias por dejarnos echar un vistazo, ha sido muy amable. Venga, Maddie, vámonos. —Sin más prolegómenos, la tomó por un codo y la guio en dirección a la carretera.

—Adiós y gracias, señor Ruthven —gritó Maddie sobre el hombro.

—De nada —oyó al corpulento hombre decir antes de salir de su campo de visión.

—Alex, ya puedes soltarme —se quejó, tirando del brazo para zafarse de un agarre nada suave.

—Desde el mismo instante en que me lo dijiste, supe que era una estupidez —masculló de camino a la valla—. Seguramente ha pensado que somos ladrones, estudiando los alrededores.

—No es ninguna estupidez. Estoy segura de que se trata de la casa de mis sueños. Claro que no me esperaba que tuviera el mismo dueño después de veintitantos años. Habría sido demasiada coincidencia. —No obstante, una vocecita en su interior insistió en que sí que lo había esperado y que por eso ahora estaba tan decepcionada. Si al menos hubiera conseguido algunas respuestas... Se apresuró a ir detrás de Alex.

—No tiene ningún sentido, en absoluto —masculló él.

Ahí fue cuando todas sus emociones se desbordaron. Cerró el puño y le golpeó en el brazo tan fuerte como pudo al tiempo que de su boca salía un incontrolable torrente de palabras.

—¿Y tú qué sabes? No eres adoptado ni tu vida está patas arriba. ¡Sabes exactamente quién eres y de dónde vienes! Unos padres elegantes, una mansión enorme, un fondo fiduciario... —Enfatizó cada palabra con un puñetazo en el brazo... hasta que ya no supo qué más decir. Aquello no era ningún delito, aunque así se lo pareciera a ella ahora que había perdido la seguridad que uno siente al saber quiénes son sus progenitores. Respiró con dificultad y se enfrentó a él cara a cara. Todavía no estaba dispuesta a dar marcha atrás. Alex la miró enojado.

—¿Has terminado con la descripción de mi persona o también quieres añadir mi tendencia a delinquir? —Al ver que ella no respondía continuó—: Bien, entonces tal vez podamos seguir nuestro camino. —Se dio la vuelta y saltó por encima de la verja sin ningún esfuerzo, dejando a Maddie sola para que se las apañara lo mejor que pudiera.

En cuanto regresaron al vehículo, Alex dio un giro de ciento ochenta grados y condujo de vuelta a casa. Después de todo, ¿qué más había que decir? Ella ya se había encargado de hablar demasiado.

Capítulo 18

—¡Oh, habéis vuelto! ¿Qué tal el paseo? —La pobre Kayla, que por lo visto venía caminando por el vestíbulo cuando llegaron, fue recibida por dos pares de miradas furibundas y ninguna respuesta—. ¿Maddie?

Pero era incapaz de hablar en ese momento, así que se precipitó escaleras arriba directa a su habitación. De ninguna manera iba contar nada a Kayla delante de Alex.

Al poco de cerrar la puerta oyó cómo llamaban con los nudillos. Se armó de valor y dijo:

—Adelante. —No tenía sentido negar la entrada a su amiga, tarde o temprano tendría que contárselo.

—¿Maddie? ¿Estás bien? —Cerró la puerta tras de sí con suavidad.

—Oh, sí, estoy de maravilla. —Sabía que había sonado demasiado sarcástica, pero no pudo evitarlo. Estaba tumbada encima de la cama, mirando al techo, con las manos detrás de la cabeza.

—Vaya, la cosa pinta bastante mal, ¿eh? —Kayla se sentó a su lado—. ¿Te apetece hablar de ello?

—En realidad no, pero supongo que será mejor que te cuente mi versión antes de que oigas la opinión de don «soy mejor que nadie».

A Kayla se le escapó una risita por la descripción de su cuñado y se llevó una mano a la boca.

—Lo siento, sé que no es algo para tomárselo a risa, pero... en realidad Alex nunca ha sido así.

—Puede que no contigo. —Aunque al final Maddie también sonrió—. Y sí, no es cosa de risa. Sin embargo, tienes razón, tal vez me lo estoy tomando demasiado en serio. Será mejor que empiece desde el principio.

—Sí, por favor.

Maddie le contó la lamentable historia con pelos y señales. Ella y Kayla no tenían secretos entre sí y no dudó ni por un instante en confiar en su amiga. Cuando terminó, extendió las manos y se encogió de hombros.

—Ahí lo tienes. Un auténtico desastre, ¿no crees?

—Bueno, he oído cosas peores. —Su amiga volvió a sonreír—. Aunque lo que más me intriga es lo de la casa. Si quieres podríamos investigar algo más.

—No, por favor, déjalo estar. Por mucho que me cueste admitirlo, Alex tenía razón. La descripción de la casa que aparece en mis sueños puede encajar con la de miles de fincas de toda Inglaterra. ¿Por qué iba a tratarse precisamente de esta?

—No lo sé, pero parecías muy segura. Y además estaba el columpio y todo lo demás...

—Déjalo, Kayla —sentenció Maddie negando con la cabeza—. Ya he tenido suficiente. Encontré a mi madre, que fue lo que me propuse. Tal vez, cuando volvamos a vernos en Londres, ella pueda explicarme lo de la casa, si es que hay algo que explicar. Quizá solo sea producto de mi imaginación.

—De acuerdo, aunque si alguna vez necesitas ayuda solo tienes que pedírmelo. Puedo ir y hablar con el señor Ruthven o con su hermano cuando quieras.

—Gracias, Kayla, pero ahora mismo solo quiero descansar.

***

Después de aquello, Maddie se pasó dos días sin hacer poco más que tomar el sol y consiguió evitar a Alex casi por completo. Al levantarse tarde no coincidían en el desayuno y, para su alivio, él se pasaba todo el día trabajando en las casas de campo. Por las noches, salía, presumiblemente con sus amigos, y no llegaba hasta tarde, cuando ella ya estaba durmiendo. No era la solución idónea, pero sí la mejor posible dadas las circunstancias. Al menos eso se dijo a sí misma.

En la mañana del tercer día, sin embargo, Maddie se despertó con Alex llamando a su puerta.

—Maddie, despierta.

—¿Qué? ¿Qué pasa?

Salió de la cama y se asomó al pasillo. Al fijarse en cómo Alex apretaba los dientes al verla, se acordó demasiado tarde de que solo llevaba la fina y amplia camiseta que usaba para dormir, pero él fue directo al grano y le informó con tono cortante:

—Una mujer te ha llamado al teléfono. Parece un tanto frenética. Creo que se trata de Jane, aunque no me ha dicho nada.

Maddie se quedó sin aliento.

—¿Jane? Oh, Dios mío, ¿qué habrá pasado ahora? —Salió corriendo por el pasillo y casi se golpeó con el teléfono en su prisa por llegar hasta él—. ¿Jane? Soy yo. ¿Qué ocurre? ¿Le ha pasado algo a madre?

—Oh, Maddie. Siento despertarte tan pronto, pero ha tenido un accidente. Estoy en el hospital de Chelsea y Westminster y todavía no sé si ha sido muy grave o no. —La voz de su hermana se quebró en un sollozo—. No sé si se va a poner bien.

—¿Pero qué ha pasado? ¿Qué tipo de accidente?

—La han atropellado cerca de tu apartamento. Salió a hacer unas compras ella sola. —Jane volvió a sollozar—. Le dije que no saliera a ningún sitio sin mí, pero estaba tan feliz de sentirse libre al fin... Creo que solo quería dar un paseo. Debería haber estado más pendiente de ella. Lo s... siento.

—No, Jane, no te eches la culpa. Escucha, ahora mismo voy a hacer la maleta e iré a Londres tan rápido como pueda. En cuanto sepas algo llámame al teléfono móvil, ¿de acuerdo? Pronto estaré contigo, te lo prometo.

—Gracias. —La voz de Jane apenas era audible entre tanto sollozo, pero Maddie pudo percibir el alivio que sintió. Entendía perfectamente a su hermana. Nunca más volverían a estar solas. Ahora se tenían la una a la otra.

Tras una rápida despedida, colgó y se dirigió a toda prisa hacia su habitación. A medio camino chocó contra el sólido y desnudo pecho de Alex. El corazón le dio un vuelco.

—¿Todavía sigues aquí?

—Ya ves. ¿Qué ha pasado? —Él se cruzó de brazos como si se pusiera a la defensiva y Maddie intentó no fijarse en los definidos músculos claramente visibles bajo toda esa piel bronceada.

—Mi madre ha tenido un accidente. La han atropellado. Todavía no sé cómo está, pero me voy a Londres. ¿Puedes decírselo a Kayla, por favor? De todos modos, ¿qué hora es?

—Un poco más de las siete.

—¿Las siete? —Se pasó una mano por su enredada melena—. No me extraña que todavía estuviera durmiendo. —Frunció el ceño—. Te has levantado muy pronto, ¿no?

—Tengo trabajo que hacer. Venga, ve a vestirte, te llevo a la estación. —Se dio la vuelta como si ella no tuviera voz ni voto en ese asunto.

—No hace falta que lo hagas. Puedo llamar a un taxi —protestó ella.

—No seas tonta —masculló él sin dejar de andar.

Maddie alzó los brazos en un gesto de desesperación. Ese hombre era imposible, pero por una vez contuvo el impulso de discutir con él. Necesitaba ponerse en marcha lo antes posible. De modo que si él quería hacerse el mártir, muy bien, que se lo hiciera.

***

Cuando un cuarto de hora más tarde Maddie salió de la casa, él la estaba esperando con el motor en marcha. Lucía un gesto inflexible en el rostro, así que decidió que lo mejor que podía hacer era permanecer callada. Aquello pareció satisfacerle, de modo que hicieron el viaje en absoluto silencio.

Una vez llegaron a la estación de Totnes, Alex dejó el vehículo en el aparcamiento y Maddie le agradeció que la hubiera llevado.

—De nada. —Entonces le vio salir del automóvil y sacar una bolsa de viaje del asiento trasero.

Confusa, frunció el ceño.

—¿Qué haces?

—Voy contigo —respondió él sin mirarla. Simplemente se quedó esperando a que rodeara el vehículo.

—¿De qué estás hablando? —Aunque todavía seguía confundida, estaba empezando a ponerse furiosa—. ¿Por qué ibas a querer venir conmigo?

—No es seguro. Pedí a Foster que te vigilara aquí, en Devon, pero no puedo pedirle que también lo haga en Londres, así que he decidido hacerlo yo mismo. Necesitas a alguien que te eche un ojo.

—¡Y un cuerno! Ya puedes meterte en ese automóvil y volverte a casa. No necesito ninguna niñera. Puedo cuidar de mí misma perfectamente, gracias. —Ahora sí que estaba enfadada. Asintió con la cabeza a modo de despedida y, sin más, se fue hacia la taquilla. Pero Alex la siguió.

Maddie se detuvo de golpe y se volvió hacia él.

—¿Estás sordo? He dicho que no necesito ningún perro guardián, Alex.

—¿En serio? Entonces ¿cómo es que han estado a punto de matarte en varias ocasiones en las últimas semanas? A tu madre la han atropellado en Londres, ¿no se te ha ocurrido pensar que tal vez no haya sido un accidente?

Se le helaron las entrañas. Alex acababa de expresar en voz alta sus peores temores. Aunque no quería ni oír hablar de eso, no le quedaba más remedio que reconocer que tal vez tuviera razón.

—¿Y si ha sido obra de ese demente? —continuó él—. Al fin y al cabo nadie ha vuelto a verle por aquí últimamente, ¿verdad?

Ella apretó los dientes.

—Aunque fuera cierto, puedo cuidar de mí misma. He dado clases de defensa personal y ahora que sé que puedo estar en peligro tendré más cuidado. —De pronto no se sentía con ánimo de seguir peleando—. Vuelve a Marcombe, Alex, no te necesito.

Ahora fue él el que apretó los dientes, pero replicó con calma:

—Puede que no lo hayas pensado, pero sé que Kayla y Wes se quedarán más tranquilos si no vas sola. No puedes detenerme, voy a ir contigo lo quieras o no. Así que vamos, o perderemos el próximo tren.

—Muy bien, haz lo que te plazca. —Como era imposible razonar con ese hombre, renunció a seguir batallando con él. Además, él tenía razón. No podía impedirle que la acompañara si estaba decidido a hacerlo.

***

—¿Por qué pediste a Foster que me vigilara? —Llevaban viajando una hora en silencio y Maddie no había dejado de dar vueltas a esa pregunta.

Alex, que estaba contemplando el paisaje por la ventanilla, volvió sus ojos azules lentamente para mirarla.

—Porque quería algunas respuestas.

—¿Respuestas? ¿Sobre qué?

—El incidente con el pozo minero me hizo sospechar y creí que estabas ocultando algo. —Apartó la vista—. Ya te lo dije, pensé que se trataba de algún ex novio al que querías proteger.

—Ah, entiendo. ¿Y creíste que lo pillarías con las manos en la masa?

—Más o menos. —Se hizo con un periódico y empezó a leerlo, indicando a las claras que la conversación había terminado. Pero Maddie no iba a dar su brazo a torcer.

Pensé que tal vez te preocupabas por mí. —Lo observó con cuidado y sintió una enorme decepción al comprobar que no mostró la menor reacción a sus palabras.

—Bueno, eres una invitada en la casa de mi hermano. Por supuesto que estaba preocupado. —Alex se encogió de hombros y continuó leyendo. A Maddie se le hizo un nudo en la garganta. Durante un instante casi había creído que le importaba, pero obviamente era demasiado esperar.

—Maldita sea —murmuró para sí misma mientras sacaba un libro del bolso.

—¿Perdona? —Alex había dejado de leer y la miró con las cejas enarcadas.

—Nada. Solo estaba hablando conmigo misma. Es una costumbre.

—Ya veo. —Le lanzó otra mirada misteriosa y volvió a centrarse en el periódico el resto del viaje.

Capítulo 19

La estación estaba tan sucia y concurrida como la vez anterior, pero Maddie apenas se percató mientras Alex se abría paso entre la multitud, proporcionándole un pasillo por el que seguirle. Una vez fuera, hizo una seña a un taxi.

—Al hospital de Chelsea y Westminster, por favor.

—Muy bien.

El taxi olía a tapicería de cuero nueva, humo y ambientador barato; una mezcla que casi le produjo náuseas. Se inclinó hacia delante para abrir la ventanilla que tenía al lado y pidió a Alex que hiciera lo mismo.

—No sé que es peor —comentó él cuando los gases de los tubos de escape de los vehículos penetraron en el interior junto con una ráfaga de aire caliente y pegajoso. Como le pasó la última vez que vino a la capital, deseó estar de vuelta en Devon cuanto antes.

—Se está mucho mejor en otoño y primavera. —Por alguna razón se sintió obligada de defender la ciudad en la que había vivido tantos años. En realidad era un lugar bastante agradable en el que residir, aunque no en plena ola de calor. Alex hizo un gesto de asentimiento y ella se recostó en su asiento y cerró los ojos. Intentó prepararse mentalmente para la dura experiencia que sabía tenía por delante y rezó porque la vida de su recién descubierta madre no estuviera en peligro. Jane solo la había vuelto a llamar una vez para decirle que a Ruth la habían metido en el quirófano.

El taxi se abrió paso por Fulham Road y finalmente los dejó fuera de la imponente entrada al hospital. Se trataba de un edificio relativamente nuevo, con un estilo arquitectónico moderno y unas puertas con dosel de cristal y acero. Alex pagó al conductor y fueron hacia el mostrador de información.

—Las urgencias están a la derecha del edificio. Tienen que volver a salir, girar a la izquierda, y luego otra vez a la izquierda hasta que vean la entrada.

—Muchas gracias.

Encontraron a Jane sentada con expresión apesadumbrada en un rincón y con una maltratada lata de Coca-Cola en la mano. En cuanto vio a Maddie se levantó de inmediato y le echó los brazos al cuello. La lata vacía cayó al suelo estrepitosamente.

—¡Maddie! ¡Oh, gracias por venir! Sigo esperando a que me digan algo sobre cómo ha ido la operación. Me estoy volviendo loca. ¿Por qué tardan tanto?

Vio las lágrimas en sus ojos y la abrazó con fuerza.

«Mi hermana pequeña.» Se vio invadida por un intenso sentimiento de protección. Nunca se había sentido así con Olivia. ¿Se trataría de instinto? No tenía ni idea.

—Sentémonos, Jane. Este es Alexander Marcombe. Él... él... Bueno, tenía que venir a Londres de todos modos y ha decidido acompañarme. Alex, esta es Jane Blake-Jones, mi medio hermana.

Ambos se dieron la mano.

—Encantado de conocerte, Jane —dijo Alex.

Su hermana respondió con un tímido gesto de asentimiento y todos se quedaron esperando.

Poco después, un médico llamó a las dos hermanas a consulta mientras Alex se quedó en la sala de espera.

El médico era un hombre bastante joven y con una cara agraciada que transmitía mucha tranquilidad. Les pidió que se sentaran en la pequeña estancia y comenzó a explicarles.

—Muy bien, señorita Blake-Jones y señorita... ¿también Blake-Jones?

—Browne —le corrigió Maddie.

—Lo siento, señorita Browne entonces. Veamos, su madre está estable por el momento y recuperándose de la intervención. Si quieren, pueden entrar a verla, pero hemos creído que lo más conveniente para su salud era mantenerla sedada durante las siguientes veinticuatro horas. Se ha roto una pierna y, como pueden imaginarse, tiene varias contusiones. Hay alguna que otra herida interna, pero ya nos hemos encargado de ellas en la operación y se recuperará con el tiempo.

Ambas mujeres respiraron aliviadas.

—Gracias a Dios —susurraron al unísono.

El médico esbozó una sonrisa.

—La encontrarán en el ala Nell Gwynne. Les aconsejo que no se queden mucho tiempo. Con un poco de suerte, si regresan mañana a última hora de la tarde, será capaz de hablar con ustedes.

—Gracias, doctor. Apreciamos lo mucho que ha hecho por ella.

—No es nada.

Como les había dicho el médico, no tenía mucho sentido quedarse en el hospital, así que decidieron volver al apartamento de Maddie en autobús, seguidas de cerca por Alex.

***

A la mañana siguiente se dio cuenta de que era una auténtica tortura estar confinada en un apartamento con Alex. Si en Marcombe Hall le había resultado difícil resistirse a la atracción que sentía por él, en aquel diminuto espacio que su mera presencia llenaba por completo le iba a costar el doble. Con ese cabello negro azulado y sus ojos color índigo, resultaba imponente y más atractivo de lo que un hombre tenía derecho a ser. Encima se había olvidado de su maquinilla de afeitar, así que de nuevo lucía una barba de tres días que le quedaba de maravilla y que le hacía parecerse mucho más a su antepasado contrabandista, tanto que un escalofrío recorrió su espalda. Disgustada consigo misma, dejó la cuchara sobre la mesa. Los cereales que se había servido para desayunar le sabían a serrín y ya no tenía apetito.

En Marcombe Hall por lo menos podía hacer todo lo posible por evitarlo y no tenía que verle vestido solo con un par *jeans*, con ese aspecto tan seductoramente desaliñado de camino al baño. Cerró los ojos y apretó los dientes. En ese momento no le costaba nada imaginárselo en la ducha, con la espuma pegada a sus duros pectorales y...

—¡Por Dios! —Se levantó y se fue a lavar los platos del desayuno. «¿Por qué yo? ¿Por qué no puedo enamorarme de un hombre normal y corriente? Primero David, ese mal nacido mentiroso... y ahora Alex...»

—¿Hablando otra vez contigo misma? —Alex asomó la cabeza por la puerta del baño y Maddie se puso roja como un tomate. ¿De verdad había dicho eso en voz alta? Esperaba que no.

—Mmm... Sí. Debe ser la edad. Dicen que le pasa a todo el mundo.

—Oh, sí. ¡Como eres tan mayor! —dijo Alex riendo. Minutos después salía del baño. Seguía vestido solo con los *jeans*, pero ahora llevaba una toalla alrededor de los hombros. Negros mechones de cabello húmedo le caían por la frente y a Maddie le entraron unas ganas locas de tocarlos. Durante un breve instante se permitió jugar con la idea de ofrecerse a secárselo, pero al final prevaleció la cordura.

—¿Dónde está Jane? ¿Y Jessie? —preguntó él mientras se inclinaba a rebuscar algo en su bolsa de viaje. La temperatura corporal de Maddie aumentó por momentos. Maldición, hasta por detrás se le veía atractivo. Era del todo injusto.

—Se han marchado —consiguió responder—. Jessie tenía que ir a trabajar y Jane ha salido a buscar trabajo. Necesita empezar a ganar dinero; cuanto antes encuentre un empleo mejor.

—No estoy segura de cuánto tiempo tardaré, ¿pero te parece que nos veamos en el hospital sobre las seis? —había sugerido su hermana antes de salir. Maddie estuvo de acuerdo, aunque aquello implicara estar todo un día sola con Alex.

—Entonces solo estamos tú y yo —comentó alegremente Alex, antes de ponerse una camiseta.

Maddie se estremeció, no le gustaba cómo sonaba aquello. O mejor dicho, le gustaba demasiado. Sonaba demasiado íntimo.

—Mmm… Sí. Creo que voy a darme una ducha. Sírvete lo que quieras para desayunar, o lo que encuentres. Después saldré a comprar, así que si necesitas algo, dímelo.

—Iré contigo. —No era una petición, sino una afirmación. Maddie soltó un suspiro; sabía que era inútil discutir con él. Parecía estar decidido a pegarse a ella como una lapa—. Luego también podríamos visitar algún museo. Hace años que no vengo a Londres.

—No sé. Creo que lo mejor es que me quede por aquí no vaya a ser que me llamen del hospital…

—Te has traído el teléfono móvil, ¿no? Y os dijeron que no volvierais hasta última hora de la tarde. Vamos, necesitas un poco de distracción.

—Está bien. —Era consciente de que no estaba siendo muy amable, ¿pero qué esperaba? Le había pedido que no fuera con ella. No obstante, sabía que tenía razón; le sería de ayuda pensar en otra cosa mientras esperaban noticias de su madre.

Se fue al baño y se duchó a toda prisa; aunque se frotó enérgicamente con la esponja, no consiguió quitarse de la cabeza la idea de que Alex estaba al otro lado de la puerta. ¡Maldición!

A Jessie le había sorprendido encontrar un invitado extra cuando regresó a casa la noche anterior; por desgracia había llegado a la desafortunada conclusión de que era su novio, así que se ofreció de inmediato a compartir su habitación con Jane para que ella y Alex pudieran dormir juntos. Aquello hizo que Maddie se ruborizara de la cabeza a los pies. Por suerte Alex le ahorró tener que responder.

—No hace falta —dijo a Jessie—. Estaré bien en el sofá, pero muchas gracias de todos modos.

—Oh —Jessie los miró a ambos y se dio cuenta de su error—. Bueno... ¿a alguien le apetece una *pizza*?

Pidieron una, pero el ambiente se había enrarecido tanto que todos se fueron a la cama pronto.

Maddie salió de la ducha y se secó rápidamente. Como no solía usar el secador, ya que no conseguía la más mínima diferencia que secando su mata de rizos al aire, se limitó a ponerse un poco de maquillaje y miró alrededor en busca de su ropa.

Entonces se le encogió el corazón.

—¡Oh, no! —En su prisa por escapar de Alex se había olvidado de llevar una muda limpia al baño. Volvió a suspirar. No le quedaba más remedio que ir a su habitación envuelta solo en una toalla.

Se la puso alrededor del cuerpo y la sujetó firmemente con una mano. Salió del baño a una velocidad de vértigo... y fue a chocar con el pecho de Alex que iba de camino a la cocina. La sorpresa hizo que su mano aflojara el agarre y antes de que pudiera hacer nada, el miserable trozo de tela empezó a deslizarse por su piel. Alex la tomó de los brazos para evitar que perdiera el equilibrio al mismo tiempo que ella corría a tirar de la toalla hacia arriba, pero llegó demasiado tarde. La parte superior de su cuerpo quedó expuesta y pudo oír cómo él contenía el aliento.

—Dios, Maddie. —Su reacción no se hizo esperar. La atrajo hacia sí, sujetándola por la espalda—. Lo siento, pero no puedo soportarlo ni un segundo más... —susurró. Lo único que Maddie pudo hacer fue observar con impotencia cómo inclinaba su boca hacia ella. Sabía que en cuanto sus labios se tocaran estaría perdida, pero fue incapaz de mover un solo dedo; por lo visto sus extremidades se negaban a obedecerla.

Alex aplastó la boca contra la de ella en un beso implacable y la química entre ellos explotó exactamente igual que en las veces anteriores. El cerebro de Maddie dejó de ofrecer cualquier pensamiento coherente. Estaba más allá del raciocinio; solo existía en un plano sensorial en el que lo único que importaba era sentir los labios de Alex, su sabor, su dureza, su olor... Con un gemido que no reconoció como propio, le rodeó el cuello ajena al hecho de que con ese gesto la toalla caería definitivamente al suelo.

Instantes después, apenas fue consciente de cómo la alzaba en brazos para llevarla a su habitación y la depositaba suavemente en la cama, antes de forcejear con su ropa para desnudarse. Después de aquello, las sensaciones volvieron a tomar el control —un calor abrasador, un deseo salvaje, piel contra piel— y se entregó al placer que solo Alex parecía saber darle.

Fue mejor que la vez anterior, porque ahora sabía qué esperar y su cuerpo estaba ansioso por recibirlo. También sabía lo que él quería, lo que consiguió que ambos disfrutaran aún más. Se azuzaron el uno al otro hasta que no hubo ninguna barrera entre ellos, ningún límite que sobrepasar. No fue consciente de si hicieron el amor durante una eternidad o solo duró unos minutos, lo único que supo fue que, al igual que en la ocasión anterior, no quería que terminara nunca.

Pero claro que terminó. Fue uno de esos finales apoteósicos con fuegos artificiales que empiezan a explorar a tu alrededor, pero un final después de todo. Y al igual que la última vez, regresó a la realidad de golpe.

Se quedó tumbada sin moverse durante un buen rato, con la espalda pegada a su torso mientras él la sostenía con dulzura y sus ritmos cardíacos regresaban a la normalidad. Estuvo pensando en si decir algo o no, ¿pero qué? Había dejado que volviera a hacerle el amor a pesar de lo que le había dicho. Aunque quizá aquella no era la forma más apropiada de definir lo que habían compartido. No había habido ninguna declaración de amor de por medio; en realidad no se dijeron nada. Solo deseo. Lujuria. Cómo odiaba aquella palabra.

«No puedo permitir que esto vuelva a suceder.»

—Será mejor que salgamos si queremos llegar antes de que los museos cierren —dijo finalmente sin mirar a Alex. Sintió cómo su brazo se tensaba alrededor de ella durante un segundo, aunque el hombre se contuvo y no hizo ningún comentario sobre lo que había pasado.

—De acuerdo. ¿Nos damos otra ducha antes de irnos? —Maddie se medio giró y se lo encontró sonriendo, con esa sonrisa de pirata capaz de derretir a cualquier mujer—. ¿Juntos? —añadió con voz ronca.

Su fuerza de voluntad se evaporó de inmediato, como la niebla en una cálida mañana de verano, ya que sabía perfectamente lo que aquello implicaba. No le llevó mucho tiempo hacer realidad sus fantasías con la espuma. Ya se arrepentiría más tarde de no haber opuesto la más mínima resistencia. Ahora, la verdad, le daba igual. Ya recordaría después que tampoco en esa ocasión pronunciaron palabras de amor, fortaleciendo su idea de que todo en entre ellos se reducía al plano físico.

No le quedaba otra opción que aceptarlo o mantenerse alejada de él.

Capítulo 20

Cuando estaban a punto de salir para visitar algún museo, sonó el timbre de la puerta. Maddie se acercó a abrir, seguida de cerca por Alex. Le sorprendió encontrarse con Olivia, sonriendo por primera vez en su vida, lo que hizo que sospechara inmediatamente de sus intenciones.

—Hola, ¿qué estás haciendo aquí? —frunció el ceño pero no la invitó a entrar.

—No has respondido a mis mensajes y llamadas, así que no me has dejado otra opción que presentarme aquí. —Olivia hizo una mueca, como si se sintiera ultrajada.

—Porque no los he recibido ya que te eliminé de mis contactos. —Se percató de que Alex no sabía quién era Olivia, por lo que se apresuró a presentársela—. Esta es mi antigua hermana, la que hubiera sido más feliz si yo no hubiera existido.

—Yo nunca he dicho eso —protestó Olivia mirando de arriba abajo a Alex como un depredador a su próxima presa—. ¿Y tú eres...?

—Alex, el cuñado de Kayla —interrumpió Maddie, antes de que él pudiera presentarse—. ¿Qué quieres, Olivia? Justo salíamos en este momento.

Olivia hizo un pequeño mohín pero fue directa al grano.

—Bueno, el caso es que me preguntaba si podrías aceptar la mitad que te corresponde de la casa, y luego, cuando la vendamos, darme el dinero en efectivo.

—¿Qué? ¿Por qué narices iba a hacer algo así?

—Porque no solo me he quedado con mi mitad de la herencia, sino también con la tuya y al final tendré que pagar un montón por el impuesto de sucesiones así como por el incremento del capital. No te puedes imaginar lo que cobran, ¡es un atraco a mano armada! Pero si me lo das en efectivo, las autoridades fiscales nunca se enterarían. ¡Así de simple!

Maddie parpadeó perpleja.

—¿Lo dices en serio?

A su espalda, Alex preguntó:

—¿Has entregado a tu hermana tu mitad de la herencia? ¿Por qué?

—Es una larga historia —le contestó y, a continuación, se dirigió a Olivia con los ojos entrecerrados—. No tienes vergüenza, ¿lo sabes? No te imaginas lo tentada que me siento de decirle al señor Parker que al final he decidido quedarme con mi parte. Y no precisamente en tu provecho.

Olivia se puso mortalmente pálida, o tan pálida como pudo a través de la gruesa capa de maquillaje que llevaba.

—¡No puedes hacerlo! Ya firmaste la renuncia, ¿verdad?

—Todavía no.

—Pero...

—Mira, voy a repetirlo por última vez. Quédate con mi parte de la herencia y piérdete, ¿está claro? Limítate a pagar los impuestos que te correspondan y estate agradecida por una vez en tu vida. No voy a volverte a hacer ningún favor. Jamás.

—Dios, a veces eres una zorra de cuidado —se quejó Olivia.

—Aquí solo veo una zorra —intervino Alex—, y no es pelirroja. Venga, Maddie, prepárate y vámonos cuanto antes que ya llegamos tarde.

Con eso cerró la puerta en las narices de Olivia y se volvió para abrazarla.

—Jesús, ¿cuánto tiempo llevas aguantando esto?

—Creo que veinticuatro años —murmuró contra su hombro.

—No me extraña que la hayas eliminado de tus contactos. Yo habría hecho lo mismo.

—Gracias, Alex... De verdad.

Se sentía maravillosamente bien sabiendo que, por primera vez, tenía a alguien a su lado. Ojalá fuera para toda la vida, aunque sabía que era imposible.

***

—Por Dios bendito, ¡imagínate llevando eso!

Habían decidido visitar una exposición de moda antigua en el Victoria & Albert Museum, en South Kensington. Se detuvieron un instante para observar un extraño artilugio que se ponía en las caderas de las mujeres para ensanchárselas hasta alcanzar el tamaño de una puerta de granero. Alex negó con la cabeza asombrado.

—Sí, debía de ser bastante incómodo —acordó Maddie—, pero por lo menos no hacía daño. Ven, vamos a los «instrumentos de tortura» que hay por ahí. —Le guio hasta otra sala donde se mostraban varios corsés diseñados para conseguir una cintura de avispa.

—Ya veo a lo que te refieres. Aunque los corsés tienen su punto. A mí me chiflan. No para mí, sino en las mujeres, claro está.

—Con ese comentario se ganó un puñetazo en el brazo de Maddie, aunque en ningún momento le miró a los ojos.

Había estado estrujándose el cerebro sobre qué decir para tranquilizarla. Desde que hicieron el amor, la había notado tan tensa como la cuerda de un violín y tenía la sensación de que en cuanto regresaran a la normalidad volvería a esconderse en su particular concha. Casi podía ver cómo un velo caía sobre sus párpados y se refugiaba en su interior. Y no tenía ni idea de cómo traerla de vuelta.

De lo que sí estaba seguro era de que haber hecho el amor con ella no había sido ningún error. Lo que compartieron en aquel apartamento había sido increíble —casi mágico— y simplemente no podía creerse que ella no se sintiera del mismo modo al respecto. Entonces, ¿por qué se había retraído nada más terminar? En Marcombe Hall le había dicho que no creía que encajaran, que debían limitarse a ser amigos. Él se lo había tomado como que se arrepentía de su apasionado encuentro por su pasado delictivo, pero después no había dado ninguna muestra de despreciarle por esa razón. Y hoy, le había bastado con un solo beso para encenderla como si de una yesca seca se tratara. Soltó un suspiro.

—Alex, ven y mira esto. —Maddie le trajo de vuelta al presente. Estaba de pie, al lado de una vitrina que contenía un maniquí vestido con un traje del siglo XVIII que consistía en una levita de terciopelo burdeos con botones enormes y chaleco y pantalones a juego. Una camisa de lino blanco y un pañuelo anudado al cuello completaban el atuendo—. ¿No te recuerda a tu antepasado Jago?

—Supongo que sí. —Ladeó la cabeza para estudiar la ropa con detenimiento—. Aunque seguro de que no tiene tan mala fama como él.

—Ahí te doy la razón. —Maddie le miró—. Me encantaría verte vestido así. Te pareces tanto a Jago que te quedaría genial.

—¡Estaría ridículo! —Rio Alex—. En cambio, valdría la pena verte con uno de esos. —Señaló hacia la vitrina de enfrente, en dirección a un maniquí de mujer con un vestido muy escotado, y disfrutó enormemente viendo cómo el rubor teñía sus delicados rasgos. Le encantaba cuando se ponía así; ¡era una reacción tan natural en ella!

—No creo que te gustara en absoluto —sentenció ella y le llevó hasta los trajes victorianos—. Uno de esos me quedaría mucho mejor.

Alex negó con la cabeza con una sonrisa de oreja a oreja.

—No, cubren las zonas más interesantes.

—Mmm. Entonces no nos queda otra que aceptar que no nos pondremos de acuerdo en esto, ¿verdad?

Y esa simple frase resumía su principal problema, pensó él. No quería que no se pusieran de acuerdo, quería que fueran compatibles. Quería coincidir en todo, como al principio, cuando hablaron de sus películas y música favoritas. Una hora más tarde, cuando dejaron el museo, seguía sin encontrar una solución. Incluso estaba más lejos de dar con ella que antes porque Maddie había vuelto a erigir un muro entre ellos, evitando sentarse demasiado cerca de él en el autobús. Apretó los dientes frustrado.

Tenía que haber algún modo.

***

Durante los dos días siguientes Alex estuvo cavilando sobre el asunto mientras se divertía en silencio con las excusas que Maddie le ponía para no quedarse a solas con él. Tenía que admitir que era extremadamente creativa, pero también lo era él y esa misma tarde creyó dar con una solución. Era un poco extrema y tenía que planearla con cuidado, pero muy bien podía ser su única oportunidad. Tenía que conseguir que le viera con otros ojos. Sonrió para sí mismo.

Estaba sentado en una silla fuera de la sala donde Maddie y Jane estaban visitando a su madre. El característico olor del hospital le produjo náuseas y deseó que se dieran prisa para salir cuanto antes de allí. Odiaba los hospitales. Era cierto que ese en concreto era de un estilo moderno, con todas esas estancias situadas alrededor de un atrio central, pero el ambiente que se respiraba era igual que en el resto de edificios de esa índole y encontraba deprimente saber que estaba en medio de tanto sufrimiento y dolor. Además, aquello le recordaba a la noche en que fue detenido por contrabando de drogas. Resultó herido durante el incidente y lo primero que hicieron fue llevarle a un hospital. Aquello fue la última cosa que vio del mundo exterior durante tres largos años. De todos modos, ahora no tenía sentido pensar en eso. Formaba parte del pasado y estaba más que dispuesto a no volver a pasar por algo así.

Cuando las dos hermanas salieron de la sala le pareció que había transcurrido una eternidad.

—¿Cómo se encuentra vuestra madre? —preguntó.

—Mucho mejor, gracias. —Maddie parecía aliviada—. Hoy estaba muy habladora y no parece que sienta tanto dolor como ayer. El médico está muy satisfecho con su evolución.

—Fantástico. ¿Cuándo podrá regresar a casa?

—Todavía le queda una buena temporada aquí, así que me ha dicho que regrese a Devon y vuelva en un par de semanas. Cree que estaré más segura allí.

—¿Por qué él está aquí ahora?

—No, Alex, nos equivocamos —contestó Maddie negando con la cabeza—. No fue Blake-Jones. Fue un accidente de verdad.

—Sí —añadió Jane—. Madre dijo que iba soñando despierta y que no miró por dónde iba. Se le olvidó comprobar si venía algún vehículo antes de cruzar la calle. Todavía no se ha hecho a una ciudad como Londres.

—Entiendo. —Alex miró a ambas y vio que estaban convencidas de lo que decían. Aquello le supuso un alivio; una cosa menos de la que preocuparse. Aunque también significaba que ese loco de Blake-Jones probablemente seguía por los alrededores de Marcombe—. ¿Te ha llegado alguna noticia nueva por parte de la policía de Devon? —preguntó a Maddie.

—Todavía no, pero estoy segura de que están haciendo todo lo posible por encontrarlo.

Alex rezó para que se dieran prisa, no le gustaba lo más mínimo que Maddie, su madre y su medio hermana estuvieran en peligro—. Bueno, tú decides si quieres irte o quedarte.

—Bueno, creo que lo mejor será que me vaya, ¿qué opinas? —Maddie miró a Jane en busca de una confirmación.

Jane hizo un gesto de asentimiento.

—Sí, no tiene sentido que las dos nos quedemos aquí. Vendré a verla todos los días y te mantendré al tanto de su evolución.

—Muy bien. —Alex se puso de pie y cerró el libro que había estado leyendo—. Vámonos entonces.

***

—Debería haberme quedado en Londres para buscar trabajo —le dijo a Kayla a la tarde siguiente. Estaba colocando sus cosas por tercera vez en la habitación de invitados de Marcombe y empezaba a considerar aquel lugar como su casa. Por extraño que pareciera, se había sentido más como una invitada en su apartamento de Londres que allí—. Llevo holgazaneando demasiado tiempo.

—Sí, pero me prometiste que te quedarías un poco más y justo tuviste que marcharte. Además, tienes que terminar tus vacaciones, apenas nos hemos visto —protestó Kayla con una sonrisa.

—Tonterías, ¡si llevo aquí semanas, meses incluso!

—Entonces, ¿qué más te da quedarte unos pocos días más? Los niños te han echado mucho de menos, igual que yo. Wes ha estado tan ocupado que apenas le he visto; no solo se ha encargado de su propio trabajo sino de echar un ojo a las casas de Alex.

Maddie agachó la cabeza.

—Lo siento, Kayla. Le dije que se quedara aquí, pero no pude hacer que cambiara de opinión.

—No te preocupes por eso. En realidad no me importa. Venga, vamos, será mejor que me ayudes a meter a los pequeños en la cama ahora que saben que has vuelto.

***

—Oh, Maddie, lo siento, me olvidé por completo —exclamó Kayla a la mañana siguiente cuando estaba a punto de llevarse la tostada a la boca.

—¿Qué olvidaste? —Maddie tomó un sorbo de té y miró a su amiga. Casi se le cae la taza por la repentina exclamación de Kayla; además, tenía su mente en otro lugar, en concreto en el hombre que estaba sentado frente a ella. Sus ojos azules estaban clavados en ella, mirándola con tal intensidad que había estado pensando en cómo decirle que dejara de hacer aquello y apenas había atendido a su amiga.

—Que el señor Ruthven llamó y te dejó un mensaje. Quería hablar contigo y que le llamaras. Sinceramente, no sé cómo no me he acordado.

—¿El hombre con el que hablamos en Wisteria Lodge?

—Sí, ese mismo. Anoté su número de teléfono. Dame un segundo y lo busco.

Kayla desapareció corriendo por el pasillo, dejándola a solas con Alex, lo que le vino de perlas para lo que quería decirle.

—¿Podrías dejar de mirarme, por favor? —dijo entre dientes.

—¿Por qué? —Él enarcó una ceja y se recostó en la silla.

—Porque no me gusta. Me pone nerviosa.

—No veo por qué debería hacerte caso. Solo estoy admirando tu vibrante belleza matutina. —Sonrió de oreja a oreja—. Además, estamos en un país libre.

—Oh, por el amor de Dios, hablas igual que Nell. —Maddie apretó los puños debajo de la mesa. Era el hombre más molesto que había conocido en la vida.

—¿Te refieres a que hablo como si fuera un niño pequeño? —Soltó una risa—. Bueno, ambos podemos jugar a ese jueguecito que te traes entre manos. Si tú no intentas evitarme a todas horas, yo dejo de mirarte.

—Yo nunca...

—¡Lo encontré! —Kayla regresó triunfante con un trozo de papel en la mano que le pasó de inmediato—. Este es el número. Dijo que podías llamarle a cualquier hora.

A Maddie todavía le hervía la sangre, pero logró esbozar una sonrisa de agradecimiento.

—Será mejor que le llame ahora mismo, antes de que se me olvide. Os veo luego. —Tras lanzar una última mirada a Alex, salió de la cocina y corrió escaleras arriba.

Mientras se sentaba al lado del teléfono para recuperar el aliento, miró el trozo de papel y se preguntó qué podría querer aquel hombre. ¿Habría recordado algo? Se le hizo un nudo en el estómago. ¿Sería posible que al final tuviera razón? No había tenido la oportunidad de hablar de la casa con su madre antes de abandonar Londres, así que no tenía ni idea. Con los dedos ligeramente temblorosos marcó el número del señor Ruthven.

Dejó que sonara por lo menos veinte veces; sin embargo, cuando estaba a punto de colgar, alguien respondió.

—¿Hola? —No se trataba del acento escocés que había esperado, sino que era una voz completamente diferente, pero seguía tratándose de un hombre.

—Oh... esto... ¿Podría hablar con el señor Ruthven, por favor? Soy Maddie Browne. Dejó un recado para que le llamara.

—Ah, señorita Browne. Gracias por devolverme la llamada. En realidad fui yo quien la llamé. Soy el hermano del señor Ruthven que conoció el otro día.

—Eso lo explica todo.

—¿Explicar qué? —El hombre parecía perdido.

—Por qué no he reconocido su voz.

—Ah, se refiere al acento —dijo en una perfecta imitación del de su hermano—. Yo también lo tengo, pero llevo viviendo tanto tiempo en Devon que se me ha suavizado bastante.

—Bueno, ahora sí que parecen iguales.

—Eso dicen. En cualquier caso, la razón por la que la llamé es que creo poder ayudarla. Le dijo a Colin que le pareció reconocer mi casa.

De pronto le resultó muy difícil respirar. Cuando por fin pudo contestar, su voz apenas fue un áspero susurro.

—¿Sí? ¿Cómo...?

—No me apetece discutir esto por teléfono. ¿Le importaría volver a visitarme y mejor se lo cuento en persona?

—Pues... sí. Claro que sí. ¿Cuándo voy? Esto... ¿Cuándo le viene mejor que vaya? —se corrigió. Su cerebro no parecía estar funcionando del todo bien y tuvo que concentrarse mucho.

—¿Qué tal el viernes?

—De acuerdo. ¿Sobre qué hora?

—En cualquier momento de la tarde. Ah, señorita Browne, entre mejor por la parte de atrás. Estoy teniendo problemas con la puerta principal. Se atasca mucho.

—Muy bien. Nos vemos el viernes. Adiós.

Después de colgar se dejó caer sobre el suelo, al lado de la pared. Tenía la sensación de que todo el oxígeno había abandonado de golpe sus pulmones y no podía mantenerse en pie. Quedaban tres días hasta el viernes. ¿Cómo se suponía que iba a sobrevivir a la tensa espera? Se le haría interminable.

—No importa —murmuró para sí finalmente—. Llevo esperando este momento mucho tiempo. No me pasará nada por esperar tres días más. Lo único que tengo que hacer es encontrar algo con lo que entretenerme.

—Tía Maddie, ¿con quién estás hablando —preguntó Nell, que entró en el pasillo dando saltitos, como si estuviera practicando algún típico baile escocés.

—¿Qué? Oh, conmigo misma.

—Vaya tontería. ¿Por qué no hablas mejor con Kayla? Así por lo menos tendrías alguna respuesta.

Maddie esbozó una sonrisa y se puso de pie.

—Tienes razón. Y ahora dime, ¿qué estabas haciendo

—Acabo de hacerle una visita a Jago. —Nell seguía saltando apoyando su peso de un pie a otro. Maddie negó con la cabeza. La muchacha no paraba quieta ni un momento. Debía de ser maravilloso tener tanta energía.

—¿A Jago? ¿Te refieres al retrato de tu antepasado que hay en la galería?

—Sí. A veces hablo con él porque Kayla me ha dicho que ella lo hace, pero nunca me responde. Tal vez lo haga un día.

—¿Quién sabe? Y, por cierto, ¿qué le cuentas?

—Bueno, hoy le he dicho que un grupo de gitanos han acampado en nuestras tierras. ¿Sabías que él también era gitano? O por lo menos su madre. Así que he pensado que le gustaría saberlo.

—¿En serio? ¿Dónde? ¿En qué tierras?

—Ven a dar un paseo conmigo y te lo enseño. No está muy lejos.

—Está bien. Deja que me cambie de calzado. Espera un momento. No, mejor ve a decirle a Kayla que vamos a salir un rato. Te veo en el vestíbulo.

—Bien. Allí te espero.

Capítulo 21

Era prácticamente imposible, pero valía la pena intentarlo. Puede que los gitanos que acampaban en Marcombe no fueran las personas que estaba buscando, pero tal vez pudieran ayudarla. Ahora que parte de su predicción se había cumplido, estaba desesperada por volver a ver a *madame* Romar y hacerle algunas preguntas. Aunque no encontrara a la mujer en ese campamento en particular, quizá pudieran decirle dónde dar con ella. Maddie nunca había estado tan confundida en toda su vida, así que necesitaba que le echaran una mano, aunque fuera en el plano psíquico. Seguro que la adivina podía explicarle con más detalle su predicción.

Nell iba trotando a su lado, parloteando constantemente sobre el colegio, sus amigos y cualquier otra cosa que le viniera a la cabeza.

—¿No necesitas parar un poco aunque solo sea para respirar? —preguntó con una sonrisa en la boca. No entendía cómo alguien podía hablar tanto.

—No, no mucho. Kayla dice que hablo hasta por los codos, pero no me importa. Papá cree que al final terminaré dedicándome a la política, incluso puede que llegue a primera ministra. ¿Tú qué opinas?

—No me sorprendería —contestó Maddie riendo—. O quizá te hagas abogado, como tu padre, pero de esos que defienden a la gente en los tribunales. Tienen que hablar un montón y ser muy buenos a la hora de discutir con la parte contraria.

—Bueno, se me da muy bien discutir con mi hermano. Aunque a veces me saca de quicio.

—Entiendo, pero no me refiero a ese tipo de discusiones. Da igual. ¿Es ese el campamento? —Señaló en dirección a varias caravanas a su derecha.

—Sí. Ya te dije que no estaba muy lejos. —Nell se adelantó, practicando su silbido. Maddie se estremeció por dentro.

A medida que se acercaban vio a los niños corretear alrededor y a varias mujeres tendiendo la ropa. Estudió sus caras, pero no encontró el rostro que estaba buscando. Cuando Nell y ella se aproximaron a la caravana más cercana, las gitanas dejaron de hablar y la mayor de todas se dirigió a ellas con cautela.

—¿Puedo ayudaros? —Vestía ropas muy coloridas, aunque no tan llamativas como las que *madame* Romar había llevado en el puesto de adivina. Además también eran de un estilo mucho más actual.

—En realidad no lo sé. Estoy buscando a una señora llamada *madame* Romar. Predice el futuro en las ferias y me preguntaba si estaba por aquí.

—Sí, aquí estoy. —Maddie se dio la vuelta. *Madame* Romar estaba de pie en el umbral de la siguiente caravana, vestida de negro casi en su totalidad, por lo que tuvo que mirar dos veces para reconocerla—. ¿Qué quieres de mí?

El comienzo no podía ser menos prometedor. Tragó saliva antes de empezar a balbucear.

—Yo m... me preguntaba si... si podría hablar un... un momento con usted. Le agradecería mucho que me ayudara. —Nell se había pegado a su lado y ahora le agarraba de la mano. No había habido ningún mal gesto por parte de los miembros del campamento, pero tampoco las habían recibido con sonrisas. Todo el mundo se quedó inmóvil a la espera de las siguientes palabras de *madame* Romar, que se tomó su tiempo antes de hacer un seco gesto de asentimiento.

—Muy bien. Entra. —Giró sobre sus talones y desapareció en la caravana.

Maddie la siguió un tanto reacia. Ahora que la había encontrado no le parecía tan buena idea como al principio.

—¿Tenemos que ir ahí dentro? —susurró Nell.

Maddie apretó la mano de la niña para tranquilizarla.

—Solo será un momento, te lo prometo. No tardaremos mucho. Si quieres puedes quedarte en esos escalones y esperarme, ¿de acuerdo? Con tal de que te pueda ver...

—No, quiero ir contigo.

Una vez dentro le sorprendió lo espaciosa que era la caravana y lo limpia que estaba. *Madame* Romar señaló un pequeño sofá para que se sentaran y ella hizo lo propio en una silla que había en el lado opuesto.

—Has venido en busca de respuestas, ¿verdad?

—Mmm, sí. ¿No le importa? Le pagaré, por supuesto. —Parpadeó al ver que la adivina negaba con la cabeza con vehemencia, como si se hubiera molestado.

—No —gritó *madame* Romar—. Ya me pagaste y te dije todo lo que podía. En ese aspecto no puedo ayudarte más.

—Pero... parte de lo que me dijo ha sucedido y quería saber si... si podría darme más detalles. Estoy muy confundida.

—Respiró hondo para detener la oleada de decepción que empezaba a embargarla.

—Por supuesto que ha sucedido. Te dije la verdad, no las tonterías que le cuento a la mayoría de la gente. —La gitana hizo un gesto de negación—. ¡Imbéciles! Solo oyen lo que quieren oír, así que eso es lo que les digo. Pero tú fuiste diferente. Sin embargo, no puedo ser más específica, tendrás que descubrirlo por ti misma. Ahí radica parte de la solución.

Maddie frunció el ceño.

—He intentando comprender el significado de lo que me dijo, pero sus palabras no tienen ningún sentido.

—Puede que ahora no, pero lo tendrán. —*Madame* Romar se rió con sorna—. Tienes que ser paciente, querida. Algunas profecías tardan años en cumplirse y, cuando lo hacen, es cuando uno se da cuenta de lo que querían decir. Sé que la paciencia es algo que no se os da bien a los jóvenes, pero tendrás que aprender a esperar.

—Entiendo. —Maddie se puso de pie—. Bueno, de todos modos gracias por hablar conmigo. Siento haberla molestado en su propia casa.

—No ha sido ninguna molestia. Eres bienvenida siempre que quieras. Eres casi de la familia, lo mismo que esta pequeña. —*Madame* Romar sonrió a Nell, que la miró sorprendida.

—¿Yo? ¿Lo dice por mi tátara tátara tátara muuucho abuelo Jago?

—Por supuesto. Su madre era mi tátara tátara tátara muuucho tía, así que prácticamente eres una de nosotras. De hecho, fue Jago el que se aseguró de que nos dejaran acampar en estas tierras siempre que quisiéramos. —La adivina esbozó una amplia sonrisa y la timidez de Nell se evaporó al instante.

—¿Sabe una cosa? Hablo con él un montón de veces.

Madame Romar asintió.

—Bien por ti. Puede oírte, aunque me temo que no puede responderte.

—Lo sé. Solo habla con Kayla y...

—Vamos, pequeña cotorra —interrumpió Maddie—. Estoy segura de que *madame* Romar tiene cosas que hacer. —Tomó a Nell de la mano y la guio hacia el soleado exterior. Sin embargo, en cuanto empezaron a bajar los escalones, la gitana la detuvo poniéndole una mano en el hombro.

—Hay más peligros acechándote, pero si crees en la felicidad todo saldrá bien.

—Gracias. —Maddie se volvió para ocultar las lágrimas que inundaron sus ojos. Aquellas palabras le proporcionaron cierto consuelo; no mucho, pero consuelo al fin y al cabo.

Mientras abandonaban el campamento bajó la vista al suelo y no se dio cuenta de si el resto de familias las vieron partir.

***

—¿No era hoy cuando habías quedado con el señor Ruthven? —preguntó Kayla el viernes por la mañana.

—Sí, esta tarde. —Por fin habían transcurrido aquellos tres interminables días. Maddie estaba en tal estado de agotamiento nervioso que había maltratado sus uñas lo indecible, incluso se había tenido que poner tiritas en algunas de ellas. Tenía que parar de una vez con esa absurda manía.

Alzó la vista y pilló a Alex mirándola de nuevo. En los últimos días había desarrollado la extraña habilidad de bajar a desayunar a la misma hora que ella y hoy no era una excepción. Alex nunca buscaba su compañía de forma deliberada pero cada vez coincidía más con ella. En ese preciso instante le guiñó un ojo; ella frunció el ceño y miró de reojo a Kayla para ver si se había dado cuenta del gesto, pero su amiga estaba demasiado ocupada dando de comer a Edmund. El pequeño se había vuelto todo un experto en conseguir que cada cucharada de papilla de manzana terminara en la mesa, el suelo, encima de su madre o de sí mismo… En definitiva, en cualquier lugar menos en su boca.

—Iré contigo —anunció Alex de pronto.

—Perdona, pero ¿qué has dicho? —Maddie estaba tan sumida en sus pensamientos que se había olvidado de su conversación anterior.

—Que te acompaño a ver al señor Ruthven —explicó él—. No me parece conveniente que vayas sola. Muy bien podría tratarse de otro viejo loco. Hoy en día parecen proliferar por estos lares.

—Sí, sí, llévate contigo a Alex —aprobó Kayla antes de exclamar—: ¡Oh, Eddie, mira lo que acabas de hacer!

La criatura soltó tal carcajada al ver la camiseta de su madre llena de comida que Maddie tuvo que mover la cabeza hacia a un lado para disimular una sonrisa. Aunque volvió a ponerse seria instantes después.

—Preferiría ir sola. Estoy segura de que el señor Ruthven no es peligroso. Además, le diré que todos sabéis que he ido a allí.

Alex negó con la cabeza.

—No basta. Si es un demente no le importará si alguien sabe dónde estás o no. Mira al otro tipo. Todo el mundo va detrás de él y todavía no le han detenido.

—Ya han pasado varios días y nadie más lo ha visto. Lo más probable es que se haya marchado de la zona, incluso puede que haya huido al extranjero.

—Lo dudo. Y Foster me ha dicho que ayer vio a alguien deambular por los alrededores. Aunque intentó ir tras él, el hombre desapareció.

—¿Blake-Jones? —El nombre salió de los labios de Maddie en un susurro; de pronto tenía la sensación de que no le funcionaban las cuerdas vocales.

Alex hizo un gesto de negación.

—No, un tipo con un gorro de lana, pero aún así...

—Alex tiene razón, Maddie —señaló Kayla con firmeza—. No puedes ir sola. Si no quieres que él te acompañe, se lo pediré a Wes.

—No soy ninguna niña —gruñó ella—. Bueno... Está bien. Ven conmigo si quieres, pero seguro que te aburrirás de lo lindo —dijo a Alex.

—¿Contigo? Nunca —replicó él con una amplia sonrisa. Maddie apretó los dientes y contuvo el impulso de tirarle a la cabeza lo primero que pillara.

***

—¿Sabes lo que más me gusta de estar contigo? —preguntó Alex mientras conducía por la ya conocida ruta que habían hecho la vez anterior.

—No podría adivinarlo ni en un millón de años —masculló ella mientras miraba por la ventanilla del automóvil.

—La paz que se respira. No estás parloteando constantemente como Nell o los niños, ni susurrando palabras de amor como Kayla y Wes. Solo silencio y tranquilidad. —Suspiró—. Eso sí, a veces, lo mucho cansa.

—Oh, cállate, Alex. —Ella se volvió hacia él y le fulminó con la mirada.

Alex se echó a reír.

—Por lo menos he conseguido que me mires con esos preciosos ojos verdes que tienes. Me encanta cuando echan chispas como ahora. —Maddie le golpeó en el hombro—. Oye, oye, no querrás que nos salgamos de la carretera, ¿verdad? Será mejor que contengas ese temperamento de pelirroja antes de ver al señor Ruthven.

Maddie resopló y se cruzó de brazos.

—Si no estuvieras aquí no habría nadie que me sacara de quicio y no tendría que «contener mi temperamento».

Alex volvió a soltar otra carcajada. Había descubierto lo mucho que le divertía bromear con ella. Además, como parecía que ese era el único modo que tenían de comunicarse, era lo que hacía... por el momento.

Pero no por mucho tiempo.

***

En esta ocasión aparcaron en frente de Wisteria Lodge y se detuvieron a mirar la casa durante unos segundos.

—La planta de arriba debe de tener unas vistas increíbles al mar —reflexionó Alex, mientras se hacía una visera con la mano para que le el sol no le deslumbrara—. Está situada en una zona muy alta de la colina.

—Sí, es preciosa, ¿verdad? —Maddie no podía estar más de acuerdo—. Una casa llena de vida —añadió para sí misma. Como la de sus sueños.

Alex se dirigió a la entrada principal pero ella le detuvo.

—No, tenemos que ir por la parte de detrás. El señor Ruthven me dijo que esta puerta tenía un problema.

—Oh, de acuerdo. —La siguió hasta la valla y esta vez la ayudó antes de saltarla él mismo.

Maddie se alejó por el campo hacia la parte trasera, pero se detuvo a esperarle antes de rodear el seto. El corazón le latía desaforado en el pecho y estaba empezando a tener miedo. Alex debió de notar que algo iba mal porque en cuanto se puso a su altura la tomó de la mano.

—¿Qué pasa, Maddie? —Estudió sus ojos con rostro serio.

—Te... te parecerá una tontería... pero tengo miedo. Me asusta lo que pueda encontrarme ahí dentro, pero también temo no encontrar nada. ¿Tiene sentido?

Él la atrajo hacia sí y la rodeó con sus fuertes brazos, reconfortándola. Maddie no se resistió, en ese momento necesitaba toda la fortaleza que Alex pudiera darle.

—No te preocupes, pase lo que pase, siempre es mejor salir de dudas. Todo va a ir bien.

—Supongo que sí. —Se apoyó sobre él durante un momento, respirando su viril aroma a limpio y tomando relajantes bocanadas de aire. Después de un rato se fue separando muy despacio de él—. Está bien, enfrentémonos a mis demonios.

Rodearon el seto y volvió a tener delante la visión de sus sueños: la parte trasera de la casa, la profusión de plantas trepadoras y rosales, el columpio... Tragó saliva y apretó los puños a los costados antes de aproximarse a la verja. Alex la abrió por ella y entró poco a poco, sin perder detalle de todo lo que la rodeaba.

—Es un jardín encantador —comentó Alex—. No me extraña que quisieras soñar con algo así.

Maddie esbozó una tensa sonrisa. Sabía que estaba intentando bromear con ella para que se relajara y apreciaba sus esfuerzos, pero en ese momento estaba demasiado nerviosa como para tranquilizarse con una pequeña charla. Se acercó al columpio y extendió la mano hasta tocar las gruesas cuerdas de cáñamo y el asiento de madera que había adquirido un tono grisáceo con los años. Cada fibra de su ser gritaba que le pertenecía, que era solo de ella, y quería gritarlo alto y claro. «¡Es mi columpio!» Por supuesto que no lo hizo. Simplemente se quedó mirándolo, perdida en el recuerdo de su sueño.

—Ah, señorita Browne, aquí está.

Maddie se dio la vuelta a tiempo para ver emerger a un hombre por la puerta trasera de la casa y caminar hacia ellos con una sonrisa en el rostro. Un hombre pelirrojo y con barba.

De repente, se quedó sin aliento. Como si estuvieran intentando aspirar el aire de sus pulmones. Por mucho que se esforzó, no consiguió respirar con normalidad. Se le nublaron los ojos mientras la oscuridad se iba apoderando de su visión poco a poco hasta que no vio nada más. Se oyó gemir… y después sintió el más absoluto vacío.

Capítulo 22

—Maddie, cariño, despierta por favor.
La voz de Alex, que al principio le llegaba de lejos, se fue acercando y luchó por abrirse paso a través de la oscuridad que la envolvía. Abrió los párpados, pestañeó varias veces a consecuencia del sol y alzó una mano para protegerse los ojos.

—¿Alex? —graznó. Descubrió que estaba tumbada sobre un banco bastante duro e intentó incorporarse, pero una mano la obligó a recostarse de nuevo.

—No intentes sentarte todavía, podrías tener náuseas. El señor Ruthven ha ido a por un vaso de agua.

—¿El señor Ruthven? —Frunció el ceño y empezó a recordarlo todo. El hombre pelirrojo. El hombre de sus sueños. Se incorporó de golpe y se percató de que Alex tenía razón. La cabeza le dio vueltas de forma inmediata, pero no hizo caso del mareo y miró a su alrededor como una loca. No había nadie más. ¿Lo habría soñado? —. ¿Dónde está?

Como si estuviera sumida en un trance, vio al mismo hombre salir de la casa una vez más, a través de esa puerta que conocía tan bien, llevando una bandeja con bebidas frías. Desde luego era enorme. Tenía el pelo rojo moteado con algunas canas que se encrespaba de forma salvaje alrededor. Llevaba una barba pulcramente recortada de un tono un poco más oscuro, aunque también lucía algunas zonas blancas. Cuando se acercó hacia ella sonrió y depositó la bandeja cerca del banco donde había estado tumbada. Después tomó un vaso y se arrodilló delante de ella.

—Así que por fin has decidido regresar, Sorcha —dijo mientras le entregaba el vaso. Maddie lo aceptó de forma automática y siguió mirándole fijamente, como si estuviera hipnotizada.

—¿Regresar? —repitió como si se tratara de un loro. Su cerebro parecía haberse transformado en una gran bola de algodón y no conseguía pensar con claridad.

—Sí. Has estado aquí antes. Dijiste que recordabas esta casa, ¿verdad?

—Cierto, pero pensé que solo había sido un sueño. —Él seguía arrodillado frente a ella. Sin pensárselo dos veces, Maddie alzó una mano y le tocó la mejilla, sintiendo la aspereza de la barba contra los dedos.

Él volvió a sonreír.

—¿Sí?

—Me llamaste Sorcha, debiste de conocerme cuando era muy pequeña. ¿Solíamos visitarle a menudo mi madre y yo, señor Ruthven?

Esta vez la sonrisa fue mucho más amplia.

—Podría decirse que sí, aunque prefiero que no me llames señor Ruthven.

Ella frunció el ceño.

—¿Por qué?

—Porque me gustaría mucho más que me llamaras «papá», o si no me conformo con «Brian».

Tanto Maddie como Alex soltaron un jadeo y se miraron el uno al otro. Ella incluso pensó que volvería a desmayarse porque la sensación de mareo regresó con mucha más intensidad. Aunque también era cierto que las palabras del señor Ruthven no la habían tomado realmente por sorpresa, así que luchó por recuperar el control sobre su cuerpo. Nada más ver a ese hombre, una parte de ella había sabido la verdad.

—No, no vuelvas a desmayarte, mi niña, ya eres muy grande para llevarte en brazos.

—¿Eres el padre de Maddie? —Alex fue el primero en recuperar el habla.

—Sí, muchacho.

—¿Cómo sabemos que nos está diciendo la verdad? —volvió a intervenir Alex, dando voz a la pregunta que también rondaba en su lengua. Aunque si era sincera, tenía el presentimiento de que aquel hombre no estaba mintiendo. Que era su padre de verdad.

—Bueno, solo tienes que mirarnos. El mismo tono de pelo, rasgos similares, ambos somos altos. ¿Qué te parece?

Alex hizo un gesto de asentimiento.

—Sí, pero eso no implica que seas su padre. Podrías ser algún familiar más lejano.

El señor Ruthven se encogió de hombros.

—Si es lo que queréis, estaré encantado de someterme a una prueba de ADN. De hecho, creo que es lo mejor que podemos hacer. —Se volvió hacia ella—. ¿Te pusieron de nombre Maddie? —Al ver que asentía soltó un bufido y añadió—. Por lo menos podían haberte dejado tu nombre de nacimiento.

—Por favor, señor R... perdón... ¿podrías contarme qué fue lo que pasó? No tengo ni idea de lo que estás hablando. —Maddie volvía a estar al borde de las lágrimas, pero en esta ocasión era de pura dicha, no por tristeza—. Me enteré hace poco de que era adoptada y cuando por fin encontré a mi madre biológica, Ruth, no estaba en situación de contarme nada.

—¿Le ha pasado algo a Ruth? —Al ver la preocupación que cruzó el rostro de su padre se apresuró a tranquilizarlo.

—No, no. Ahora está bien. Aunque tuvo un accidente y tuvieron que ingresarla en el hospital, pero el médico nos ha dicho que se recuperará pronto. Ya te lo contaré todo más adelante. Ahora, ¿puedes hablarme de lo que pasó, por favor?

—Muy bien. —Su padre se sentó en una silla de jardín que había cerca de ellos y Alex la tomó de la mano y le dio un apretón para infundirle ánimo. Ella entrelazó los dedos con los suyos como si le fuera la vida en ello. En ese momento necesitaba de toda su fuerza y agradeció todo su apoyo. Menos mal que se había empeñado en acompañarla.

—En realidad no sé por dónde empezar —continuó su padre—. Me imagino que por el principio. —Respiró hondo y miró al horizonte como si estuviera buscando las palabras adecuadas—. Soy escocés, como ya habréis adivinado, pero me vine a vivir aquí hará unos treinta años, para pintar. La luz en esta zona es mucho más intensa y crea unos paisajes espectaculares... pero eso ahora es irrelevante, En fin, más o menos un año después de mi llegada, Ruth, tu madre, vino a visitar a unos amigos durante el verano; un par de años antes se había casado con ese tal Blake-Jones. Nos conocimos en una fiesta y fue amor a primera vista, o eso creo, para los dos. Te preguntarás cómo ella pudo enamorarse de otro hombre tan pronto, pero al poco de casarse se dio cuenta de la clase de persona que era su marido y era tremendamente desdichada. Aquí pudo permitirse el lujo de ser ella misma y me imagino que estaba desesperada por disfrutar de un poco de diversión mientras estaba lejos de él y de sus formas intimidantes. No supe lo de su matrimonio y ella no me lo confesó hasta mucho más tarde. —Hizo una pausa para dar un sorbo a su bebida.

—De modo que sucedió lo inevitable y te concebimos ese mismo verano, pero Ruth decidió volver con su marido pensando que podría engañarle y hacerle creer que eras su hija. Para su desgracia, tuvo terribles náuseas desde el primer momento y él enseguida se dio cuenta de lo que pasaba. La envió con unos parientes a Wiltshire hasta que nacieras y la obligó a darte en adopción. Ahí fue cuando tu madre acudió a mí. —Se aclaró la garganta y la miró fijamente.

—Siempre me han gustado los niños, así que pensamos que la solución perfecta era que me hiciera cargo de ti. Además, te adoré desde el momento en que te vi. —A Maddie se le puso el corazón en un puño hasta tal punto que tuvo que tragarse un sollozo—. Ruth convenció a su marido de que te habían adoptado y de vez en cuando hacía todo lo que podía para venir a verte. No era la situación idónea, pero desde el primer momento se negó a abandonar a su marido. No supe por qué hasta mucho más tarde. En ese momento creí que era porque seguía enamorada de él; estaba demasiado ocupado contigo como para preocuparme por ese asunto.

—Entonces viví aquí —susurró ella—. Era mi columpio. ¡Lo sabía!

Su padre sonrió.

—Y no solo eso, te encantaba. Podría haberte empujado todo el día y no te habrías cansado nunca. Aquellos fueron tiempos felices. —Se puso serio—. Aunque no duraron mucho. Ese hijo de perra de Blake-Jones empezó a sospechar y siguió a Ruth. Como era de esperar, descubrió su secreto. Una tarde, cuando estaba ocupado dentro de la casa y tú jugabas en el jardín, debió de estar rondando por la parte trasera y te llevó en un abrir y cerrar de ojos.

Cuando te llamé para el té te habías ido. —Se pasó una mano por la frente—. No te puedes ni imaginar cómo me sentí. Desesperación absoluta no alcanza a describirlo. Por supuesto, supuse lo que había pasado. Lo que no supe fue qué quería hacer contigo y me temí lo peor.

—¿Y qué fue lo que hizo? En mis sueños me secuestra, y en uno de ellos incluso me mete en el maletero, pero después no recuerdo nada más. Es como si mi cerebro lo hubiera bloqueado. —Frunció el ceño, tratando de acordarse de más detalles.

—Tal vez sea mejor así. Te busqué por todas partes, llamé a la policía, hasta fui a casa de Ruth, pero no sirvió de nada. Negó rotundamente haber estado cerca de esta casa y dijo que ni él ni Ruth me conocían. Tu madre, que le tenía auténtico pavor, estuvo de acuerdo con todo lo que dijo. Yo estaba furioso, pero no pude hacer nada.

—Pero ¿qué pasó? ¿Llegaste a enterarte?

—Al final Ruth me confesó que la había obligado a firmar los papeles de adopción y que no sabía dónde estabas. Cuando acudí en busca de ayuda a las autoridades me topé con una pared de ladrillos. Como no aparecía como tu padre en el certificado de nacimiento, se negaron a darme cualquier tipo de información sobre tu paradero. Blake-Jones hizo muy bien su trabajo y yo no podía probar nada. —Su expresión se tornó sombría—. Créeme, lo intenté todo.

—Oh... qué horror... —Maddie extendió una mano para tocarle el brazo y él correspondió poniendo su enorme mano sobre la de ella.

—Sí. Incluso contraté a un detective privado, pero como no logró dar con nada de interés, al final tiré la toalla. No podía hacer nada más. Traté de dejar atrás todo ese episodio de mi vida y me fui al extranjero. Incluso me casé y tuve dos hijos más; gracias a

Dios ambos varones, ya que no quería otra niña que no fueras tú. Pero nunca te olvidé y siempre regresaba a esta casa. No fui capaz de venderla. Tenía la esperanza de que, cuando crecieras, buscarías tus raíces y quería estar aquí para cuando las encontraras. Sin embargo, los años pasaron y nunca viniste. De hecho, el mes pasado empezó a rondarme por la cabeza la idea de venderla. Ahora estoy divorciado y me apetecía volver a Escocia.

—No lo sabía. —La tristeza invadía las entrañas de Maddie—. Mis padres nunca me dijeron que era adoptada. Tal vez ese hombre espantoso exigió aquello como condición, o quizá simplemente no querían que lo supiera. En todo caso, me enteré cuando fallecieron en un accidente de tráfico hace un par de meses.

—Oh, cariño. Qué desgracia... —Ambos se quedaron callados unos instantes, pensando en todo el tiempo que habían perdido. Al final, Brian tomó una profunda bocanada de aire y preguntó—: Si no sabías nada de mí, ¿qué fue lo que te hizo venir aquí?

Maddie le habló de su sueño y de cómo reconoció la casa cuando pasaron conduciendo. Su padre sonrió.

—Debe de haber sido el destino. Estabas destinada a volver a mí y no te puedes hacer una idea de lo feliz que me has hecho. Seguirás viniendo a verme, ¿verdad?

—Por supuesto. Tenemos que volver a conocernos. ¿Has dicho que eras pintor?

—Sí. No una eminencia, pero me defiendo.

—Maddie también pinta —intervino Alex, que hasta ese momento había permanecido en silencio—. Es muy buena.

—¿En serio? Debes de llevarlo en los genes. ¡Qué bien! Me encantaría ver alguno de tus cuadros.

—No, no, no soy tan buena. Alex exagera —dijo ella a toda prisa.

—No le haga caso, señor Ruthven, es demasiado modesta.

—Llámame Brian. Cualquier amigo de Sorcha es mi amigo. —Su padre le tendió la mano y Alex se la estrechó.

—Gracias. Soy Alexander Marcombe.

—¿Ah, sí? He oído maravillas de tu casa.

—En realidad es de mi hermano, pero sí, es una preciosidad. Tiene que venir a verla… ¿se atrevería a pintarla?

—Me encantaría.

Continuaron charlando durante lo que parecieron horas. Brian les sirvió té junto con bollitos caseros en el jardín—. Espero que te acuerdes de lo buen cocinero que soy —bromeó Brian. Maddie le devolvió la sonrisa.

Cuando empezó a oscurecer se dio cuenta de que había llegado la hora de marcharse. Ahora que por fin había encontrado a su padre no quería irse, pero tenían toda la vida por delante para recuperar el tiempo perdido y Kayla se preocuparía si no tenía noticias de ellos. Muy a su pesar terminó diciendo:

—Bueno, creo que es mejor que nos vayamos.

—Espero que vuelvas pronto —comentó Brian antes de ponerse de pie para dejar la taza sobre la bandeja.

—¿Qué tal mañana? —sugirió ella. Se acercó a él, vacilando sobre si darle un abrazo o no. Pero el hombre tomó la iniciativa y la envolvió en un apretado abrazo de oso. Cuando alzó la vista creyó ver lágrimas en sus ojos, aunque parpadeó rápidamente para que desaparecieran.

—Mañana será perfecto. Trae tus cuadros, por favor. Hablaba en serio cuando te he dicho que me encantaría verlos.

—Muy bien… p… papá. —Le parecía extraño, aunque correcto, llamarle así—. Hasta mañana entonces.

Se dispusieron a salir por donde habían venido, por la parte trasera, pero antes de que pudieran dar unos pocos pasos, oyeron un disparo.

Como si estuviera en una película a cámara lenta, Maddie observó con horror e incredulidad cómo su padre caía sobre la hierba y gritaba de dolor, agarrándose la pierna. Al volverse para enfrentarse a su atacante no le sorprendió encontrarse con el reverendo Blake-Jones, agazapado detrás de la valla y apuntándoles con una escopeta. De su interior brotó una furia visceral. Ese hombre ya la había separado de su padre una vez; no consentiría que lo hiciera de nuevo.

—¡Asqueroso bastardo! —vociferó y salió disparada hacia él, haciendo caso omiso del peligro que corría.

—¡No, Maddie! —gritó Alex que saltó sobre ella, tirándola al suelo.

—Sorcha, por el amor de Dios —gruñó su padre.

Blake-Jones se puso de pie y dijo con sorna.

—De entre todos los que estamos aquí, yo no soy precisamente el bastardo. Tú eres la única bastarda, un engendro que nunca debería haber nacido. Ahora ven aquí muy despacio o dispararé a tus adorados acompañantes. No pienses ni por un momento que no seré capaz.

Maddie miró a Alex. ¿Qué otra opción tenía? Él negó con la cabeza, diciéndole en silencio que no lo hiciera, pero ya había tomado una decisión. No podía permitir que Blake-Jones hiriera de nuevo a su padre o a Alex. Tendría que obedecerle y rezar para poder escapar más tarde. Poco a poco, se puso de pie.

—No, Maddie, tiene que haber otra forma —siseó Alex.

—No intentes ningún truco o te disparo —gritó Blake-Jones.

—Tengo que hacerlo, Alex —susurró ella. Él se aferró a su mano pero consiguió deshacerse de su agarre. Aquel loco solo la quería a ella; ya tendría tiempo de pensar en una forma de escaparse después.

Blake-Jones abrió la verja, entró en el jardín y se detuvo cerca del columpio. Cuando Maddie estuvo a su altura, la sujetó del brazo y tiró de ella con tal violencia que quedó de cara a él, dándole la espalda a su padre y a Alex. El brazo del reverendo se deslizó alrededor de su cintura, sujetándola con fuerza. La escena era prácticamente idéntica a la de su sueño. Estaba cerca de su amado columpio y se la llevaban en contra de su voluntad. Si miraba por encima del hombro podía ver sus oscuros y maquiavélicos rasgos. Cuando intentó gritar ningún sonido salió de su boca. Se le escapó un sollozo.

Cerró los ojos... Su peor pesadilla volvía a cobrar vida.

Capítulo 23

Maddie espoleó su cerebro. Tenía que dar con algo que pudiera hacer. ¡Cualquier cosa!

Entonces cayó en la cuenta. Aquello no era ningún sueño y ella tampoco era una niña pequeña. No, era una mujer adulta casi tan alta como Blake-Jones, que tenía una estatura media para ser un hombre. Además, había acudido a clases de *kick-boxing*. Tomar conciencia de todo eso hizo que el pánico que sentía se evaporase, dándole la fuerza necesaria. «En esta ocasión voy a luchar y me voy a defender con uñas y dientes». Se aferró a ese pensamiento y propinó a aquel hombre odioso un codazo en el estómago con todas sus fuerzas; un segundo después oyó con satisfacción cómo gruñía de sorpresa y dolor. Antes de darle tiempo para recuperarse, se separó de él y le dio una patada en la mano que sostenía el arma; en cuanto su pie conectó con su objetivo el hombre gritó y la escopeta cayó al suelo.

—Ya sabía yo que algún día las clases de *kick-boxing* tendrían utilidad —masculló para sí misma mientras intentaba darle otra patada. En esta ocasión, sin embargo, él ya estaba preparado para recibir el golpe y se limitó a agarrarla de la pierna y doblársela hasta que la tiró al suelo—. ¡Ay!

Maddie no estaba dispuesta a recibir una paliza, así que se incorporó rápidamente tal y como la habían enseñado. Intentó darle un puñetazo en la cara, pero falló y terminó golpeándole en el brazo. Un golpe que bastó para impedir que recuperara la escopeta, pero el tortazo que recibió a cambio hizo que le zumbaran los oídos. Sacudió la cabeza para despejarse y se preparó con valentía para una doble patada. La primera no logró conectar con nada, pero la segunda impactó de lleno en la entrepierna de Blake-Jones, que se dobló y gimió de agonía. Alex aprovechó la oportunidad para acercarse corriendo hacia ellos y hacerse con el arma. Después asestó un tremendo gancho a la mandíbula del reverendo. Blake-Jones se tambaleó hacia atrás, pero luego se abalanzó sobre Alex como un salvaje. El jóven lanzó el arma a Maddie, que la agarró con destreza, y observó con ansiedad cómo ambos hombres se ponían a luchar.

Su padre se las arregló entonces para ponerse de pie y fue cojeando hacia ella.

—¿Estás bien, papá?

—Sí, eso creo. Solo es una herida superficial pero me duele muchísimo. Por favor, dame la escopeta.

Maddie hizo lo que le pedía encantada. No le gustaban las armas de ninguna clase, ni siquiera las que salían por televisión. Se adelantó unos pasos en dirección a la pelea para intentar ayudar pero Alex gritó de inmediato:

—Aléjate de aquí, puedo apañármelas solo.

Maddie asintió. Confiaba en él y parecía saber lo que se hacía. Se llevó una mano a la boca y empezó a morderse las ya maltratadas uñas.

Teniendo en cuenta que Alex tenía la mitad de años que el reverendo, debería haber sido una lucha desigual, pero Blake-Jones peleó como si estuviera poseído por el mismísimo demonio. No obstante, a Alex también se le veía igual de furioso y enseguida tomó la delantera con un potente golpe. Cuando Blake-Jones se derrumbó en el suelo, Alex se detuvo medio jadeante.

El padre de Maddie cojeó hasta el reverendo y le apuntó con el arma.

—¡De pie! —gritó—. Esta vez tus malvados planes no van a llegar a buen puerto. —Se volvió levemente a Alex para pedirle que llamara a la policía y esa fracción de segundo bastó para que Blake-Jones se recuperara y se incorporara, dispuesto a seguir con la pelea. Cuando volvió a darse la vuelta, se lo encontró cargando contra él con un siniestro brillo en los ojos. Guiado por el puro instinto, apretó el gatillo.

La expresión que lucía Blake-Jones habría sido ridícula de no ser porque también era aterradoramente macabra. Parecía estupefacto, como si nunca se hubiera imaginado que era tan mortal como el resto de los humanos. Poco a poco, bajó la mirada hacia el centro de su torso, donde una mancha de sangre se extendía a gran velocidad. Se llevó las manos a la herida y se le doblaron las rodillas, cayendo de bruces sobre la hierba. A continuación, un extraño gorgoteo salió de su garganta seguido de un sepulcral silencio.

Los otros tres ocupantes del jardín se quedaron callados, completamente aturdidos, hasta que Brian también empezó a caer. Alex corrió a sostenerle, seguido muy de cerca por Maddie.

—¡Papá! Oh, no, no te atrevas a morirte también.

—No... no se va a... morir —sentenció Alex, jadeando bajo la enorme complexión de su padre mientras se esforzaba por llevarle hasta un banco—. Seguramente se ha desmayado por la pérdida de sangre—. Por favor, ve dentro y llama a la policía y a una ambulancia.

No hizo falta que se lo dijera dos veces.

***

—Estoy empezando a cansarme de verla por aquí cada dos por tres, jovencita —bromeó el médico del hospital cuando se la encontró en el pasillo, esperando noticias de su padre—. ¿Sabe si alguno de sus seres queridos va a abstenerse de visitar este centro en un futuro próximo?

Maddie esbozó un atisbo de sonrisa.

—No se ofenda, doctor, pero yo también estoy deseando no volver a verle, al menos en mucho tiempo.

—Sí, bueno, eso espero. Y ahora vayamos al grano, ¿está aquí por el señor Ruthven?

—Sí, por favor. ¿Está bien?

—Perfectamente. La herida en el muslo era bastante profunda pero la hemos cauterizado y le hemos hecho una transfusión para que se recuperara de la hemorragia. Con unos pocos días de reposo volverá a estar en forma.

—Gracias a Dios. Estaba muy preocupada.

—Tengo la sensación de que ha pasado una época un tanto revuelta. ¿Se encuentra bien o quiere que le recete algo para que pueda conciliar el sueño con normalidad?

—Oh, no, gracias. Ahora que el señor Blake-Jones no puede volver a hacerme daño, creo que voy a dormir a pierna suelta. Ese hombre era el único motivo por el que sufría esas pesadillas.

—Entiendo. Me alegro de que ya haya terminado todo. Si puede, intente descansar unas semanas. A veces se producen reacciones tardías a este tipo de *shocks*, aunque se la ve una persona fuerte.

—Sí, soy dura de roer —sonrió ella—. ¿Puedo entrar a ver a mi padre o está descansando?

—No, creo que está despierto. Entre.

—Gracias por su ayuda.

—De nada.

El enorme cuerpo de Brian llenaba por completo la cama de hospital, haciendo que se le viera totalmente fuera de lugar. Sin embargo, su tono de piel sí que acompañaba al color de las sábanas y Maddie sabía que todavía debía de dolerle, aunque se las arregló para esbozar una sonrisa en cuanto la vio entrar.

—¿Cómo te encuentras, papá?

—Mucho mejor desde que estás aquí. —Maddie se sentó en el borde de la cama y él le tomó de la mano—. Siento que, de momento, tengamos que posponer nuestra sesión de pintura, pero intentaré curarme pronto. ¿Puedes quedarte en Devon un poco más o tienes que ir a algún otro sitio?

—Vivo en Londres, pero estoy en casa de mi amiga Kayla. Está casada con el hermano de Alex, Wes. Me han dicho que puedo quedarme con ellos todo el tiempo que quiera y el médico acaba de recomendarme que descanse unas semanas, así que creo que estaré por aquí otro poco más.

—Bien. Tenemos un montón de cosas que contarnos para ponernos al día. —La miró a los ojos—. Si quieres, claro. Me he dado cuenta de que no tengo ningún derecho a pedirte nada. Ahora eres Maddie, no mi Sorcha; tardaré un tiempo en acostumbrarte a llamarte así. Soy consciente de que tienes una vida propia y que para ti no soy más que un extraño...

—No digas eso, por favor. Durante todo este tiempo has estado en mis sueños, así que nunca serás un extraño. Vamos a empezar de nuevo y en esta ocasión no dejaremos que nadie arruine lo nuestro. —Le dio un fuerte abrazo y se puso de pie, dispuesta a irse—. Bueno, será mejor que te deje descansar, pero volveré mañana. Que duermas bien, papá.

—Ahora sí que lo haré, Sorcha-Maddie.

Estaba demasiado cansada para pronunciar una sola palabra de camino a Marcombe; menos mal que Alex pareció entenderla. En cuanto llegaron a la propiedad, recibió los cuidados de Kayla.

—Id directamente a la cama. Ahora os llevo la cena a vuestras habitaciones. Debéis de estar exhaustos. Todavía no me creo lo que ha pasado. Parece una pesadilla.

Ambos obedecieron sin rechistar. Después Maddie comprobó que el presagio que había compartido con el doctor era cierto. Durmió como no lo había hecho en años.

***

—Oh, Maddie debes de sentirse como si estuvieras en la luna. —La noche siguiente, Kayla estaba acurrucada en un extremo del sofá y Maddie en el otro. Ambas estaban tomando una copa de champán, ya que su amiga había insistido en celebrar la buena suerte de Maddie—. Y pensar que no solo has encontrado una madre y una hermana, ¡sino también un padre! Por no mencionar a los dos medios hermanos que todavía no conoces. Y encima todos son buenas personas. No me lo puedo creer.

—Sí, ¡estoy tan feliz, Kayla! —Y era verdad. De hecho estaba eufórica. Al menos en lo que a eso respectaba. Todo había terminado de la mejor manera posible para todos los interesados. Suspiró para sus adentros. ¿Por qué todavía tenía esa sensación de profundo vacío en su interior? Como si le faltara algo vital. Se mordió el labio. Sabía de lo que se trataba. O mejor dicho, de quién se trataba.

—¿Qué te pasa? Si te soy sincera no te veo tan emocionada como esperaba.

Maddie se esforzó por sonreír. Después de todo, su amiga no tenía la culpa de que se hubiera enamorado de su cuñado. No, aquello lo había hecho ella solita. ¡Qué imbécil! Intentó calmarse. Había llegado el momento de mirar hacia el futuro y comenzar una nueva fase en su vida. Sin Alex.

—Nada. Simplemente estoy un poco preocupada por volver a Londres. Creo que todo este asunto me ha dejado un poco tocada. Por lo menos ahora no tengo que preocuparme de Blake-Jones. ¿A que es increíble que se pasara todo este tiempo escondido en una cueva de la costa? Como la babosa de su ayudante hacía de espía para él, no tuvo que salir en ningún momento, excepto cuando quiso atacarme.

—Sí, bueno, ahora que todo ha terminado es mejor que no pienses en ello. Has pasado por un montón de cosas, pero todo volverá a la normalidad enseguida y antes de que te des cuenta habrás regresado a la rutina. ¿Has llamado a la agencia para decirles que vas a volver?

—Sí, les llamé esta misma mañana y les pedí que me encontraran un trabajo para empezar en dos semanas. Mi padre tiene que seguir en el hospital unos días más y después quiero quedarme con él una semana antes de volver a casa.

—Me parece una idea estupenda. Así puedo estar contigo un poco más.

—Claro. —Maddie volvió a suspirar, aunque en esta ocasión en voz alta—. Voy a echar mucho de menos este lugar. —Miró la acogedora habitación. De no haber sido por Alex habría intentado buscar trabajo en Devon, pero tal y como estaban las cosas en ese momento, lo mejor era alejarse lo más posible de él. Desde que habían regresado de Londres, él había bromeado un montón con ella y se había mostrado muy amable y atento, pero no había intentado quedarse a solas con ella en ningún momento ni tampoco había hecho ningún comentario que expresara su deseo de que Maddie se quedara.

—Nosotros también te echaremos de menos. Eso sí, tienes que volver a visitarnos pronto. Y traer a tu nueva familia.

—Me encantará. Gracias por todo, Kayla.

***

Antes de darse cuenta Maddie estaba de vuelta en Londres. Tenía la sensación de que aquel verano había sido un sueño. De no ser por la presencia de Jane, hubiera pensado que todo había sido producto de su imaginación.

Para alivio de todo el mundo, la investigación policial sobre la muerte de Blake-Jones se zanjó rápidamente y el caso se cerró sin que se presentara cargo alguno.

—Tenemos tanto su declaración jurada como la del señor Marcombe —le había comentado el agente que llevaba el asunto—. Y como previamente denunció que el señor Blake-Jones era el hombre que había intentando matarla, sabíamos que estábamos ante un hombre mentalmente inestable. Además, el señor Morris, el hombre que le estaba ayudando a ocultarse, ha confirmado que aunque era él el que la seguía, todos los ataques que recibió fueron perpetrados por Blake-Jones. Como era de esperar, Morris niega haber sido su cómplice, pero creo que podemos presentar cargos sólidos contra él y meterlo en la cárcel. En todo caso, no hay duda de que el señor Ruthven actuó en defensa propia. Así que lo único que puedo decirle es que intente superar todo esto y déjelo atrás.

Y eso fue lo que Maddie trató de hacer.

Al principio, como Kayla predijo, le resultó extraño volver a meterse en una oficina después de tantas semanas de libertad, pero se adaptó a la rutina bastante pronto y realizó sus tareas con su eficiencia habitual a pesar de que tenía la cabeza en otro lugar. Después de llevar trabajando tantos años en lo mismo, casi podía hacer el trabajo con los ojos cerrados. También ayudó a Jane a inscribirse en un curso de secretaria, de media jornada, para que pudiera encontrar un buen empleo y salieron juntas para que conociera a sus amigos.

Jane se tomó la muerte de su padre razonablemente bien e incluso se encargó de organizar el funeral en su antigua parroquia.

—Creo que esos celos enfermizos que sufría eran algo patológico —comentó a Maddie—. Intentaré quedarme con los buenos recuerdos y olvidarme de los malos. —Las dos hermanas fueron juntas a Dartmouth para celebrar el sepelio y ambas respiraron aliviadas cuando terminó todo.

Ruth todavía no se encontraba en condiciones de viajar.

—Lo que es una auténtica bendición —señaló Jane. Maddie no podía estar más de acuerdo.

No obstante, el cambio que experimentó su madre tras la muerte de su marido fue bastante notable. Se transformó en una mujer completamente diferente; ahora se la veía feliz, sonriente, habladora... y parecía que se había librado de una condena a cadena perpetua. Incluso estaba haciendo planes con Jane para vender la casa de Dartmouth y comprar otra más pequeña en la costa.

—Aunque me gusta muchísimo Londres, no creo que pueda vivir aquí mucho tiempo —le dijo—. Espero que no te ofendas, querida.

—Por supuesto que no, madre. Después de haber pasado todo el verano en Devon te entiendo perfectamente. Prometo visitarte a menudo. —Vaciló antes de añadir—: ¿Te acercarás a ver a mi padre?

La sonrisa de Ruth se desvaneció.

—Oh, no creo que quiera verme. Para ese pobre hombre solo fui un problema. Se merecía alguien mucho mejor que yo.

—Preguntó por ti —informó Maddie. Entonces observó con interés cómo las mejillas de su madre se ruborizaban.

—Es un hombre muy agradable, muy muy agradable. Si hablas con él, salúdale de mi parte.

—Por supuesto. —Maddie estaba dispuesta a hacer más que eso, pero lo mantuvo en secreto. Si existía la más mínima posibilidad de que sus padres terminaran siendo un poco más felices, haría lo que fuera necesario. No hacía daño a nadie con intentarlo.

Aquello, lógicamente, hizo que sus pensamientos se centraran en su propio y obstinado corazón, que se negaba a olvidarse de Alex. Pensaba en él casi a diario y muchas veces llamaba a Kayla con la esperanza de saber algo de él; lo que casi nunca lograba, todo sea dicho, y la dejaba totalmente decepcionada. Kayla apenas mencionaba a su cuñado y hablaba sobre todo de los niños. Alex no había hablado con ella antes de irse a Londres, no tuvieron la oportunidad de estar a solas. Aunque intentaba convencerse a sí misma de que tenía que alegrarse al respecto, en el fondo no estaba contenta.

Se imaginaba que lo que sentía por él disminuiría con el tiempo y deseaba de corazón que aquello sucediera más pronto que tarde, porque su estado actual era toda una agonía.

Capítulo 24

—Hola, Maddie, soy Kayla. ¿Qué tal estás? Como siempre le sucedía cuando oía la voz de su amiga al otro lado del teléfono, su corazón dio un pequeño brinco de expectación. Puede que ese día tuviera alguna noticia de Alex.

—Hola. Estoy bien. ¿Cómo va todo por Devon? —Acababa de llegar a casa y estaba intentando quitarse el abrigo mientras sostenía el aparato entre la oreja y el hombro.

—Muy bien. Tengo una estupenda noticia que contarte. Tenemos boda a la vista.

Maddie se quedó paralizada al instante. El abrigo cayó al suelo sin que se diera cuenta.

—¿Una bo... boda? —tartamudeó. En ese instante lo único que quería hacer era tirar el teléfono para no escuchar ni una sola palabra más. Si Alex iba a casarse con otra mujer no quería saberlo. No podría soportarlo. Se mordió el labio para no ponerse a gritar.

—Sí. Foster va a casarse. ¿Te acuerdas de él? ¿El amigo de Alex? Ha conocido a una muchacha de la zona que se llama Sally con la que quiere casarse y parece que ella siente lo mismo por él. Reconozco que eso es justo lo que necesitaba. Creo el pobre que no ha recibido mucho amor en su vida.

Maddie abrió la boca para responder, pero no salió ningún sonido. Parecía que sus cuerdas vocales se habían quedado congeladas mientras luchaba por respirar como si fuera un pez varado en la arena.

—¿Maddie? ¿Sigues ahí?

Al fin consiguió tomar una profunda bocanada de aire y recuperar la voz y la movilidad de sus extremidades.

—Sí. Sí, estoy aquí. Mmm... eso es fantástico, Kayla. Espero que sea muy feliz.

—Sí, yo también. Se lo merece, es un buen tipo.

—¿Conoce la familia de la novia su pasado? Ya sabes a lo que me refiero. —El mismo Foster le había contado sus antecedentes y le juró que había terminado con todo aquello.

—Sí, se lo dijo sin tapujos. No quería que hubiera ninguna confusión. Gracias a Dios a ellos no pareció importarles y lo han aceptado como uno más de la familia. Él parece encantado con sus suegros.

—Me alegro mucho por él.

—Pero escucha, esa no es la única razón por la que te he llamado.

Se le volvió a hacer un nudo en la garganta y cerró los ojos. Intentó prepararse mentalmente para el caso de que Kayla le hablara de una doble boda. «¡No, por favor!»

—¿Ah, no? —consiguió decir.

—Me preguntaba si podrías venir un par de días dentro de dos semanas a echarme una mano. Wes y Alex tienen que ausentarse y no te lo vas a creer, pero coincide con la semana en la que Annie va a visitar a su hermana. Sé que parece una tontería, pero no me gusta quedarme sola con los niños... por si pasa algo.

—Claro. —Una parte de ella se sentía tremendamente decepcionada porque no vería a Alex, pero se convenció a sí misma de que era lo mejor. Haría las cosas mucho más fáciles—. Creo que puedo. Todavía no tengo nada para esa semana y mi actual asignación de trabajo termina el próximo viernes.

—Qué bien. Muchas gracias. Si quieres traerte a tu familia o a alguien más, hazlo por favor. Aquí hay un montón de espacio.

—Se lo preguntaré. Hasta dentro de poco, entonces.

En cuanto colgó se apoyó contra la pared y se fue deslizando hasta sentarse en el suelo. Después colocó la cabeza sobre sus rodillas y apretó los dientes. ¿Cuánto tardaría en dejar de sentirse así?

***

Para su sorpresa, Jessie, Jane y Ruth decidieron acompañarla. Ruth había mejorado considerablemente y el médico le dio el alta unos pocos días antes del viaje.

—Tómese las cosas con calma, señora Kettering —le advirtió con una sonrisa y ella se comprometió a seguir sus consejos a pies juntillas. Había vuelto a usar su apellido de soltera, un apellido que también había adoptado Jane; a Maddie le gustó la idea ya que pareció ayudarlas a superar el pasado.

—No se preocupe, doctor, estaremos pendientes de ella en todo momento —aseguró Jane.

Regresar a Marcombe Hall con tanta compañía le resultó extraño, pero apenas tuvo tiempo para reflexionar ya que se mantuvo ocupada con los niños, la cocina, paseos por los alrededores y visitas a su padre, que estaba encantado de volver a verla.

Convenció a Ruth para que fuera con ella una tarde y se alegró mucho cuando, después de unos primeros momentos un tanto incómodos, sus padres biológicos empezaron a hablar. La visita fue un poco corta debido a la salud de Ruth, pero tenía que reconocer que había sido todo un éxito.

El sábado por la tarde, se sorprendió al tener que quedarse como única responsable de los pequeños.

—Por favor, ve con ellos a la cala. Hoy estoy muy ocupada y no voy a poder llevarlos. ¿Serás mi ángel de la guarda? —suplicó Kayla. Todo el mundo había desaparecido con un pretexto u otro, así que no le quedó otra que ir a la playa, donde se sentó en la arena con el ceño fruncido.

—¿Por qué estás enfadada, tía Maddie? —Nell se puso de cuclillas a su lado y la miró con la cabeza ladeada.

—¿Maddie enfadada? —repitió Jago con expresión preocupada.

La aludida sonrió y los abrazó a ambos.

—No lo estoy. Solo un poquito molesta. Voy a contaros un secreto. —Se inclinó sobre ellos para susurrarles—. Hoy es mi cumpleaños. —Se agachó sobre Edmund para quitarle una piedra de la boca. La criatura tenía la tendencia de llevárselo todo allí fuera o no comestible.

Nell se puso de pie y aplaudió.

—¡Bien! ¿Eso significa que luego comeremos tarta?

—No creo. Por lo visto nadie se ha acordado. Aunque supongo que podría hacer una. —Había creído que por lo menos Kayla sabría qué día era, o Jessie. En ocasiones anteriores le habían enviado una felicitación o comprado algún regalo. No es que le preocupara mucho, pero un simple «felicidades» no hubiera estado mal.

—A lo mejor se acuerdan después. —Nell le dio otro abrazo antes de salir corriendo.

—¿Maddie ya no está enfada? —preguntó Jago, todavía preocupado.

Volvió a sonreírle.

—No, Jago. No estoy enfadada. Vamos a jugar.

¿Qué más daba qué día fuera? Se dijo a sí misma que los cumpleaños tampoco eran tan importantes. Sin embargo, no pudo evitar sentirse un poco triste y la tarde se le hizo interminable.

***

Tal y como acordaron, llegaron a casa a última hora de la tarde. Jane y Kayla los estaban esperando en la puerta.

—Por fin estáis aquí. Estaba empezando a pensar que os habíais perdido —exclamó Kayla y liberó a Maddie de cargar con el pequeño Edmund. Aunque todavía era un bebé, pesaba bastante y hacía falta tener una fuerza considerable para llevarlo tanto tiempo en brazos. Maddie estaba agotada—. ¿Lo habéis pasado bien?

—Oh, sí —respondió Nell.

—Ajá —contestó Jago—. Pero Maddie enfadada.

—¿Enfadada? ¿Por qué? ¿Os habéis portado mal con ella?

—No —replicaron a coro los dos mayores.

—Oh, no ha sido nada —negó Maddie, avergonzada porque los niños sacaran el asunto a colación—. Solo puse mala cara cuando estaba pensando una cosa; nada importante. Ahora, si no os importa, me voy a dar una ducha. Necesito lavarme el pelo a conciencia. Tuvimos una pelea de arena.

—Oh, querida. Sí, sí, hazlo. Te veo luego. Y gracias por hacerte cargo de ellos.

—Sin problema.

***

Más tarde, cuando Maddie estaba descansando un rato tumbada encima de la cama, Kayla asomó la cabeza por la puerta.

—¿Has terminado de ducharte?

—Sí. Decidí tumbarme un poco antes de ir a cenar. Estoy exhausta.

—Buena idea. Solo quería darte esto. Es de mi parte, de Wes y de los niños. —Kayla entró en la habitación y le entregó una tarjeta y un pequeño paquete—. ¡Felicidades, Maddie! —exclamó con una amplia sonrisa.

—¡Oh, Kayla, te has acordado! —Maddie se levantó de un salto y corrió a abrazar a su amiga.

—Pues claro que me he acordado, tonta. Y además te tenemos preparada una sorpresita. ¿Te importaría quedarte en tu habitación hasta que te digamos que bajes?

—Por supuesto, pero no teníais que haberos molestado.

—Queríamos hacerlo, así que nada de protestas. ¿Por qué no te vas arreglando? Luego te traeré un vestido especial que tienes que llevar para la ocasión. —Kayla lucía esa expresión de suficiencia que implicaba que se traía algo entre manos.

—¿Un vestido especial? Kayla, de verdad, no era necesario. ¿Qué estás tramando? —Maddie empezaba a sospechar.

—Nada. —Kayla la miró con la misma expresión angelical que solían poner sus hijos—. No estropees la sorpresa, solo haz lo que te digo, ¿de acuerdo?

—Está bien. ¿Puedo abrir ahora el regalo?

—Sí, hazlo, te veo luego. —Y antes de que le diera tiempo a replicar, Kayla se había marchado.

Se sentó y procedió a abrir el regalo. Lo primero que hizo fue moverlo un poco, intentando adivinar de qué se trataba. En eso consistía parte de la diversión, pero falló estrepitosamente porque no tenía idea de lo que podía ser. Lo que sí tenía claro era que el brillante papel rosa con el que lo habían envuelto era elección de Nell y que también había sido ella la encargada de envolverlo, lo más seguro ayudada por sus hermanos, pues tenía tanta cinta adhesiva que tuvo que usar unas tijeras. Al final consiguió abrirlo y encontró un precioso estuche de cuero.

Un estuche que también abrió.

—¡Oh, Dios mío! —jadeó. En un fondo de terciopelo blanco descansaba un exquisito collar trenzado de oro con un pequeño colgante de esmeralda. El diseño era tan antiguo e intrincado que era precisamente el tipo de joya que se habría comprado sin dudarlo... si hubiera tenido dinero para ello—. ¡Caramba! Esto debe de haber costado una fortuna —exclamó en voz alta. ¿Acaso Kayla y Wes se habían vuelto locos? No era un cumpleaños especial como la mayoría de edad, o los treinta; solo cumplía veintiocho. Seguro que habían calculado mal su edad.

Todavía aturdida, se sentó y miró el mejor regalo que había tenido en mucho tiempo antes de acercarse al espejo para probárselo. Tenía que admitir que le sentaba fenomenal a su cuello largo. Era una joya elegante y a la vez sencilla. Y muy cara.

—No puedo quedármela —murmuró.

—Claro que puedes.

Maddie se sobresaltó y se dio la vuelta.

—¡Jane! ¡Qué susto que me has dado!

—Lo siento. —Jane esbozó una sonrisa de disculpa y también le tendió un pequeño paquete y otra tarjeta—. Solo venía a darte esto. Entré de puntillas por si estabas durmiendo. Felicidades, hermana mayor.

—Oh, muchas gracias. —Maddie volvió a mirarse en el espejo—. Sigo creyendo que Kayla se ha vuelto loca. Nunca me ha hecho un regalo como este. Debe de haberle costado un ojo de la cara. ¿Cómo voy a aceptarlo?

Jane volvió a sonreír.

—Estoy segura de que tu amiga sabe lo que hace. Creo que lo han hecho porque sienten que, después de todo por lo que has pasado este verano, te merecías algo especial. Da igual, ahora será mejor que te des prisa para prepararte para la sorpresa. Por cierto, esto también es de parte de madre.

—¿Puedes darle las gracias en mi nombre hasta que la vea luego? Por lo visto no me dejan salir de esta habitación. —Se encogió de hombros.

—Lo haré. Hasta luego.

Maddie se sentó en la cama una vez más y se dispuso a abrir la tarjeta y el paquete. Cuando vio lo que contenía volvió a quedarse sin aliento.

—No, esto es una locura. ¿Es que todo el mundo ha perdido la cabeza? —Ante su vista apareció otro estuche de cuero, bastante más pequeño que el anterior, que contenía un par de pendientes a juego con el collar. Maddie movió la cabeza sin poder creérselo—. Bueno, supongo que también me los puedo probar —murmuró para sí misma—. Por ahora no tengo nada mejor que hacer.

***

—Muy bien, ¿estás lista para el vestido? —Kayla había entrado como un torbellino en la habitación de Maddie, llevando una funda porta trajes de plástico que depositó sobre la cama. Vestía un albornoz que la cubría del cuello a los pies, aunque iba peinada con un elegante recogido alto.

—¿Que si estoy lista? Llevo lista horas. ¿Qué está pasando? —preguntó—. Y por cierto, ¿te has vuelto loca? ¿Cómo se os ocurre hacerme un regalo así? —Hizo un gesto hacia el collar que todavía llevaba puesto—. No puedo aceptar algo tan caro.

—¿Te gusta?

—Por supuesto que me gusta, es divino, pero no estamos hablando de eso. Nunca podría comprarte algo así en compensación, así que...

—Así que nada. Espero no tener que pasar por un verano como el que tú has tenido. Te lo mereces y es lo que queremos regalarte. No puedes negarte a aceptarlo y punto. Ahora ven aquí y cierra los ojos, por favor.

—De acuerdo, muchas gracias Kayla. Tú y Wes habéis sido muy generosos. —Maddie se situó al lado de la cama y cerró los ojos.

—Quítate el albornoz y levanta los brazos —ordenó su amiga. Maddie obedeció y después sintió cómo le metía un vestido por la cabeza. La suave tela hizo un ligero frufrú mientras se deslizaba por su cuerpo y aunque al principio fue un poco frío al tacto, enseguida se sintió cómoda con él. Tenía mangas de tres cuartos con alguna especie de volante en el borde. Kayla le pidió que bajara los brazos y abrochó algunos botones a su espalda. A continuación bajó las manos a su cintura y tiró tan fuerte que el aire abandonó de golpe sus pulmones.

—¿Pero qué...? ¿Qué estás haciendo, Kayla?

—Ya... casi... está. Dame... un segundo —jadeó Kayla, luchando con algo que Maddie tenía en la espalda.

—No puedo respirar, Kayla —se quejó—. ¡Esto me queda muy pequeño! Además, se supone que uno no debe torturar a la gente el día de su cumpleaños.

Kayla se rio.

—Ya puedes mirar —comentó, muy satisfecha de sí misma.

Maddie abrió los ojos y se volvió hacia el espejo.

—¡Santo Dios! Pero ¿qué es esto? —Llevaba puesto un vestido de seda verde menta estilo siglo XVIII con un corsé a juego que elevaba sus pechos hasta un nivel casi indecente—. No dijiste nada de cenar vestidos con trajes de... Un momento... —Miró a su amiga con ojos entrecerrados, pero Kayla no la dejó continuar.

—Déjate de charlas. Tenemos que ir abajo. Déjame que te arregle el pelo. —Cuando se quitó su propio albornoz Maddie se dio cuenta de que llevaba un vestido prácticamente igual al suyo, aunque de color plateado.

—Por Dios —masculló Maddie. Antes de darse cuenta tenía el pelo recogido en la parte superior de la cabeza, que le caía en una cascada de rizos. Kayla agregó un par de plumas de avestruz para completar el peinado, le pasó un abanico también de seda y anunció que ya estaban preparadas.

Cuando salieron de su habitación le pareció oír voces.

—Kayla, por favor, dime qué está pasando —rogó, asiendo a su amiga por el brazo.

—No puedo, lo siento. Vamos. Todo el mundo está esperando. Ya verás qué bien nos lo vamos a pasar.

—¿Todo el mundo?

Pero Kayla no respondió.

Capítulo 25

Al llegar a la escalera Maddie se percató de que las voces provenían del enorme vestíbulo. Comenzaron a bajar y al doblar el recodo, se detuvo en seco y se quedó mirando estupefacta. Todo el vestíbulo estaba lleno de gente vestida con trajes del siglo XVIII. Calculó que debía de haber al menos cincuenta invitados. Sintió como si una mano helada se pusiera a rebuscar en su estómago dejándolo completamente entumecido.

—Vamos —susurró Kayla mientras le daba un leve empujón en la espalda—. Todos te están esperando.

Maddie fue incapaz de encontrar la voz necesaria para responder. En vez de eso, se abanicó para refrescar un poco su acalorado rostro. Por un momento pensó que se desmayaría.

Kayla la dio unas palmaditas y la urgió a continuar bajando. Entonces la multitud se quedó en silencio.

—Señoras y caballeros, permítanme presentarles a la cumpleañera en cuyo honor vamos a celebrar este baile. La señorita Madeline Browne.

Para su asombro todo el mundo empezó a cantar *Cumpleaños feliz* y no supo si reír o llorar. Aquello era increíble. Ni en sus sueños más descabellados se habría imaginado que la «sorpresita» de Kayla consistiría en un baile de disfraces. Echó un vistazo a su alrededor en busca de alguna cara conocida y encontró varias.

Estaba Jane, radiante con un vestido burdeos. Era la primera vez que usaba maquillaje, lo que resaltaba sus bonitos rasgos. Cerca de su hermana, estaba sentada su madre, con un aspecto soberbio, vestida de color púrpura. También encontró a Wes, apoyado en una palmera que había en un tiesto con una expresión de pura satisfacción en el rostro, y aunque estaba entonando la canción de felicidades, se notaba que, como siempre, solo tenía ojos para su esposa. Para su asombro, también encontró a su padre, al lado de su tío; los dos gigantes iban vestidos con el traje típico escocés —*kilt* y escarcela incluidas— que les sentaba de maravilla. Cuando la canción terminó, Maddie parpadeó un par de veces para contener las lágrimas de felicidad que amenazaban con derramarse y esbozó una amplia sonrisa.

—Muchas gracias. ¡Ha sido increíble! —Le temblaba la voz—. No... No sé qué decir.

—Entonces lo haré yo —gritó Wes—. Vamos a comer, me muero de hambre. —Hizo un gesto en dirección a la sala de recepción donde habían dispuesto varias mesas largas con montones de comida. El murmullo volvió a estallar mientras los invitados abandonaban el vestíbulo. Maddie vio a varios camareros uniformados que pasaron con bandejas llenas de copas de champán. Bajó otros pocos escalones más antes de que Wes la detuviera alzando una mano.

—Un segundo, bella dama. Permítame que llame al que será su acompañante en esta velada. —Soltó un estridente silbido y Kayla se echó a reír. Desde detrás de la palmera apareció el hombre más apuesto que jamás había visto, que se acercó a ella y le hizo una florida reverencia antes de ofrecerle el brazo.

—¿Me concede el honor?

—¡Alex! ¿Por qué te pareces tanto a...? —Le fallaron las palabras. Le miró con un gesto de impotencia.

—¿A mi antepasado Jago? Eso era precisamente lo que buscaba. La modista ha hecho un trabajo espectacular contigo. —La miró con tal intensidad que no pudo evitar sonrojarse. Aquel detenido escrutinio hacía que se sintiera como si fuera desnuda—. Te dije que me vestiría así si tú te ponías un corsé, ¿recuerdas? —Sonrió de oreja a oreja. Ahora sí que era igual que su antepasado contrabandista. El corazón de Maddie dio un triple salto mortal.

—Sí, bueno, no me dejaron otra alternativa. Kayla me embutió en esta cosa y ahora apenas puedo respirar. —Omitió el hecho de que su presencia era lo que verdaderamente la dejaba sin aliento. Terminó de bajar la escalera y apoyó la mano en su brazo—. Y solo Dios sabe cómo me las voy a apañar para comer algo.

Alex se inclinó sobre ella y le susurró al oído:

—Seguro que puedo ayudarte a aflojarlo más tarde. —Maddie se estremeció—. Ahora, vayamos a tomar un poco de champán. Tenemos que celebrar un cumpleaños.

—Sí, vamos.

Los canapés estaban exquisitos y Maddie deseó que sobraran unos pocos pues con el corsé tan apretado apenas pudo probar bocado. El champán, sin embargo, no le supuso ningún problema y muy pronto estaba flotando en una nube de dicha. Saludó a su padre y a su tío, agradeció a su madre y a Wes sus magníficos regalos y charló con el resto de invitados. Alex no se separó en ningún momento de ella, ejerciendo su papel de acompañante a la perfección.

Al observar cómo algunas bellezas del lugar se le quedaban mirando le preguntó si no debería ser educado y relacionarse con el resto de la gente.

—No —respondió él—, solo quiero hablar contigo. Además, prometí a Wes que esta noche sería tu galán. Y si no cumplo mi promesa me dará una buena tunda.

Maddie no le creyó, pero no dijo nada. Y cuando la tomó entre sus brazos para dar comienzo el baile se olvidó de todo el mundo a su alrededor. En ese instante, para ella solo existía Alex. «¡Cómo le he echado de menos!» Él la guio con destreza dando vueltas alrededor del salón y ella cerró los ojos para saborear el momento. Sentir su potente cuerpo contra el de ella, el aroma de su loción para después del afeitado, su terso cabello rozando su mejilla... Era como estar en el mismo cielo y no quería que terminara nunca.

***

A mitad de la noche, Alex la llevó hacia las enormes ventanas francesas, que habían abierto de par en par para la ocasión y salieron a la terraza de la parte trasera de la casa.

—Necesito un poco de aire —comentó él. Después la guio hasta el rincón más alejado, donde había un banco de piedra convenientemente situado en el que se sentaron—. ¿Lo estás pasando bien? —preguntó, poniéndole un brazo alrededor de los hombros. Ella apoyó la cabeza sobre él y cerró los ojos.

—Oh, sí. Estoy encantada. Creo que nunca he tenido un cumpleaños tan maravilloso como este.

—Bien. Me alegro. —Se quedó callado y durante un rato no oyeron nada excepto el oleaje del mar a lo lejos.

Sin saber muy bien por qué Maddie recordó la predicción de la gitana, cuyas palabras fueron acudiendo a su mente poco a poco. «Veo a un hombre alto, moreno, guapo. Él comparte mi sangre e intentará ayudarte.» Miró el perfil de Alex y volvió a cerrar los ojos. Estaba claro que aquella parte se había cumplido. Alex era el hombre con sangre gitana en las venas que le ayudó a lidiar con Blake-Jones.

«Veo peligro. Hay otro hombre moreno. Es malvado. Y también uno pelirrojo que es bueno. Tendrás que enfrentarte a ambos antes de encontrar la felicidad. Pero ten cuidado, el peligro es muy grande.» Se estremeció. Sí, el peligro había sido excepcionalmente grave. Había estado a punto de morir en varias ocasiones, pero había sobrevivido. «Tendrás que descubrirlo por ti misma.» Y lo había hecho. Había encontrado la fuerza suficiente para luchar contra aquel demente y ahora se había ido. No había nada más que temer. Pero ¿qué fue lo último que le dijo la mujer?

Maddie se detuvo a pensarlo un momento. Entonces se acordó: «No te preocupes, al final del camino te espera la felicidad, siempre que creas en ella.» ¿A qué se refería con eso. Por supuesto que creía en la felicidad, ¿acaso no lo hacía todo el mundo? Aquello no tenía sentido.

—¿Tienes frío? —La pregunta de Alex la trajo de vuelta al presente.

—¿Perdona? Oh, no, estoy bien.

—Debería haber traído un poco de champán. ¿Quieres que entre y te traiga una copa?

—No, gracias, si me tomo una más terminaré muy mal. ¿Estás intentando emborracharme para volver a llevarme por el mal camino? —Soltó una risita.

Alex sonrió de oreja a oreja.

—No, estoy intentando romper tus barreras. Pensé que tal vez un poco de champán funcionaría.

—¿Barreras? ¿De qué estás hablando? —Aunque estaba del todo sobria, no podía seguirle.

—Soy incapaz de conseguir que hables conmigo. Me refiero a hablar de verdad, desde el corazón. Y mucho menos a derribar las defensas que has erigido contra mí. Además, hay algo que quiero preguntarte. —De repente se puso muy serio. Maddie esperó a que continuara—. Maddie, ¿crees que soy una mala persona por haber estado en la cárcel?

Abrió los ojos como platos y se sentó erguida para poder mirarle bajo la luz de la luna.

—No, por supuesto que no. ¿Por qué piensas eso? Ah, de acuerdo, todo esto viene por esa estúpida discusión que mantuvimos. Deberías haberme dejado terminar y no sacar conclusiones precipitadas. No iba a decirte algo así para nada.

—¿No? ¿Entonces qué ibas a decir?

—Que no me gustan los mujeriegos. Que no me gusta que jueguen conmigo y, como ya te dije en otra ocasión, que no soy mujer de una sola noche. Aunque en nuestro caso hayamos ido un poco más lejos, técnicamente hablando.

—¿Mujeriegos? —Alex la miró estupefacto—. ¿Crees que soy un mujeriego? ¿Ahora? —Empezó a reírse.

—¿Por qué te hace tanta gracia? Eres muy atractivo, aunque seguro que ya lo sabes, y la experiencia me ha enseñado que los hombres como tú no buscan una relación seria con mujeres como yo. Te aseguro que no pienso cometer el mismo error dos veces. Además, estaba esa mujer que no te quitó ojo en Dartmouth y Annie me contó que solías traer un ligue distinto cada fin de semana. Y lo de la ex de Wes y...

—No hace falta que sigas. Me imagino lo que te contó. Supongo que también sabes lo de Caroline, ¿verdad? —Maddie asintió—. Eso suponía. Pues qué bien. Todos mis pecados se han vuelto en mi contra. —Negó con la cabeza—. No sé ni por qué me he molestado con todo esto. Seguro que era una estupidez. Venga, vamos dentro. —Se levantó de repente.

—Pero... Alex, ¿qué he dicho para que te pongas así? Por el amor de Dios, ¿de qué va todo esto?

Alex se volvió hacia ella. En su mirada se mezclaba la tristeza y la ira a partes iguales.

—De acuerdo, te lo voy a contar. Hice que Kayla y Wes preparan este baile para ti porque iba a pedirte que te casaras conmigo. Sé que no nos conocemos desde hace mucho, pero hay veces en que uno tiene las cosas claras desde el principio... Iba a decirte que te quiero más que a ninguna otra mujer en este mundo, que creo que eres absolutamente magnífica y que no me imagino una vida sin ti. —Volvió a girarse y se quedó mirando en dirección al mar—. ¿Pero para qué? Tú ya me has juzgado. Creí que lo único que podías tener en mi contra era mi pasado delictivo, sin embargo ahora veo que me equivoqué. Bueno, siento haberte molestado. Te aseguro que no tenía intención de tener una aventura de una sola noche contigo, simplemente pasó. Y que conste en acta que siempre he querido mucho más que eso. ¿Ya estás contenta?

¿Contenta?

«... al final del camino te espera la felicidad, siempre que creas en ella.»

Maddie le miró fijamente. «¡Dios!, ¿cómo he podido ser tan imbécil?»

—¿Contenta? Pues... en realidad no. No estoy contenta. ¡Estoy feliz!

—¿Que estás qué? —De nuevo se volvió hacia ella y la miró frunciendo el ceño y con cara de pocos amigos.

—¡Alex! ¡Bésame!

—¿Que te bese? —Ahora fue él el que se quedó parado.

—Sí, por favor. Si me dices que me quieres a menudo entonces puede que te termine creyendo, pero primero tendrás que demostrármelo.

—¿Quieres decir que...?

—¡Sí, eso mismo! ¡Me encantaría ser tu esposa! ¡Sí, también te quiero con locura y me importa un comino que hayas estado en la cárcel! Tampoco me importa con cuántas mujeres hayas estado antes siempre que eso forme parte de tu pasado. ¿De verdad quieres casarte conmigo? —No se lo podía creer. Era demasiado maravilloso para ser verdad.

Cuando Alex entendió el significado de lo que acababa de decir esbozó esa sonrisa suya tan masculina.

—No lo sabes tú bien. De hecho, si me das un segundo, voy a hacer esto como Dios manda. —Rebuscó en su bolsillo, sacó una pequeña cajita y abrió la tapa. Después hincó una rodilla en el suelo y alzó la vista hacia ella—. Maddie Browne, te amo más de lo que puedo expresar con palabras. ¿Quieres casarte conmigo? —Le tendió la cajita que contenía un anillo antiguo de exquisita artesanía coronado con una pequeña esmeralda.

—Oh, Alex, sí. No hay nada que me apetezca más en este mundo que ser tu esposa.

Alex sonrió de oreja a oreja y tiró de ella para darle un enorme abrazo.

—Perfecto. Y ahora, si quieres que te demuestre mi amor, puede que nos lleve un buen rato —le advirtió, antes de depositar una miríada de besos en sus mejillas, en su nariz, en sus pestañas y, finalmente, en su boca—. Prometo esforzarme al máximo.

—Me parece bien. Tómate el tiempo que necesites. Solo una cosa, ¿crees que podríamos encontrar un sitio un poco más íntimo? Si nos quedamos aquí la gente podría vernos. —Señaló hacia el interior de las ventanas francesas.

—Ahora que lo dices —repuso él—, conozco el sitio perfecto. Cerca de aquí hay una pequeña cala, donde nadie, salvo las gaviotas, te oirá gemir.

Maddie sintió cómo el rubor calentaba sus mejillas.

—Así que vas a conseguir hacerme gemir, ¿no? Quizá la última vez solo tuviste suerte.

—En absoluto. Vas a gemir todas las veces que estemos juntos el resto de tu vida. Te lo aseguro. Ah, por cierto, me encanta ver cómo te ruborizas cuando estás excitada.

—Bueno, en ese caso... ¿a qué estamos esperando? ¡Quítame este corsé antes de que me muera!

Epílogo

Cualquiera que viera a la preciosa novia caminando por el pasillo del brazo de su padre hubiera dicho que estaba radiante. Por no mencionar que el gigante pelirrojo era la viva imagen del orgullo mientras conducía a su hija hacia el altar.

Un orgullo que se incrementó aún más cuando, momentos más tarde, el cura preguntó:

—Y tú, Madeline Sorcha Browne Ruthven, ¿aceptas a este hombre como tu legítimo esposo?

Aunque más de uno juraría que vio cómo las lágrimas se deslizaban por las mejillas del hombretón, nadie podía asegurarlo a ciencia cierta.

Lo que sí estuvo claro es que la frágil señora que había a su lado lloró de pura felicidad mientras jugueteaba con la brillante alianza de su propia y reciente boda. A la mujer se la veía dichosa por completo al ver casarse a la mayor de sus hijas, con la menor ejerciendo de dama y que lucía casi tan hermosa como la novia. Seguía a ambas la sobrina del novio, corriendo y dando saltitos por el pasillo con un vestido azul cielo de seda y tul que parecía recién sacado de un cuento de hadas.

Ninguno de los invitados hizo comentario alguno sobre los extraordinarios acontecimientos que precedieron a la boda. Simplemente deseaban lo mejor para Alex y Maddie y después de la ceremonia se dirigieron encantados a Marcombe Hall para celebrar el acontecimiento por todo lo alto.

En la galería de la primera planta, donde se celebró el banquete de bodas, todas las miradas iban dirigidas a los recién casados. Si alguien se hubiera molestado en darse la vuelta, habría sido testigo de una extraña visión: cómo los protagonistas de dos de los enormes retratos de la galería se miraban sonriendo el uno al otro. El hombre, Jago Kerswell, le susurró al amor de su vida, *lady* Eliza Marcombe:

—Y aquí tenemos otro final feliz, exactamente lo que esta casa necesita. Parece que están siguiendo nuestros pasos.

—Sí, espero que estén juntos toda la eternidad. Igual que nosotros, mi amor.

Y aquello era lo que la feliz pareja tenía intención de hacer.

El beso secreto de la oscuridad

Kayla Sinclair sabe que se ha metido en un buen lío cuando casi se queda sin un duro por comprar en una subasta el retrato a tamaño natural de un misterioso individuo que vivió en el siglo XIX.

Jago Kerswell, tabernero y contrabandista, sabe que esos momentos robados con *lady* Eliza Marcombe entrañan peligro, pero se arriesgará con tal de estar con ella. La maldición de una gitana caerá sobre la pareja y le permitirá, dos siglos después, llegar hasta Kayla.

¿Conseguirá ella resolver lo sucedido en el pasado? ¿Y lo que se le viene encima?

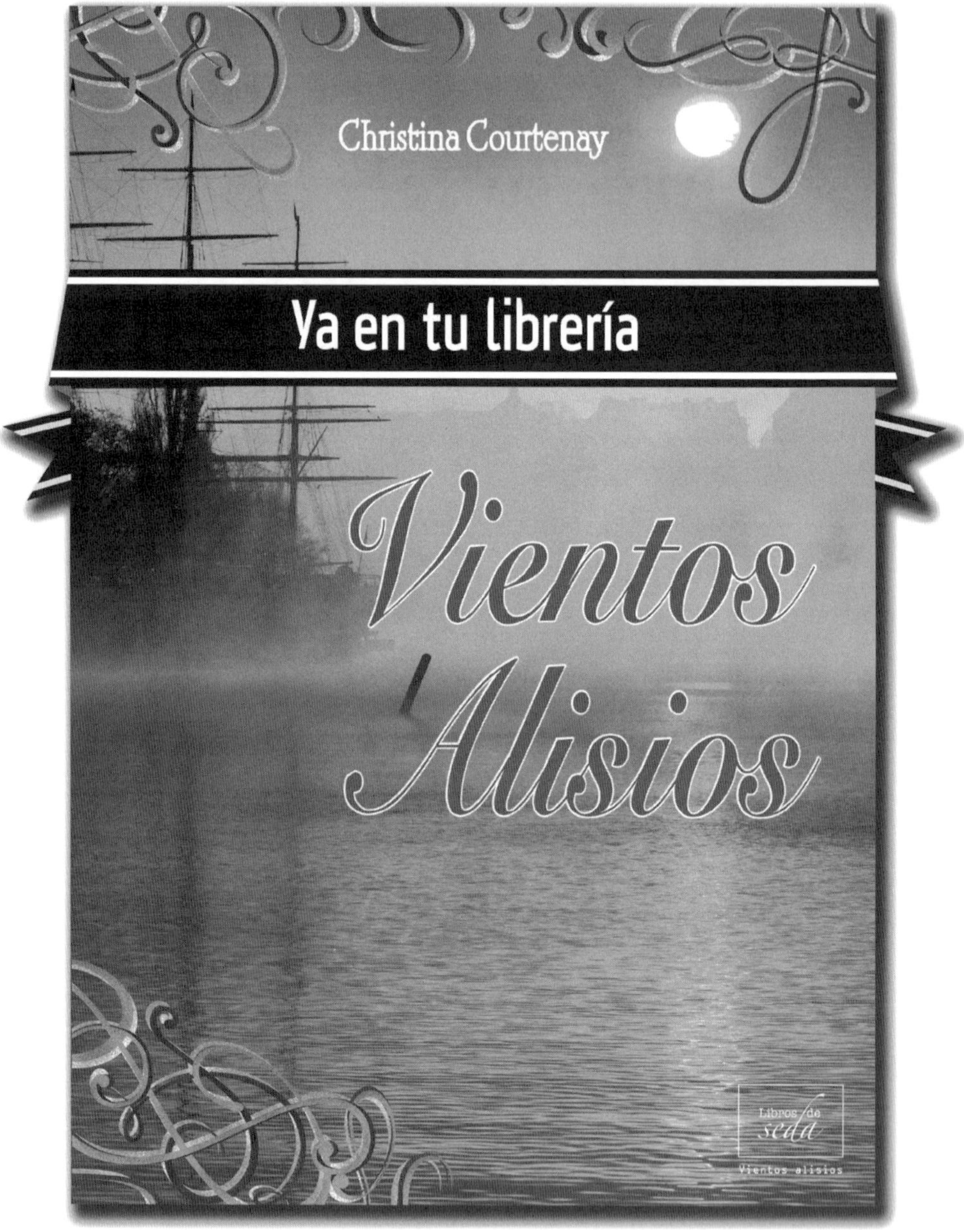
Christina Courtenay
Ya en tu librería
Vientos Alisios
Libros de seda
Vientos alisios

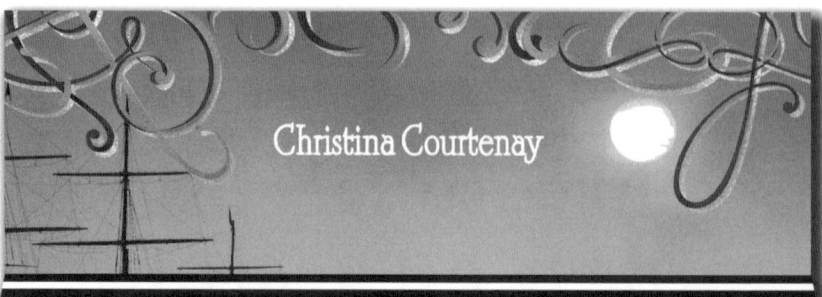

Vientos alisios

Corre el año 1732 en Gotemburgo, Suecia, y Jess Van Sandt sabe muy bien que el suyo es un mundo de hombres. Convencida de que su padrastro le está escamoteando la herencia que es suya por derecho, se decide a impedirlo. Y la solución se presenta en forma de un escocés muy atractivo, Killian Kinross, que ha sido él mismo desheredado por su abuelo. En un intento de recuperar su fortuna, le propone un matrimonio de conveniencia. En ese momento, a Killian le ofrecen la oportunidad de su vida: participar en una expedición de la Compañía Sueca de las Indias Orientales. Pero el viaje acaba por no salir como esperaba...

Tormentas en las Tierras Altas

¿En quién podemos confiar cuando todo parece derrumbarse a nuestro alrededor? ¿Es posible volver a amar cuando tu primer gran amor te traiciona de manera inesperada? Corre el año 1754 y Brice Kinross, hundido tras la traición de su hermano y de su prometida, necesita empezar de nuevo y olvidar. Por eso, cuando le proponen dejar Suecia e instalarse en las Tierras Altas escocesas para ocuparse de la hacienda familiar, acepta sin dudarlo. Pero los problemas le esperan en la propiedad de sus antepasados: Seton, el hombre bajo cuya responsabilidad su padre dejó Rosyth ocho años antes, se ha dedicado a expoliar la finca. Brice solo encuentra en Rosyth una aliada, Marsaili Buchanan, y junto a ella tratará de desenmascarar a Seton.

Christina Courtenay

Nieblas monzónicas

Ya en tu librería

Nieblas monzónicas

Corre el año 1759 y Jamie Kinross ha decidido dejar Suecia e irse lo más lejos posible, a la India, para huir de su pasado. Allí inicia una nueva vida y se establece como comerciante de gemas. Pero los problemas llegan pronto: la familia de su mentor es secuestrada por el crimen organizado y él se pondrá en marcha para ayudarle a recuperarla, viajando hasta Surat y llevando consigo el talismán perdido de un rajá indio. Al llegar a la ciudad conocerá a Zarmina Miller, una viuda bella y rica, sí, pero también arrogante, a la que se conoce como «la viuda de hielo». Todo un reto... Sin embargo, pronto descubrirá que el hijastro de ella está implicado en el secuestro y que Zarmina también tiene un pasado que olvidar.

Síguenos:

librosdeseda.com

facebook.com/librosdeseda

twitter.com/librosdeseda